日熄

日熄

閻連科

香港城市大學出版社
City University of Hong Kong Press

剪紙：尚愛蘭

©2020 香港城市大學
2022年第二次印刷
2024年第三次印刷

本書版權受香港及國際知識版權法例保護。除獲香港城市大學書面允許外，不得在任何地區，以任何方式，任何媒介或網絡，任何文字翻印、仿製、數碼化或轉載、播送本書文字或圖表。

國際統一書號：978-962-937-456-3

出版

香港城市大學出版社
香港九龍達之路
香港城市大學
網址：www.cityu.edu.hk/upress
電郵：upress@cityu.edu.hk

©2020 City University of Hong Kong

The Day The Sun Died
(in traditional Chinese characters)

First published 2020
Second printing 2022
Third printing 2024

ISBN: 978-962-937-456-3

Published by

City University of Hong Kong Press
Tat Chee Avenue
Kowloon, Hong Kong
Website: www.cityu.edu.hk/upress
E-mail: upress@cityu.edu.hk

Printed in Hong Kong

目錄

選集總序

憤恨於自己的寫作與人生

經常懷疑自己的寫作，就是一場尷尬的文學存在。

因為這尷尬是文學與人生中的「一場」，想既是一場，就必有結束或消失的時候。不怕消失，如同任何人都要面對死亡樣。然而結束卻遲遲不來，是這種尷尬無休無止——這才是最大的尷尬、驚恐和死亡。

香港城市大學出版社，願意出版這套包括我剛剛完成、也從未打算「給予他人審讀」的最新長篇小說《心經》在內的九冊「閻連科海外作品選集」（小說卷6冊、演說散文卷3冊），讓我感到他們朝殘行者伸去的一雙攙扶的手。可也讓我在恍惚中猛然驚醒到：「你已經有九本在你母語最多的人群被禁止或直接不予出版的書了嗎？！」這個數字使我驚愕與悵然。使我重新堅定地去說那句話：「被禁的並不等於是好書，一切都要回歸到文學的審美和思考上。」然而我也常呢呢喃喃想，在大陸數十年的當代文學中，一個作家一生的寫作，每本書都毫無爭議、出版順利，是不

是也是一個問題呢？我總以為，中國的開放，永遠是關着一扇窗，開着另外一扇窗；一切歷史的變動，都是在嘗試把哪扇窗子開的再大些，哪扇關的再小些。永遠的出版有問題，但如我這麼多地「被禁止」、「被爭論」，自然也是要駐足反省的寫作吧。

文學能不能超越歷史、現實和那兩扇誰關誰開，關多少、開多少，乃或都關、都開的窗子呢？

當然能。

也必須！

只是自己還沒有。或者你如何努力都沒達到。我並不願意人們用良知和道德去看待我的寫作和言說，一如魯迅倘使還活着，聽到我們說他是「戰士」、是「匕首」，會不會有一種無言之哀傷？「閻連科海外選集」自然是集合了我較為豐富寫作中的「某一類」。這一類，對「外」則是親近、單調的，對「內」則是尖銳卻無法閱讀體味的。但無論如何說，它也是一個作家的側影吧。面對這一側影的呈現和構塑，我異常感謝城大出版社每一位為這套叢書付出心血的人——他們是真正懷有良知的人。而至於我，面對這套書，則更多是尷尬、憂傷和憤恨。

尷尬於自己寫作的尷尬之存在。

憂傷於這種尷尬何時才是一個結束期。

而憤恨，則是憤恨自己深知超越的可能與必然，卻是無論如何都沒有達到那處境界地；而且還如一個溺水的人，愈是掙扎想要超越水面游出來，卻愈要深深地沉溺墜下去。

　　憤恨於自己的寫作和人生，又無力超越或逃離，又不甘就這樣沉沉溺下去。這就是我今天的人生狀況和寫作狀況吧。除了哀，別無可言說了。

閻連科

2019 年 11 月 29 日於香港科技大學

前邊：讓我説叨吧

喂——你們都在嗎——有誰能來聽聽我的説叨嗎。

喂——神們啊——你們不忙就來聽聽吧——我跪在這伏牛山脈最高的頂端上，你們能聽到我的聲音吧。不會為一個傻娃兒的喊叫煩煩吧。

喂——我為一個村莊而來。為一個小鎮而來。為一個山脈和世界而來。我跪在這兒，面對高天，只是要向你們訴説一樁兒事。冀望你們能耐着性兒聽我叨叨，聽我説喊。別厭厭，別急煩。那是一樁天大地大天莊地正的事情啊。

——我們村為此死了很多人。我們鎮已經死了很多人。我們伏牛山脈和山脈外的世界上，在那一夜的夢境裏，有多少麥被割倒就有多少人死去。有多少麥粒發芽就有多少人還可憐萎萎地活在山脈和世上。村莊和娃兒。山脈和世界。它們的心脾肝臟都如紙包着的一兜血水兒。稍不慎慎，那張血紙就會破開來。會有血水流出來。命會如一滴水樣斷在荒野上。會如一片葉樣落在秋林酷冬裏。

神們啊——人的神們啊——那個村，那個鎮，那片山脈和世界，再也經不起啥兒噩夢了。菩薩啊——老天啊——羅漢王和玉皇大帝啊——求你們保佑那個村莊和鎮子。保佑那片山脈和世界。我為那個村莊鎮子和人們來跪在這山頂上。為活着的人還活着跪在山頂上。為莊稼——土地——種子——農具——街市——商區和繁鬧跪在這山頂上。為白天和黑夜跪在這山頂上。為雞還是雞，狗還是狗跪在這山頂上。我以最實誠的態度，向你們訴說那個黑夜和白天發生事情的細枝和末節。如果我哪兒說的不準確，有了錯差了，那不是我這娃兒不實在，而是我這娃兒太激躍。是我腦子年年月月都是糊狀兒。都是泥漿漿。本來我腦子就有些泥漿傻癡嘛——說話長長短短，短短長長。有人沒人都愛自己和自己說話兒。都愛嘟囔着一句不接一句兒。半句不接半句兒。所以村裏人鎮上人誰都叫我傻念念——傻念念。——因為傻，我沒有能耐把那亂麻麻的事情理出一條頭緒來。理不出來把話說得斷斷又續續，我就越發要成一個傻子了。可是神們啊——菩薩和主啊，羅漢老天上帝啊——你們千萬別把我當成一個真的傻子啊。有時候我的腦子是清的。清的像是一股水。像是一片藍的天。比如眼下我的腦裏就如開了一扇天窗樣。能見天。能見地。能看見那一夜事情的真真諦諦呢。真真諦諦

丁丁點點都在我的眼裏腦子裏。連那一夜落在黑地裏的針和芝麻我都能看到找到呢。

天這麼藍。雲這麼近。我跪在這兒能聽到我的頭髮在半空的飛晃和它們自己碰了自己的衝撞聲。能聽到雲在我頭頂流動的嘩嘩聲。能看見空氣從我眼前漫過去，如紗線從眼裏抽過去。萬籟俱靜哦。日光明正哦。空氣和雲的香味如晨露在日光下的味道樣。我跪着，靜靜地跪在這脈山頂上。這兒只有我。天下世上只有我。只有我和草木石頭和空氣們。世界這麼靜。天下這麼靜。——神們啊，你們就讓我在這靜裏把那一夜半天的事情原原本本說給你們吧。你們千忙萬忙也來一個聽聽我説叨。我知道你們都住在天上我的頭頂上。都坐在山上大地上。還有這寂着的高山和樹木，荒草和旱蛙，崖荊和老榆樹。——我跪在這兒，面向天宇，心如潔水，把我看的經的聽的想的全都講出來。把那半天一夜的事情焚香樣一絲一縷說在這山上。燒在你們面前和這天底下。以證我說的是真的確確的。如一棵草在風中飛拂着，以證大地的存在和大地賦給草的命運樣。

現在我開始説叨吧。

我從哪兒說起呢。

就從這兒説起吧。

就先説説我自己。説説我們家。還有我家那時的鄰居家。我家那時的鄰居他不是一般的鄰居呀。説出來你們不會相信我家竟和他家一個村。一個鎮。竟然他是我家的鄰居呢。竟然我家是他家的鄰居呢。

不是我家懶懶要做他家鄰居哦。是祖先和老天安排我家是他家鄰居呢。鄰居他叫閻連科。——就是那個能寫會畫的作家閻連科。在外很有一把名聲的閻連科。閻連科在我們鎮上比鎮長的名聲大許多。比縣長的名聲大許多。名聲大得如把西瓜放在芝麻地裏樣。把駱駝牧到羊群裏邊樣。

可是我，名聲小得和芝麻堆裏的星灰樣。活得如駱駝牛羊身上的蝨子蟣子樣。——我今年十四歲，名叫李念念。可所有的村人鎮人見我都叫我傻念念——傻念念。只有他——連科伯——見我都叫我小念念——小侄兒。小侄兒——李念念。我們家和他家真的不僅一個村，還是他家南鄰居。我們同住的那個村子叫皋田村。因為村裏有街道和集市，有鎮政府和鎮裏的銀行郵局派出所，因此那個村其實也是一個鎮。村叫皋田村。鎮叫皋田鎮。所屬的縣叫召蘭縣。我不説你們也知道，中國之所以叫中國，那是中國人自古以為中國是世界的中心才叫中國的。中原之叫中原，是因為中原人以為他們是中國的中心才叫中原的。這話不是我説的，是閻伯在他的書上説的呢。我們縣是中原之中心。我們村是召南之中心。這麼説，我們村就是中國

的中心了。就是世界的中心了。不知闆伯這話對不對。也沒人出來糾正他不對。他還說，他一生的寫作就是為了向世人證明那個村落和那塊土地是世界的中心他才寫作的。可現在，他不再寫作了。多年不寫了。江郎才盡了。魂靈枯竭了。怕也是他因為寫作煩厭這個世界了。想要離開去哪謀圖清靜了。期冀空靜了。經了那一夜，因為寫不出那一夜的事情他怕是作為作家已經死去了。作為活人也不知去了哪兒了。所以我跪在這兒時，也要求你們——諸神們——菩薩和如來，關公和孔明，文曲星和太白與杜甫，司馬遷和莊子與老子，還有那個誰和誰——求你們恩賜他一點靈感吧。讓靈感一場一場雨樣落在他身上。讓他作為作家還活着。三朝兩日就把他那《人的夜》的故事寫出來。

　　諸神們——人的神們啊——求你們保佑我們村。保佑我們鎮。保佑那個作家閻連科。我讀過他的許多書。因為是鄰居，他在外面世界寫的書寄回他家裏，我就去他家借書看——《流年日光》，《如水之硬》，《活受》和《頌風雅》。還有《夢丁莊》和《死書》啥兒的。我全都讀在眼裏吞在肚裏了。我必須要對你們實話說，我讀他的書就像讓我的眼睛去收割冬荒野地的枯乾草。去吃壞了爛了的死落果。可因為沒有別的書，就連死的花草乾果我也能吃出味道來。誰讓我有些傻癡呢。誰讓我腦子不夠精靈呢。誰讓我念過小學又終日沒事可幹呢。好壞他的書上寫的都是

字。傻子我也是一個愛了字的人。所以我連《萬年曆》都來來回回讀了好幾遍。能把裏邊各種各樣的子丑寅卯背下來。

初秋時，閻伯他為了把我們鎮上那一夜的故事寫出來，又一次從鎮上他家住進了鎮南水庫邊上租的三間房。一所院。把自己關在那兒如關在獄牢樣。可他在那院裏呆了整整兩個月，結果除了扔下一地的稿紙和摔在地上的墨水瓶，他連那個故事的開頭都沒寫出來。面對確確真真這年那月那日夜的事，他就像我現在跪在這兒不知從何說起樣。

他對他的寫作絕望了。

對活在世上不能再講故事絕望了。有一次，我看見他把筆桿咬在嘴裏邊，生生把筆桿咬裂嚼碎掉，滿嘴都含了咯叭咯叭聲，把嘴裏塑料筆桿的碎渣吐在面前桌上稿紙上，拿頭去邊旁的牆上咣咣咣地撞，像頭痛欲裂生不如死樣。用拳頭去朝着自己的胸口砸，像要把血從胸口砸將出來樣。淚如葡萄般一串一串掛在他臉上，可靈感，還是死麻雀樣沒有朝他飛過來。

那時候，為了去尋找不知去了哪兒的小娟子，每隔兩天我要去墟廢了的火葬場裏轉一轉。順道去看看閻伯閻連科，給他送些青菜和麵條。水果和油鹽。然後再從他那兒借走幾本書。就是那一天，我又去給他送菠菜和醬油，看

見他站在門口上，面朝水庫的坡地和湖水，臉色木然如從一堵老牆上拆下來的一塊磚。

——把菜放到屋裏吧。

他沒有看我，聲音像從磚上掉下來的灰。飛過來的灰。從他面前走過去，我把那兜青菜放到他的北灶房。又到南屋他的睡處和寫作間嘴裏去取我要看的《死書》時，我看見那四方青磚鋪的地面上，扔滿了他寫後撕下的一團團的紙，像一個人病入膏肓吐的滿地痰。就是那一刻，我知道他江郎才盡了。靈腦枯乾了。寫不出他要寫的故事了。有了想要死的煩亂了。驚異的從他屋裏走出來，果然看見他獨自朝着湖水走過去。像一個死靈朝着墳地走了過去樣。就在那一刻，我決定要獨自走這五十六里路，盤盤爬爬到這山頂上，為着我們村。為着那個鎮。為着我們那塊土地和土地上的人也為閻伯閻連科，要向你們訴説那一夜半天間的事。請你們——神眾們，保佑我們的村鎮和人們吧。保佑那兒的黑夜和白天吧。保佑那鎮上的一隻貓和一條狗。保佑那個墨乾筆枯的作家閻連科。給他以靈感和天悟。給他使不完的天墨和天紙。讓他還能寫作還活着。讓他三朝兩日就把那《人的夜》的故事寫出來，把我家全都寫成好人寫在那書裏。

【卷一】

一更：野鳥飛進人的腦裏了

1 *17:00 ~ 18:00*

再從哪兒説起呢。

再從這兒説起吧。

那些天，陰六陽七的三伏天，農曆六月六的龍袍節，天熱得大地都骨折骨裂了。大地皮膚上的汗毛全都成了灰。枯枝敗葉了。果落花謝了。毛毛蟲在空中吊着吊着間，就成了一寸一寸的乾屍粉末了。

汽車在路上跑着呢，砰一聲，它的輪胎瘸了。汽車就往瘸輪的那邊梗着脖子拐去了。鄉村已經很少再用牛馬了。多用拖拉機。有錢人家農忙時候還會用汽車。可一輛汽車輪胎瘸在田頭上，別的往麥場運着的——那快要散架的破卡車。散着紅漆熱香的拖拉機。偶或出現的拉了板車的牛馬們。還有更多人是憑着力氣和肩膀，把麥捆一擔一擔往麥場挑着的。就都蛇吞象樣聚在那條田道上。路被堵將起來了。人就吵將打將起來了。

竟還打死了一個人。也許幾個人。

那一夜，六月初六龍袍節，因為天熱有人死掉了，我家冥店新世界裏的壽衣全被買走了。積存堆下的舊貨老料

和冥藏品，扔在櫃裏都要生了蟲兒的，也都被敲門的聲音買走了。

花圈被人買空了。

金箔冥紙被人買得沒有一枝一葉了。

紙紮的童男和童女。黃紙白紙和荊條兒。竹架糊成的金斗和銀盆。金山銀山和金馬與銀馬。滿屋滿世界的冥錢像銀行新換了的錢幣山一樣。白龍駒踩在牽馬童的黑髮頭皮上。青龍卻被幾個玉女壓在身子下。早幾日你走進我家的冥店裏，那個取名為新世界的冥貨店，會被那豐厚的陰世貨品驚震着。可這眼下倒好了。龍袍節的這天傍黑生意火起來。轉眼冥物就被買空了。就像人說物價要飛天橫漲人們都去銀行取錢花。人把銀行取空了。把過期的老錢也給取走了。把街上所有店裏的貨物全都買空無餘了。

2　*18:00 ~ 18:30*

黃昏到來了。

黃昏被悶熱夾裹着。所有的風口都沒風。所有的牆面房柱都貼着掛着燒焦後的灰燼味。世界焦燥得快要死掉了。人心焦燥得快要死掉了。

大忙天，人都累到極頂上。極致間。有人在麥地割着割着睡着了。有人在麥場上揚着揚着小麥睡着了。這年小麥好。麥粒脹如大豆般。脹到麵粉要從粒裏裂出來。淤出來。金黃的麥穗落在路面上，穗穗粒粒絆人腳。天氣預報説，三天之後有雷雨。連陰雨。説誰家的小麥不立馬從田裏收回來，麥粒就將爛在田裏邊。

就都趕收割。

搶收麥子搶脱粒。

村裏所有的鐮刀都是忙。磨刀石忙到彎腰和弓背。天地間和田野上，到處是人影。到處是聲音。麥場上和世界上，到處是人影。到處是聲音。聲音和聲音打起來。擦肩而過的扁擔打起來。為爭搶麥場上的打麥機，東家和西家

打了架。遠房我的三叔和五叔，兄弟兩個為爭一個碾麥的石滾打了架。

我團在店門口，看着閻連科《活受之流年日光》那本書。爹娘把竹床拉到店門口，借着燈光扇着扇，能看見我家門店招牌上新世界的三個字。黑底板。字金色。金色在那黃昏成了土黃色。吃過夜飯沒多久，爹端了一杯水，坐在路邊他的竹床上。娘瘸着走來將一把紙扇遞給爹。這時裏，有人站在爹的面前了。個高大。光着背。白布衫捲在胳膊上。一身汗味麥棵味，從他頭上身上朝着地上吧嗒吧嗒落。紅臉腔。短頭髮。髮茬裏夾了乾麥葉。麥葉舉着在他的頭上旗一樣。急急走來的呼吸聲，如草繩從他喉裏進進出出着。

——天保哥，給我爹訂做三個花圈五套紙紮吧。

我爹僵一下——你爹咋兒啦。

——死了呢。中午他在屋裏睡覺的——連割兩天麥，我讓他睡午覺。他明明睡着了，可忽然會從床上一個轱轆爬起來。拿了鐮。說再不割麥麥就倒在爛在地裏了。再不割就要倒在爛在地裏了。然後下床就朝着地裏走。誰和他說話他都不搭理。不扭頭。自管自地走。可看見他的人，都說他和夢遊一模樣。別人和他說話他都聽不見。他在夢裏誰也不能叫醒他。他自己和自己說話兒。像走在另外一

個世界和另外一個自己說話樣。到麥地，他說快割呀，也就彎腰一鐮一鐮瘋割着。他說累了歇一會，也就直腰捶腰歇一會。他說渴了去喝水，也就去西山坡下的水渠喝水了。一喝水，就在夢裏滑進渠裏淹死了。

說爹在夢裏被渠水淹死的，是鎮東一戶夏家人。後來我知道，我應該稱謂人家叫夏叔。夏叔說他爹在夢裏被水淹死了。可是他又說，也是爹命好，多少年都不見有人夢遊了，忽然爹又夢遊了。死在夢裏邊，連一點活罪醒罪都沒受。說着又慌慌往回走。臉是泥灰色。腳上穿了一雙白布鞋。鞋跟不在腳上是腳跟踩着鞋跟的。

看着夏叔話一說完就又急急往回走，像看着一個出門忘帶鑰匙的人，又回家去找他的鑰匙了。我在門口的路燈下邊看着書。看閻連科的《活受之流年日光》那一本。那本小說是寫革命。革命就像四季不停的龍捲風。革命者都如在風中四處亂竄的瘋子樣。四海翻騰雲水怒，五洲震盪風雷激。大海航行靠舵手，萬物生長靠太陽。句子獵獵如鞭炮炸裂樣。如酷夏正熱時候落的雷陣雨。又密集。又泥水。髒髒脆脆脆脆髒髒的。大情節是我們這兒的人，想去俄羅斯買列寧遺體那樁兒事。明明是樁假事情，被他寫成真的了。我不喜歡他的這故事。不喜歡他說故事的腔調兒。可又不知它為啥那樣吸引我。我是正看小說的時候夏叔來了說了又走了。抬頭去看坐在門口街上席上爹的臉。

看見爹的臉上比夏叔的臉色更暗更淡然。更像一面沒有味色的水泥牆。夏叔的臉像丟了鑰匙樣。爹的臉上像拾到一串鑰匙樣。——有用沒用的。不知是該把那鑰匙重扔掉，還是站在那兒等那丟了鑰匙的急急回來找。猶豫着。思忖着。爹從席上站起來。娘從店裏喚着問了一句話——又有人死呀。爹把目光從遠去的夏叔背上抽回來——是鎮東夏老漢，夢遊掉進西河渠裏淹死啦。

　　一問又一答，像有風一吹樹葉動了動。爹就起身朝着店裏慢慢走。慢慢走。我該說說我家店裏了。店是眼下北方鎮街到處可見的兩層紅磚樓。上層住着人。下層開店做營生。門店前排是兩間營業屋，全部擺放剪紮的花圈——牛馬——金山銀山和童男童女們。這些都是傳統貨。現代的，有紙糊墨畫的電視機。電冰箱。小汽車。縫紉機。我娘腿瘸不便順，可她有着剪紙那手藝。她剪的窗花喜鵲八哥嗅着麥味似乎還能叫出聲音來。剪的拖拉機，有煙冒在半空裏。先前婚嫁的村人都來找她剪喜慶。鎮長都說我娘是剪藝大師呢。可剪喜不掙錢。沒人掏錢買。後來我爹我娘開了這冥店新世界。我爹專編各種竹條荊架子。我娘專剪喪事紙。紙竹一結合，就成冥品冥物人就都掏錢來買了。

　　人都願意買喪不買喜，奇奇怪怪的。

　　人都信夢不信真，奇奇怪怪的。

説我爹。我爹委實個很小，不到一米五。最多一米五。說我娘。我娘個很高。比爹高一頭。高一頭她卻右腿短了一截兒。是自小車禍讓腿短了一截兒。短了她就瘸着了。瘸了她就殘着了。所以我爹我娘很少一塊走過路。爹個小，可走路和飛一模樣。爹個小，嗓門大得和雷樣。一發火，總能震落房上的灰。震落花圈上的紙葉兒。不過爹人好。一般不發火。發火一般不打人。我長到十四歲，也只見過幾次爹打娘。十幾次的罵我娘。

娘坐在那兒任爹打。爹人好，打幾下也就不打了。

爹罵娘時候娘也任他罵。娘人好，任爹罵了爹就不罵了。

爹娘確實是好人，他們從來沒有打過我和罵過我。這景況就是我們家。開設冥店新世界。賣花圈。賣壽衣。賣紙紮。靠死人把日子過活了。有人死就成我家喜事了。可我爹我娘人好並不咋兒盼人死。有時一點都不盼。相反那些冥貨賣快了，生意好了日子好極了，我爹會去問我娘——咋回事兒呢。咋回事兒呢。我娘也會問我爹——咋回事兒呢。咋回事兒呢。

我又聽到我爹在店裏說咋回事兒那話了——咋回事兒呢。咋回事兒呢。回頭看，原來堆積如山的冥貨空空蕩蕩了。我娘坐在原來擺賣花圈的空地上，面前放着紅紙黃紙藍紙和綠紙。剪子握在右手裏。疊好的一打紅紙捏在手

裏邊。地上滿是各種的紙屑和紙片。在那一堆一片的五彩紙堆裏，我娘她——竟然呢——竟然我娘就剪着剪着睡着了。

她就靠在牆上睡着了。

做冥物竟也累得睡着了。

我爹站在她面前——咋回事兒呢。——咋回事兒呢。人家訂的三個花圈五套紙紮明天一早就要貨。

把頭從門口扭回到屋裏，看着娘我想到了夏老漢夢遊死掉了。想到所謂夢遊就是白天啥兒想多了，刻心銘骨了，想到骨髓了，睡着後就續了醒着那想念，在夢裏去行做他的想念了。如官話說的落實了。民話說的實落了。在夢裏去行做他的她的想念了。就想到，如果我爹我娘夢遊會行做一些啥兒呢。會去做些啥兒呢。他們想得最多最多的是啥兒呢。刻心銘骨的又是啥兒呢。

忽然想，我會夢遊嗎。我夢遊會做一些啥兒呢。到底會夢着去做些啥兒呢。

3 *18:31 ~ 19:30*

可惜呢，我從來瞌睡少。從來沒有乏累睡到沉深裏。也沒有啥兒刻心銘骨的想念到了骨髓裏。夢遊就如男人不會懷孕一樣不會來到我身上。就像桃樹不會開滿杏花一樣落到我身上。可我見着夢遊了。沒想到夢遊的人來得那麼快。沒想到夢遊也會如召喚樣一個接一個。一個傳一個。更沒想到的，是一個村鎮和伏牛山，山山脈脈的村落和那一夜的天下及世界，一傳十，十傳百的全都夢遊了。

家家戶戶夢遊了。

萬萬千千夢遊了。

天下世界全都夢遊了。

我依然還在看《活受之流水如年》那小説。故事怪得和桃樹上開滿杏花樣。杏樹上結滿梨子樣。你不喜歡那故事，可那故事能怪模怪樣拉着你的手。拉着你的手走進故事裏。

高愛軍在街上撿了一分錢，他想去店裏買糖吃。一塊糖是二分錢，錢不夠，他把自己的草帽賣掉了。草帽賣

了五毛錢。有這五毛錢，他還想吃上半斤滷豬肉。那肉香得很。可一斤滷肉要賣十塊錢。錢不夠，他又把自己的衣服賣掉了，單留一個遮住醜處的褲衩兒。衣服賣了很多錢。五十塊。有這五十塊，他就想的不是只吃半斤一斤滷豬肉的事。他想吃了肉，渾身有力氣，再到鎮那頭的理髮館裏逛一逛。那理髮館裏的小姐還賣身。理髮館就和妓院一模樣。人家說，妓院新來的蘇杭女子好得很，皮膚嫩，渾身哪兒都和水一樣。逛妓院，撫摸哪兒都如水樣的美人兒，就不是五十幾元的事情了。進一次房，上一次床，價是一百五十元。倘若離不開，再在那兒睡一夜，價錢風一吹，飛天漲到五百元。五百元，從能來這五百啊。可逛妓院又是他從小就有的理想和宏願。想一想，實現藍圖宏願不能不有所犧牲呢。一跺腳，一咬牙，就決定回去把自己老婆夏紅梅給賣掉了。

閻連科的這故事，這小說，咋就會是真的呢。咋就像是真的呢。我想着。想要笑。想笑時候更真更要笑的事情到我眼前了。腳步聲響在街面上，如同幾隻亂手拍在一個鼓面上。轉過身，看見一群一股的娃兒們。七八歲。十幾歲。他們跟在一個三十幾歲的男人後。那男人，光着背，手裏拿了麥場上揚麥用的一張木板鍁。嘴裏自語嘟囔着——一會就有連陰雨。一定會有連陰雨。你和人家不

一樣，又不做生意，靠種地過日子。要不把麥場上的小麥打出來，就該發芽霉在場上了。就白白種了一季小麥了。白白累了一季了。他的眼睛半睜半眛着，如睡着又沒睡深沉。腳下那個快，能帶起一陣風。人走着，像有人在他背後推着他。

天悶熱。空氣中沒有一絲潮潤和夜涼。那人從東朝西走，穿過大街如穿過一條布袋般。燈光泥黃色。如同火的灰燼飄在頭頂上。如同人都在灰燼中間穿行般。那追他的幾個孩娃們，還有一個一絲線兒都不掛，小雞兒在他的腿間如飛起落下飛起落下的一隻鳥。——他夢遊——他夢遊。孩娃們全都小心好奇地這樣低聲喚。似乎怕大聲會把他從夢中驚出來。可不喚，嘴裏心裏又裝不下那百年不見的奇遇和喜悅。

夢遊的快步在前張嘴吞路一模樣。

娃兒們，小跑跟在他後邊。留有幾步那距離，以便不會把他從夢中弄出來，讓一場好戲中途收了場。

就到了我的眼前了。

竟是我家原來老宅對門住的張家叔。張叔在村裏是名聞天下的廢男人。不會掙錢不會做生意。為此他媳婦還把耳光打在他臉上。還和會掙錢的男人大白天堂皇光明地潛到東河邊上睡。和那男人一塊離家去過大城市——洛陽

和鄭州。可後來，那男人把她睡厭了，不再喜她了。不再要她了。她被拋了回來一進院落門，張叔竟還對他賤的媳婦說——你回了，快洗把臉進屋吃飯吧。還給他媳婦燒飯烙饃去做好吃的。這張叔，好個烏龜頭。可張叔現在夢遊了。果真夢遊了。我從新世界門口站起來——張叔——我的喚叫如同爆着黍蜀花兒樣。悶熱的空氣被炸出朝前湧的推搡聲——爹——對門張叔夢遊了——從我們門前過去了。我扭頭朝着店裏喚。放下書。跳下門口的台階就朝張叔和追着他的娃們跟過去。追過去。穿過娃兒群，像從一片小樹林裏穿鑽過去樣。穿到鑽到另外一盞路燈下，我追着拉了一下張叔的胳膊喚——你醒醒——張叔你在夢遊呢。

　　——你醒醒，張叔你在夢遊呢。

　　張叔沒有搭理我。用力把我拉他的手打到一邊去。——一下雨麥壞在場上可咋辦。可咋辦。我又快步追上去拉他。他又一下把我的手打到一邊去。——糧食壞了媳婦娃兒回來就要餓着了。肚子一餓媳婦就又要鬧了又要跟人跑掉了。這句話，他說得沒有先前語氣重，像對我悄悄說樣生怕別人聽了去。

　　我在他身後怔一下。心裏一驚腳步淡着了。淡了片刻又快步走到他面前，看見他臉上的表情如同一塊舊灰磚。

身子硬得像是一棵老榆樹。腳步有力像是兩把輪的錘。他的眼是睜着的，和沒有睡一樣。像醒着一模樣。只是説話時，他誰也不看臉上和磚一樣的表情明證他是睡着的。

從鎮街朝着天空望，朦白的夜色如天空蕩了一層霧。仔細時，能看到有一粒兩粒的星星含在霧裏有着夏螢那樣的光。理髮館和小百貨。日雜品和碗具灶具店。私家的服裝店和公家的電器小商城。所有開在鎮上東街的店鋪門窗都關了。有人或沒人。有燈或沒燈。有的店主關門回家收麥了。有的在店裏的電扇下面坐着或躺着。還有的，在街邊坐着躺着扇蒲扇。街是安靜的。夜是躁煩的。人是懶散的。對門張叔從那些店前過去時，有人扭頭望了他。有人頭也沒扭只管自地説着啥兒做着啥兒事。

孩娃們喚的夢遊啦——夢遊啦——快看他夢遊啦的聲音裏，有夜的模糊和朦朧。也許有人聽見了。也許沒聽見。也許人家聽見了和沒有聽見樣。有人聽見會出來看一看，站在路邊笑一笑。待張叔走遠了，人家就又回去該幹啥兒幹着啥兒了。夢遊是很大一樁事。夢遊也不是多大一樁事。千百年來鎮上年年夏夏都發生。夏夏月月都發生。別人夢遊和人家有毛寸關係哦。誰一輩子還不夢遊一次幾次呢。哪怕你只在夢遊中翻個身，把被子單子從床上掀到地上去。就像人一輩子誰都得上百次地説夢話。説夢話是

種淺夢遊。説着説着説下床做事是種深夢遊。人活在世界上，勞心做事誰一輩子都會有幾次淺夢遊或者深夢遊。

夜就那麼模糊着。

天就那麼熱悶着。

人都忙的忙着去，閒的閒着來。不忙不閒的，也就不忙不閒着。

對門張叔穿街到了鎮外了。到了他家田邊了。到了他自家田裏在麥熟前碾出的一塊小麥場。鎮外的景色和鎮裏大為不同呢。田野裏，或多或少有着風。一戶一家二分地的小麥場和幾戶合碾出來半畝地的中麥場，還有原來生產隊存留下的一畝多地的大麥場，都或左或右鋪在公路邊。公路在夜裏像一條亮閃閃的河。那些大小的麥場都是攤開漫在河邊上的湖。遠處有大麥場上打麥機的隆隆聲。近處有小麥場上趕着夜馬夜牛拉着石滾碾麥的石滾嘰哇聲。人在鐵架石滾上一下一下舉着麥捆摔打麥棵的劈啪聲。聲聲的，像有一條幾條幾十條的船在湖上蕩着樣。

夜空大。麥場小。聲音又被夜給吞沒了。末了還是顯出一種靜。麥場上的燈光它是泥黃色。張叔踩着泥黃走出鎮子朝北去。走了一程追他的孩娃不追了。不追就都立在鎮頭上。我還跟在張叔身後邊。我想看到他走着撞上一棵樹。撞到一根電線杆子上。於是他鼻子流血了，啊的一叫

醒過來。我想知道他從夢遊中醒來第一樁的反應是啥兒。第一句話是説啥兒。從夢裏醒來幹啥兒。

好在的，他家麥場並不遠。沿着公路向北半裏就到他家麥場了。從公路走到田頭麥場去，要過一條田頭雨水溝。過溝時，對門張叔滑倒在了那溝裏。以為他會醒過來。可他一骨碌從溝裏爬起還睡着——男人活着不能讓媳婦娃子沒糧吃。不能讓媳婦娃子沒糧吃。他沒醒，在夢裏還是那樣自語着。也就過了溝坎到了麥場上。熟門熟路的。順理成章的。他把麥場邊楊樹上的電燈開關拉開了。燈一亮。放下木頭鍬，繼續四下找了找。把一個抽打麥穗的鐵架朝麥場中心挪了挪。將一捆麥子抱過來。解開捆麥繩。用雙手緊緊抱起一捆麥棵兒。在麥場地上倒着將麥棵苲頭磕齊整，就在那鐵麥架上摔打起來了。

我站在他身邊。他能看見麥場上的一切物景卻是不見我。是他心裏沒有我。夢遊人能看見的只有他心裏的人和事。其餘物景和世界，對他都不再存在了。從鐵架上飛濺起的麥粒像炸在空中樣，有細微嗖嗖的響聲兒。熟麥味，如從油鍋飛出來的香。天空好像又多出一絲星光來。遠處有為輪流使用打麥機先後次序的爭吵聲。近處偶有從哪棵樹上落下的夜鶯叫。別的沒有啥兒了。一切都是靜的單純的。都是灰黑模糊的。他臉上的汗，落下來一把抓住了掉在地上的幾粒麥。沒有啥兒了。一切都是靜的單純的。都

是灰黑模糊的。打完一捆麥，他又去麥捆堆上再抱第二捆。沒有啥兒了。一切都是靜的單純的。我不想再看了。也就不想再看這夢遊啥兒了。

這也就是夢遊吧。原來夢遊就是野鳥飛進人的腦裏了。把人的腦給弄亂了。想啥兒就在夢裏做啥了。不該做啥偏要做啥了。我要回去啦。轉身走去時，事情發生了。事情像一個玻璃瓶子破了樣，砰的一響發生了。張叔他又甩打完了一捆麥，又去抱那第三捆。可要抱面前的那捆時，不知為啥卻又朝一堆麥捆的後邊去。這一走，有一隻夜貓從那麥捆後邊跳出來。踩着他的肩膀從他後背逃走了。也許貓爪在他臉上抓出了血。他本能地把手捂到臉上去。一個驚怔愣在那，像一個木樁死了樣。片刻後，他半是自語半是責怪着，聲音裏充滿奇異和疑惑——我咋在這兒。我咋在這兒。他轉過身子看了看——這是我家麥場呀。我咋在這兒打麥呀。我咋在這兒打麥呀。

他醒了。

似乎是醒了。

——我明明睡着咋會在這打麥呢。咋會在這大麥呀。好像醒了過來了。朝着天空看了看。一臉他自己看不見的驚愕和迷惑。又轉着身子找啥兒。當把目光放在他背來的木鍁上邊時，似乎想起啥兒了。忽然蹲下來。把耳光打在自己臉上喚——你他媽的真賤啊。——你他媽的真賤啊。

大忙天你媳婦又跟着人家跑了你還來為她打麥呢。她和別人睡覺你還給他們打麥呢。

他打着自己的臉，像巴掌一下一下拍在牆面上。——你他媽的真賤啊——你他媽的真賤啊。

一下一下打着打着他又替自己説着辯解了——我不是為她呀。我是為了我娃兒。

——誰他娘的為了她。我是為了我娃兒。

然後呢，他就不打了。不再自語了。人像麵袋一樣倒下去。呆一會，竟又倚着麥捆睡着了。像翻個身子醒了一下就又睡着了。似乎剛從夢裏醒來那一會，只是夢裏的一段小曲兒。插曲一完他就又回到了他的睡夢裏。我驚着。驚極着。站在他面前，完全像看一出他演給我的戲。不信他説醒就醒了。説睡又睡了。我試着朝他走過去。拿手去他的身上推。像推一段石柱子。雙手搖。像搖一袋水。他的身子在我的手下搖晃着，可又很快恢復成一袋水的攤樣兒——張叔——張叔。我大喚。像喚一具死了過去的屍。可是他有着呼吸呢。還有斷斷續續的鼻呼嚕——你媳婦回來啦。你媳婦回來啦。我不再搖他也不想他會醒過來。他已經睡死了。成屍了。我就那麼對着他死屍一樣的身子喚——你媳婦回來啦，和那個男人一起回來啦。你睡過去你媳婦正好和那男人在一起。

事情不再一樣了。

它就不再一樣了。

像夜裏有了日光樣。

像有火燒在了張叔皮膚上。那睡着如土胚灰磚一樣的臉，忽然在我的喚裏動了動。坐起來，臉頰痙攣着，滿臉都是土灰色。眼也用力睜開來。目光盯着我。可又似乎是從我身邊繞過盯在公路上。公路像是一條從遠處流淌過來的河。從遠處又流到遠處去。由北向南着，各樣的聲音都是從河裏漂蕩上岸的流水聲。張叔把目光盯在公路北端上。他媳婦是又從這條公路離開鎮子的。到了洛陽去。到了鄭州去。也許又到了北京或廣州。反正是又跟着哪個村裏能掙錢的男人離開了。

到外面世界了。

他的目光周周正正盯在通往外面世界的公路上。燈光下，他咬了一會嘴唇兒。上下牙間有了一種磨搓聲。像兩塊青石板在互相壓搓着。聲音是青的。夜色也是青的了。還悶熱。又多少有些田野風。麥香味在風裏顆顆粒粒打在人的鼻頭上。打在人的喉嚨裏。存在人的肺裏胃裏了。有汽車從公路自南至北開過去。燈光如刀一樣殺過來。然又殺過去。張叔望着那燈光。望着遠去的那輛車，搓牙聲變成了咬牙聲。烏青的聲音從牙縫擠出來，如冬霜凝在沒有落下的樹葉上。

那掛霜的樹葉是在空中飄蕩着。蕩一會，又脱開冬枝在空中飄着旋着了。冷如他的目光了。如他從牙縫擠出來的聲音了。

　　忽然站起來。如風馳過去的那輛汽車把他拖將起來了。直立着，朝着汽車走去的方向望。臉上的肌肉堆着塌陷着。上下牙齒咬出聲音來。站在那兒像有股力氣要從他的各個骨頭縫裏爆出樣。他不説話兒。似乎成了另外一個人。不是了那個剛剛生怕小麥爛在麥場上的人。不是了那個擔心媳婦回來沒有糧食吃的人。他是了另外一個人。

　　那麼立一會。不看我。也不看這世界。目光斜滯着，像他看見了我咋樣也看不到的事。看到了另外一個世界和另外一椿事。那個世界和那另外的事，一定是在他的夢裏和他的一場癔意裏。那事情，他看得清清楚楚曉曉白白呢。點點滴滴都在他眼前。事情讓他的臉色成了青色又成土灰色。有一層汗珠掛在他的額門上。沒有人知道他重新回到夢裏看見了啥。遇到了啥。或者就在他眼前發生着啥。啥兒也不説。沉默着。咬着牙。有一根青筋在他的脖間跳將起來了，像一條細蛇爬着曲在了他的脖子上。

　　又有一條青筋在燈光下面跳將起來了。

　　像兩條細蛇爬在曲在他的脖子上。

　　有三條四條青筋跳將起來時，像三條四條細蛇曲在他的脖子上。他離開了麥棵堆，朝那鐵製的打麥架子走過

去。踢着地上的木鍁把，像踢着了路上的一根樹枝或枯草。他走在另外一場夢裏邊。另外一場完全與此前不同的夢裏邊。在那另外一場夢遊裏，他到那鐵架旁，彎腰撿起一根拇指粗的鋼筋握在手裏邊。掂了掂。試了試。大步朝麥場外邊走去了。

那鋼筋共有二尺長。在那兒等他去撿像等了上千年。上萬年。現在它等到他撿了。那鋼筋，跟着他的力氣他的手，朝鎮上村裏大步走去了。他沒有沿着來路往回走。而是走在一個新的夢裏邊。從一個胡同朝着他夢裏的一個地方走。我又跟着他走了幾步路。叫了他幾聲叔。看他依舊不理我，也就立下來。看着他入村。看着他在靜夜裏大步拐過一個牆角消失掉。

我自己，也就沿着公路由北向南回家了。

【卷二】

二更・上：鳥在那裏亂飛着

1 *21:00 ～ 21:20*

　　我家新世界裏也有夢遊了。

　　我娘夢遊了。

　　我走時娘只是歪頭倒在店堂裏，面前扔了一地五彩的紙。剪紙的大小剪子落在她的腿下和地上。大街上，還是原來那樣兒。月光它是清明的。燈光它是泥黃的。泥黃和清明混在一塊兒，像一盆泔水倒進一盆清水裏。然後清水它也成了污水成了泔水了。

　　靜得很，死一樣。

　　死一樣，靜得很。

　　剛過黃昏不久的夜聲息，混雜有肥豬睡時的呼嚕聲。聲音熱髒着。熱髒黏稠着。有汗味。汗味從各門各縫流出來。匯在街上就是夏夜它的味道了。

　　在夏夜的味道裏，有人睡在街邊上。有人在店前門口喝着茶水搖蒲扇。有人把他家的搖頭電風扇，搬到街邊讓電扇蹲在門口上。電風扇有葉片飛着將要刀殺的鐵響聲。人都在那刀裏風裏坐着躺着説閒話。鎮街和先前一模樣。世界和先前一模樣。

世界和先前到底不再一樣了。

大夢遊已經開始了。夢遊的腳步已經漸着漸着進了我們村。進了我們鎮。大夢遊鋪天蓋地悄然而混沌。人們不知道大夢遊已如雲樣災樣罩在頭頂上。人都以為頭頂就是朦朧一片夏夜的雲。以為這個夏夜和任何一個夏夜都一樣。我有些孤寒孤單地從鎮外回到鎮街上。看到鎮街上的靜和呼嚕聲，也以為世界和原有一模樣。只是多了幾個很平常的夢遊人。看看鎮上最繁華的東大街。看看浩瀚一片的夏夜空。起步回到新世界冥店門口時，看見我家店前路邊停了一輛小轎車。看見我舅他來了。看見我舅站在店裏像一個醫生站在一家病人的堂屋樣。

——你坐呀。

我舅不理爹，只在新世界的店裏四處打量着。

舅是一米八的個。爹是一米五。舅穿了民國時候闊人都愛穿的綢上衣。爹是光背穿着褲叉兒。現在爹不瘦。可有我舅他就顯瘦了，立在那像大樹下的一棵小樹樣。如病家和醫生的態勢樣。爹在舅面前，像病人家的孩娃站在他求來的人高馬大醫生面前樣。娘還是坐在原來她睡着的那地方。娘已經不是睡着那樣了。娘坐在她日日剪紙坐的小凳上。小凳上墊了一塊污髒硬硬的軟棉墊。娘臉上的表情不像一塊老城牆上的磚。而像一塊乾污了的布。像一張舊的老報紙。她誰也不去看，只是喃喃自語說——人死了總

得讓墳上有個花圈呀。總得讓墳上有幾個花圈呀。説着剪着手裏的一疊紙，像細心地蹲在地上澆着一盆花。一個花圃園。她已經剪了很多紙花了，一疊一打的。她已經剪了很多綠紙葉片了，一疊一打的。爹是立在娘的邊上的。腳下有一片竹條漿糊細繩和竹刀。她剪着剪着睡着了。我爹對舅説，兩次叫醒娘去洗了臉，可回來她又睡着了。剪着剪着睡着了。睡着了手裏還在剪着紙。眼是半閉眯着的。嘴在不停歇地説。手在不停歇地剪。這樣爹就知道娘是夢遊了。我就知道娘是夢遊了。這幾天，到了死人的一個旺季裏。冥貨賣得快，娘就累進夢遊裏邊了。

舅立在那兒看着他的妹，像醫生看着一個有了重症病的人。表情冷厲地扭頭時，舅的目光像兩塊冰磚冰條壓在爹的臉上了。

爹笑笑。

——你火葬場不是這幾天生意也好嗎。

把目光瞟到舅的臉上去，爹像對醫生説娘的徵兆是常見病，沒有啥兒了不得。沒啥了不得。可他忘了娘是舅的妹。舅不忍心看着他的妹妹這麼勞辛剪着紙。睡着了還在夢裏手不停地剪着花圈紙。——再端一盆冷水讓她洗把臉。舅舅蔑斜爹一眼，對爹很不滿。屋子裏有一股新熬成的麵糊漿子味。還有爹光背散出來的熱汗味。爹遲疑一下提了一個臉盆去接水。——人家人都死了不能不加班給人

家做個花圈呀。說着又扭頭看着舅。有些不屑的。又不敢咋樣的。把臉盆碰在通往灶房的樓梯角。當當響。有一股你別管我家事情的怨氣在裏邊。這時候，娘忽然瞟了一眼舅，如同醒了樣。可又和啥都沒有看見樣。只管自地剪着紙。剪紙的聲音如蟈蟈在夏夜棗樹上的叫。舅就那麼看着他的妹。這時舅也看見了我，像看見沒有待在病床前的病人家的娃兒樣。很不滿。很怨氣。劍眉往上抬一抬。用腳把面前的凳子踢一下，嘴角的肌肉牽了牽。臉色成了一塊生了鏽的鐵。

——該去把那屍油運走了。

——念念啊，你爹忙，你也該替你爹娘做些事。舅說着，目光從我臉上移到門口凳角閻連科的那本小說上，如萬事災難都是從那書上帶來的。似乎他很想過去一腳把那書從門檻上邊踢下去。想點火燒了《活受之流年日光》那本書。

可爹從樓梯那邊灶房出來了。端了半盆水。毛巾團在水裏邊。爹把舅的目光叫走了。把水盆放在娘的腿邊上。將毛巾在水裏蕩一蕩。撈出來。擰半乾。爹拿着毛巾去娘的臉上擦着時，像一個護士去給一個將死的病人洗臉樣。——有點涼，一驚就醒了。我爹對娘說。又像自語樣。爹對娘的溫潤嚇了我一跳。我知道，這話是說給舅聽的。舅就聽着看着爹給娘洗臉。用濕毛巾把娘從夢裏洗出

來。爹手裏的冷水毛巾撫在娘的臉上時，娘手裏的剪子忽地僵在半空了。爹把濕毛巾在娘的臉上順時針着擦了一遍時，娘手裏的剪子落在地上了。

爹順時針在娘的臉上再擦一遍時，娘手裏的一打紙片落在地上了。

爹又洗毛巾。又擰擰毛巾逆時針着在娘的臉上擦着時，娘從夢裏醒了過來了。她激靈一下子，像誰把一盆冷水倒在了她臉上。很像的。很愕然地推開爹的手。眨眨眼。娘看看屋裏像發現了一個她從未見過的新世界。屋裏燥熱着。燥熱燥熱着。水的涼氣在屋裏有股微嗞嗞的擴散聲。像有盆冷水被慢慢倒進了煮沸着的開水裏。——我剛將是不是剪着剪着睡着了。娘像問。又像很肯定地自語着——哥，你來了。她把目光落到舅的臉上去。——你坐呀，我都有一個月沒有見你了。娘又扭回頭來對着我。

——念念，快給你舅舅端個凳子呀。

我端過凳子擺在舅的屁股下。

可舅看也沒看那凳兒。

——我來是讓你家把火葬場的屍油快拉走。又有一桶了。說着舅朝四周望了望——錢掙多少是個夠。累了上床睡。犯得上為幾個小錢加班累成這樣兒。我舅瞧不起那幾個賣花圈冥物的零碎錢。說着轉身要走時，大街上又有了騎摩托的突突聲。

突突聲就停在我家店門前。

有張很年輕的黑臉試着探進店門框。那張臉上一臉都是驚異和喜悅——哎——你家老宅對面的張木頭發瘋了。不知從哪提一根二尺長的鐵棍回到家。嘴裏嘟嘟囔囔說——看我一棍打死他。看我一棍打死他。回到家，果然撞上他媳婦和鎮北的磚窰王外出鬼混剛回來。張木頭手起棍兒落，一鐵棒下去就把王經理的頭殼打開了花。——你們說，張木頭是咋兒知道他媳婦和王經理鬼混回來的。那麼準。他們乘着夜黑一進院，張木頭和他準備好的鐵棍剛好就到了。

——不知是誰告密去通知的張木頭。磚窰王那麼牛的人，一進院鐵棍就落在他頭上。那麼牛，就像一袋棉花一樣倒在了張木頭家的院落裏。

——王經理是咱們鎮上最有錢的一戶人家哩。他刁走過的女人木頭媳婦不是第一個。他一死，滿地流的血，就像他把幾十捆百元紅鈔撒在地上樣。

——血把張木頭給嚇醒了。張木頭愣怔一下就醒了。原來他媽的，木頭是在夢裏邊。是他媽的夢遊才那麼牛逼的。夢一醒，他就癱在地上嗚嗚嗚地哭——我殺了人。——我殺了人。又變成一個慫人啦。騎摩托的說着笑着比劃着，一對鼠眼在我家冥店轉得珠子般。——都知道我是磚窰王的遠門親戚呢。他無情，咱有義。現在我去

通知王經理媳婦去木頭家裏收屍去。有情又有義，我也順道通知你們新世界，多為王經理準備些花圈冥物和紙禁。他家是咱們鎮上最有錢的一戶人家呢。誰家蓋房都要去他家裏買磚瓦。你們多為他準備些冥物吧。他家不掏錢買了我替他家買。誰讓我是他家親戚呢。我願意為他買十個二十個花圈擺在他墳上。騎摩托的把話說得快極如開閘放水樣。眼裏散着歡歡樂樂的光。臉上的喜，像他家媳婦終於懷孕生了一個男娃兒。身子在門外，頭在門框內。眼像一隻兔子離開冬窩朝那二寸長的春暖花開的地方望。要走時，目光又落在我舅臉上去。先自笑一下，讓他臉上大昌大盛開出一朵花。

——邵場長，你正好也在這。燒王經理的死屍時，他家給你們火葬場裏多少錢，我也再給你多少錢。你給火葬場的焚屍工好好說一下，一定不能把磚窯王的骨頭燒碎燒乾淨。要讓他出爐後還有腿骨和腰骨。讓這些骨頭都比骨灰盒子長，不得不用錘子砸砸才能放進骨灰盒裏去。——我再多給你一些錢，別把他的頭殼燒碎變成灰。得讓他的頭殼挨幾錘才能放進骨灰盒。

門口那張臉，說笑着，一臉爛漫如春日正盛的一朵牛皮牡丹花。說完走時那笑還有餘音留在門口上。我覺得身上有些冷，像騎摩托的把一桶冰水兜頭澆在我的身上了。門外又有了突突突的摩托響。——他媽的。我舅罵了一聲

就把目光從門口收了回來了。像他剛剛看了一場戲。像他走着突然看到腳下有鎮上人喝醉後吐的滿地污物般。世界又變得奇靜了。又有一股冷氣漫在鎮上世界上。可世界，萬事萬物都又縮回到了我家冥店裏。——去把哪一桶屍油拉走吧。今夜就去拉，明天再火化都沒地方裝油了。總不能讓屍油流在煉爐房。

說完我舅也走了。

他從屋裏走出去，像醫生從病房看完病人退將出去樣。——別為幾個零錢累得連做夢都還剪紙做花圈。——沒錢了就把那油拉去賣幾桶。離開我家走到大街上，舅又回過頭。回過頭，再又扭回去。開門上了車。轉着鑰匙打了火。兩柱燈光射在大街東。我舅開車要走時，又開窗探頭對出門送他走的我爹瞪一眼。

可我爹，看着走遠了的舅的汽車站一會——啥時我才能給你做個花圈呀。像是說。又像問。聲音不高也不低。回頭見我站在他後邊，怔了怔，拿手撫摸着我的腦門笑笑回家了。

回到店裏了。

2 *21:20 ～ 21:40*

　　菩薩啊——如來啊——孔子莊子老子們——我把一個有頭有尾的故事講得七零八落了。碎碎片片了。老子莊子孟子和荀子，還有佛家和道家。土地爺和灶王神。我跪在這兒訴說大半天，你們都聽到我說的這年這月這日夜的故事沒——啊——啊——我看見你們立在天上半空的身影了。聽見你們在空中走來走去的腳步聲響了。你們的聲響像刮過去的一陣風。——哦——哦。果然有風了。風從我臉上吹過像你們都在伸手撫摸我的臉。王母娘娘和如來佛。唐僧和沙僧。關公和孔明。文曲星和天王星。你們能告訴我一團亂麻的故事線頭在哪嗎。不告訴我就只能丟掉那個頭兒再抓這個頭兒了。

　　那我就再扯抓這故事的另外一頭吧。

　　那一夜，舅走後我去火葬場那兒拉運我們家買的屍油了。那是多麼可怕的一椿事情哦。可是天長日久也就不再可怕了。像天長日久人能和老虎獅子成了朋伴樣。和白天黑夜沒了界線樣。火葬場是專燒人的死屍的。是人走向另外一個世界的門口岔路口。我們這兒的火葬場，已經建

了十幾年。比我的年齡還要長。十幾年前的事，就像去年冬日的枯枝落葉般。新一年的春天一到它就沒有意義了。人都把它給忘了。真的給忘了。我不知道我舅是怎樣當上火葬場的場長的。我未出世他就是着場長了。我一出世他還是那個場長着。唯一的變化是，他初當場長時，全鎮的人都不和他説話兒。因為他把土葬改為火葬了。把完整的人屍燒成了灰。把完完整整的人都給活活燒成一把灰，還讓活着的家人再給他交上幾百元。八百元。就像你燒了我家房，掘了我家墳，我還得給你一包火柴錢。給你燒房掘墳的功夫錢。給你掘墳時租來用的工具錢。那時我舅從街上走過去，有人從他背後擲石頭。有人從對面走來在他面前吐口痰。他走着，會有很親很熱的聲音從他背後追過去——邵場長——邵場長。我舅扭回頭，那聲音又變得很冷很硬了——我日你奶奶邵場長。——你們全家不得好死邵場長。那罵的，是昨天或前天，娘被火化的。或者爹被煉屍火爐燒了的。他在我舅的背後站着瞪着眼。手裏抓了一塊能拍死人的磚。或提了一把能砍死人的鍁。

我舅愕然怯怯地立在大街上，臉是骨灰白。他有一米八的個，卻像一棵很高很細很無力的樹，隨時都會被風吹倒砍折樣。

——打一架吧邵場長。那喚的罵的逼着他，把頭朝後擺一下——走，到鎮外。你別把你的污血流在鎮街上。

我舅就走了。朝着那罵他辱他的遠處走。一米八的高，像被風吹倒了的一棵樹。默默的，臉是骨灰白。都以為有了這辱這罵聲，舅會去上邊辭掉火葬場場長那職務。可舅卻去上邊咬着牙——移風移俗國之事，我一定讓所有死的人都到火葬場。都把他們燒成灰。

　　舅就在一天夜裏鎮上的大街小巷間，貼滿了廣告和佈告。在四鄰八村的村頭和村尾，貼滿了廣告和佈告。廣告說——要為子孫留土地，就改土葬為火葬。廣告說——只有斷子絕孫的人，才不為子孫留土地。廣告說——國家規定，凡發現死人偷偷埋葬者，無論埋多久，一律扒出來重新火燒和火葬。並處於罰款多少多少元。罰地多少多少分。佈告廣告說——為國也為民，凡舉報誰家死人偷偷埋葬的，政府將獎勵多少多少錢。獎勵土地多少多少分。

　　村裏就沒人敢公然土葬了。

　　沒人敢讓一個土葬的新墳露在天下了。

　　多都不得不拉去火葬了。

　　就有人半夜去我舅家偷偷砸了門。砸了窗。還在房上點了一把火。我舅從此夜裏不再出門去和人說話辦事了。不獨走夜路荒野了。日日夜夜都住在火葬場，像敬業才不回家樣。

　　這兒我得說實話。我爹是村裏鎮上土葬人家的告密者。

誰家死了人，誰家死人後準備土葬的，不讓火葬場裏知道的，我爹都會乘着夜黑去火葬場裏說給他日後的妻哥聽。告密一次能掙四百元。兩次八百元。可那時，村人幹活一月才掙幾百元。外出幹活一月要死要活也還不到一千元。我爹只要夜裏往鎮外嶺上的火葬場裏跑兩次，他就能掙上近千八百元。

　　那時我們家，和閻連科家還是鄰居着。閻家已經蓋起了三間磚瓦房。後磚牆上紅色機磚的硫黃味，日日都漫在我家院子裏。我爹和我奶，日日聞着那味道。有一天，我奶聞着那味道，看着閻家的磚牆感歎着——我們家啥時也能蓋這瓦房啊。啥事也能蓋上這瓦房啊。

　　我爹在我奶的面前站着了。

　　又一天，我奶說這輩子我們家能蓋起瓦房嗎。蓋起瓦房你也就能找下媳婦結婚啦。我也就可以安心下世啦。

　　我爹在我奶的面前臉紅了。

　　再一天，我奶生病後，端着中藥罐子望着爹——我這輩子怕是看不到你成家立業了。怕是到死都不能住上瓦房了。那時我爹已過二十二周歲。二十二歲有很多村裏小伙都已結了婚。都已做了爹。都已蓋下瓦房或住着樓屋了。可我爹，臉上除了有二十二歲的青春痘，別的啥兒喜興都沒有。他站在奶奶的面前像窮窮寡寡被人棄的一張紙。羞醜着。無奈着。秋天的落葉從秋天的天空落下來。

旋着落在爹的臉上有如打上去的耳光樣。就這時，不遠處，有雜踏雜踏的腳步雜雜踏踏衝過來——快些吧——快些吧——張奶不行了，快來人把她抬到醫院去。——趕快抬到醫院去。隨後我爹聽着那喚聲，衝來重又飛過去。看見村人都往對門張家跑。有人抬着擔架跑過來。有人端着飯碗跑過去。把飯碗隨手擱在扔在路邊上，慌慌張張如天要塌下來。我爹盯着張家的大門看。二十二歲的臉上有汗浸出來。他沒有看到有人把張奶從張家抬出來。半個時辰後。一個時辰後。進去的是一副空擔架。出來的還是一副空擔架。進去的都一臉驚慌和訝然，然在出來時，所有人的臉上都沒訝然了。成了神秘和淡然。神秘着，臉上都是藏了興興怪怪的紅顏色，有如日光照着一眼不見底的井。

我爹明白了。爹知道對門張木頭的奶奶已經不行了。知道張家為了全屍不火化，決定人死後不再出殯不再哭。也不戴孝守孝行大禮。死人和沒有死人樣。把大門關起來，全家人對着死屍跪三天。不讓人看見。不讓人知道。看見知道的，也和沒有看見沒有聽説樣。一條街守着一個死秘密。三天後的半夜就把人抬到墳地埋掉去。再在那新土的墳上蓋下很多草。很多玉蜀黍棵稈和那樹枝兒。為了守住土葬這秘密，談論生死都不再張嘴了。都用目光和手勢。這是那些年村裏死人葬人慣常有的事。

可我爹，把這慣常打破了。把這秘密如瘡疤一樣揭給人看了。他甘之願之做了奸細做了告密者。那時二十二歲的他，我爹李天保，臉上的粉刺痘兒都是紅顏色。那一整天的下午他都沒有離開家，憋在院裏把那痘兒全都憋成紫青黑。他不斷扒着門縫朝着張家看。不斷朝閭家新房後牆的紅磚望一望，踢幾腳。煎熬着。受難着。煎熬受難至落日到來時，他出門朝鎮外梁上的火葬場那兒走去了。

他從火葬場我舅那兒領走了四百元。

待他捏着四張的百元大票回來時，對面張奶的死屍被一輛屍車運走了。像一輛囚車押走了一個逃犯樣。村裏的靜，連最後一抹落日抽走的聲音都可聽得到——張家倒霉了——張家倒霉了。這是村人對張奶被拉去火化唯一的念說和同情。沒有人懷疑是我爹去告的密。那麼大的一椿事，咋就能夠保密呢。要想人不知，除非己莫為。各樣的說辭就像各樣的樹葉從天空落下來。秋天到來了，樹葉就該落了呢。告密回來走過黃昏裏的村街時，我爹看着街上吃晚飯的村人們，下力裝出啥兒事情也沒發生樣。他去告密時，手裏提了一張破鋤頭，說是去鎮街焊那壞的鋤。告密回來提了一張電焊好的鋤。如是修好了鋤頭扛着回家樣。確真如啥兒事情都沒發生過。鳥在落日裏它就歸巢了。雞鴨鵝們在黃昏到來時，就都回了窩兒了。人們在那落日中，吃着夜飯又商量着明天的生意農活了。

果真如啥兒事情也沒發生樣。

只是張家大門虛掩着。那兒的靜和夜深人靜一模樣。

我爹走時提着壞鋤頭。回時扛着好的鋤頭他的雙手有事可做了。可以扶鋤把手放在鋤把上。這樣他就慢慢坦然了。像一隻雀鳥黃昏該要回窩它就回窩樣。和啥兒事情也沒發生樣。回來朝張家那兒望了望。淡下腳，望一望。之後奇靜讓他回了家。奶奶把飯碗端到爹的手裏時，他抬眼望着奶奶大半天。——明年我們家也要蓋瓦房。說着爹把鋤頭靠在房檐下，又抬眼瞟着閻家的新磚房——明年我們家也要蓋瓦房。一定能把瓦房蓋起來。待奶奶驚喜疑疑地去看她的兒子時，爹便接過飯碗大口大口吃起來。蹲在地上一言不發臉上憋成青顏色。人縮成一團像是一把骨灰樣。

就這樣，村裏死個人，我爹就能多買幾丁磚。

村裏死個人，我爹就能多買一大片的瓦。

凡要偷偷土葬的，尾末火葬場裏全都知道了。執法人和火葬場的運屍車，總是在人死不久就開到死戶人家大門口。一片哭喚中，那車就把死屍運走了。執法了。火化了。成了一堆灰。這時間，我爹總是不在村。常在村裏死屍火化完了過一天，才從村外走回來。或者死戶人家人死兩天後，骨灰盒在靈棚如先前的整屍一樣擺着時，他才走回來。像村裏有人死去他剛好外出走親戚。碰巧不知道。壓根不知道。他回來就在家裏呆着不出門。有時遇了同街

胡同死了人，是他告密讓火葬場裏出來搶的屍，可他還會讓我奶奶也去那死家送禮和弔孝。人家送的孝錢是十塊，他就讓我奶送去二十塊。人家送二十，他就讓我奶送三十或四十。

　　不過多是不去弔孝的。因為剛好死人埋人那幾天，他不在村裏不知道。這樣過了半年後，村裏和鄰村籠共死了十餘人，我家蓋房的錢款就存了五千塊。然在那年冬天間，我爹又外出兩天回來時，他在村外坡上和那執法隊與死戶和死屍碰在一起了。天是酷寒天。大地和天都是枯灰色。麥苗在田裏像大地上的毛。爹從我一家親戚走了回來了。過嶺子。穿溝壑。到一面坡的田地間，他看見執法隊正在鎮上楊家的老墳裏，鳥在他們腦裏亂飛着。亂飛着，就把一堆一片的玉蜀黍稈兒揭開來。用勘探使用的洛陽鏟，很快在那墳間挖出一個胳膊粗的洞。把幾斤炸藥沿洞繫下去。將露在外面的導火索歡歡呵呵點着了。灰土色的天空下，導火索噴出的星火粒兒發出嗞嗞嗞的金響聲。——後撤——後撤——人都喚着朝導火索的遠處退過去。等待着。等待着。等到了一聲沉悶巨大的響。山坡晃了晃。大地晃了晃。人心晃了晃。復又安靜下來了。執法隊返回到墳坑那兒去。把從墓裏炸出來的骨肉用腳攏到一塊兒。倒上汽油點了天燈了。在墳野把死屍炸了重又火化了。火光衝上天。像誰家的宅屋着了火。能聽見火光衝天

時炸裂騰騰的劈啪聲。很像抽鞭子。一鞭一鞭抽那屍。汽油味。燒肉味。空氣着火的熱燙味。點火的人，圍着那火站一會。大冬天。梁上冷。有人圍着那火伸手烤了火。我爹遠遠看着像看一場戲台上的惡恨戲。無法信是真的呢。可確確鑿鑿是真的。他從中掙了四百塊。故事開始他才是主角。沒有他就沒有這故事。發光那邊的天空上，黃昏前的夕陽是種火燼色，如灰白色的柴灰蓋了正燃着的火。空氣中，有一股稀稀淡淡的焦燎味。是肉和骨頭被燒了的焦燎味。人被露天火化了的味。似乎還有人被燒時來自酷疼的尖叫聲。隱約的。卻是清晰的。是疼痛不止的尖叫和尖叫。後來那叫啞下了。淺小了。隨着汽油火的光亮由大變小叫聲弱淺了。成了呻吟了。我爹立在百米外另外一家墳地旁。另家墳地上的枯柳枯柏樹，桶粗着，正好擋了他身子。沒有寒。沒有驚。只有錯愕罩着爹的臉。他一直盯着那炸了又用汽油點了的楊家墳。臉上有一層被火烤了的疼。皮肉繃得很。緊得很。像他臉上的水血也被那汽油點着了。烤乾了。留下的皮肉乾裂撕疼了。

　　一直呆在那。盯着看。手在臉上摸搓着。

　　火光小了眾人走去了。

　　朝山下火葬場的那兒走。

　　五六人。壯勞力。大的不過四十歲。小的比爹的年齡還要小。一律穿了縣上鎮上統一制式顏色的深綠執法服。

是縣裏統一成立的執法隊。真的隊伍樣。每個鄉鎮都有的火化執法隊。哪有不燒的死屍就忽的出現在那兒。執法隊就出現在了楊家墳。炸了點了就走了。

執法隊走後我爹朝楊家墳地走過去。看見楊家老墳的下角有個新墳坑。二尺深。坑裏漫着汽油味。焦土味。二十分鐘火就滅褪了。汽油焦土的味裏夾着焦肉烤骨味，如同火葬場裏煉屍爐打開爐口衝出來的味。那沒被油火燒成灰的幾根骨，像火未燒盡就滅了，柴樣翹在黑坑裏。一鋪破席似的圓土坑。坑邊還有一段忘踢進火裏的骨頭肉。骨頭炸裂染成灰黑色。肉像一片紅泥一樣混在新的鮮的和燒焦了的灰土間。立在黑土紅土間，我爹的臉成灰白了。看着腳邊如一根肋骨樣的屍肉骨，他的臉成白色了。成了慘白了。木呆着。愕詫着。二十二歲像經了世事萬千樣。遠處伏牛山脈的嶺梁起伏靜默着。山下的皋田村或說皋田鎮，也是死的靜默的。無聲無息的。世界全都死了呢。盡切盡切死了呢。只有走遠了的執法隊，像收割完了莊稼回家樣。從容的。閒散的。歡笑的。還有人對着空曠唱着歌。歌聲衝天飛。像一行野鷹劃破寂的死的天空般。黃昏前的夕陽在灰的天空是種火爐色。像白色的柴灰蓋了正燃着的火。

冷得很。有風在那墳地野糙野糙吹。

我爹就立在那炸了又燒了的墓坑邊。如死了一樣豎在那。可他是活的。臉上的紅痘那一刻僵成青顏色。青痘鼓

鼓結在他的額上和鼻上。拿手摸摸額上脹疼了的青痘兒，爹他彎腰拾起腳邊那從土裏炸出來似是肋骨的骨頭肉。看了看，像撿了冰樣又慌忙把那骨肉丟在腳邊上。九十二歲的楊家老祖奶，因為九十二歲了，楊家就不火化她。死了也不哭。也不在門口舉白示哀讓人知道死了人。可是我爹知道了。他從楊家胡同走過時，看見楊家的院門大白天裏關死着。從門縫流出一股人多燒飯的菜香味。聽到門裏有唧唧喳喳的説話聲。從門縫爬出來的狗，渾身都是黑棺材的漆味和香爐香的味。

他知道楊家死人了。

他早就知道楊家九十二歲的老人躺在病床上。

到夜間，爹爬上這山坡。窺到楊家墳地有燈光。看見有人在楊家墳地借着夜色挖墓了。爹去火葬場的那兒告了密。舅把四百塊錢塞到爹的手裏時，又在爹的肩上拍了拍。笑了笑——李天保，別看你人小，你將來會有出息呢。——人活着，就是要幹別人幹不了的事。爹不言。爹從火葬場裏離開時，娘還在火葬場的一間屋裏縫着壽衣賣壽衣。她開門看看爹，把一兜做壽衣的碎布條兒倒在門口上。——又有人死了。像是問。也像是自語。爹朝她看一眼。看見她的臉色淺素如是一張淺黃色的紙。朝她點了一下頭。算回答。也算朝總是把錢給爹的火葬場老闆的妹妹的恭敬和問候。

就走了。

一如往日就走了。

沒回村。一如往日去了我的一個姑姑家。爹的遠房姐姐家。像村裏死人爹壓根不知道。壓根不在村子裏。可在三天後，他回來碰見這場墳事物事了。火葬場沒有拉走楊家祖奶去火化。而是等楊家理了死屍後，又來墳地把死屍炸出來。澆上汽油重又火化了。天象冷的很。有風在坡地野野糙糙吹。他找到一張挖墓人用壞扔的舊鐵鍬。用鐵鍬把周圍的暄土朝着炸火坑裏填。黃昏前的夕陽在灰暗的天間是種火爐色，像白色的柴禾蓋了正燃着的火。爹就那麼一鍬一鍬鑔着土。他想把那炸坑裏的骨頭重新蓋起來。填上坑。再在坑上蓋那玉蜀稈兒和柴草。這樣就和啥兒事情也沒發生樣。一了百了梁上只有冬風吹。可是從山梁下邊來人了。楊家人已經從村裏趕着跑上山梁了。炸藥的炮聲和火光，把他們從鎮上召喚過來了。前面是跑得快的年輕人。後邊是一大群的楊姓的男人和女人。風一樣。刮過來。山呼海嘯響過來。朝那近了楊家墳的人群望了望，我爹慌忙離開了。朝那執法隊走的方向去。走着不斷回頭望。看楊家人群跟沒跟過來。看有沒有人看見他或發見他。賊一樣。像賊還沒把東西偷到手，主家的腳步已經封堵在了門口上。爹身上有些冷。心裏寒哆嗦。新棉靴。新絨褲。可還是冷得很。有錢了，他給自己和我奶奶都買

了新的暖的絨棉衣。原來暖得很。現在冷得很。朝東去的山脈小路上，執法隊已經走遠了。一絲影兒都沒有。黃昏到來前的寂靜如一個世界都死了。我爹也死了。臉是灰白色。額上總出冰粒似的汗。快到火葬場的門前時，他在路邊坐着坐。咬着唇，坐在誰家田埂頭兒上。不覺間，用雙腳把腳下的土地在面前蹬出一個堆。堆前是個深坑兒。

天徹底黑將下來時，他朝火葬場裏走去了。

這事是我以後知道的。

就是不知道，我想一定也是那樣兒。

只有那樣我爹我娘才會在這年這月這一夜的夢遊裏邊這樣兒。不是那樣兒，他們也就不會這樣兒。不是那樣兒，在這一夜的大夢裏，他們決然不會這樣兒。到了火葬場，我爹掏出我舅給的四百塊。把四張百元票，放在舅的桌子角。——我以後不做這事了。死了我也不做了。蓋不起房子住着露天我也不做了。說完這些我爹就要走。從火葬場的辦公屋裏退出來。我舅沒有攔阻他。也沒收那四百塊。——你不做你們村裏還有別人想做哪。動動嘴，跑跑腿，吃碗飯的功夫就是四百塊。天下去哪找這好事哪。辦公屋是兩間房。牆上掛了從文件上抄下的——節約耕地提倡火化——的文明話。燈光和白晝一模樣。火葬場的院裏有夜鶯一咕一咕地叫。場西兩層樓房正面牆上新描漆的殯

儀堂的三個字，在燈光下面是金色。能看見水庫裏的水，如同月亮的光亮全都聚在漂在蕩在水面上。

從舅的辦公屋裏退將來出來時，舅巨人一樣豎在門口對爹說了五個字——你別後悔啊。我爹從火葬場的辦公房前走掉了。不言不語走掉了。默默的。默默一世的。——我不會後悔呢。他說着，腳步聲如水上漂的樹葉樣。房磚都已和磚窰訂好了。水泥也都買好了。村裏只要再死五六個人。五六個人中只要有三四戶人家不願火化想要偷偷去埋葬，這就夠了我家蓋房買鋼筋的錢。生意越來越難了。人死了自動拉去火化的戶家越來越多了。像月亮要出地上就不能沒光樣。太陽要出地上一定有光樣。冬天寒冷是死人的旺季節。一冬天村裏肯定會有幾戶人家有人死。肯定死戶裏有人不願火化要偷偷埋葬的。可你火葬場明明可以把人從家裏拉去火化的，卻偏偏要等人家埋了去炸墳。要到墳地倒上汽油點天燈。說本來是要去楊家拉屍的。搶屍的。可偏偏那天運屍的汽車壞了呢。壞了修修嘛。竟就拖到人家埋人以後去炸墳。去燒屍。我爹走後我舅出來站在門口上——李天保，不掙這錢你會後悔的。——你會後悔的。

可我爹，還是從火葬場的院裏出來了。小個兒。梗着脖。頭也沒有回。像一隻小雞怒了要飛樣。夜色帳幔一般在他面前鋪展着。有田野的土氣染着月色走過來。他的腳

步聲，從火葬場的門口一直傳到遠處公路上。他也聽到有腳步從公路那邊傳過來。可又仔細去聽那腳步時，卻聽到身後我舅又罵他了一句啥兒回屋了。

一切就都過去了。如人死永遠埋葬了，再也不會有一絲聲息了。可這時，事情不知是從新開始的，還是和原來接連續着了。如人埋在泥裏還又有了呼吸樣。原來我娘是在火葬場的門外等着爹。她看見他出來就從路邊閃了出來了。從一影樹後閃到樹前來。

——你不再做這事情好。

——不再做了好。

——可不做你家房子咋蓋呀。我去過你們住的那條街，多半人家都蓋瓦房了，你們家還是舊草房。

——我能幫你家蓋起三間新瓦房。

——只要你和我結婚，我就做為陪嫁給你家裏蓋新房。結了婚，我們可以在鎮街中心開家冥喪店。賣花圈。賣壽衣。賣陪葬的紙紮和冥物。以後你就再也不用做你不想做的事情了。娘說着，雲在她的頭上飄。雲影飄在她的身上和臉上。那時候，我爹和我娘站得彼此不過二尺遠。她的呼吸輕輕微微吹到爹臉上。

她在等着爹回話。可爹看也沒有多看一眼娘，用鼻子一哼就走了。

也就走了呢。

3 *21:40 ~ 21:50*

　　這一夜，二更上的九點間，去往火葬場的路上我總是想着我們家的事。想着我爹我娘和我舅的事。這些都是閻伯想要知道的，可我沒有給他透過一點兒。

　　不知道爹娘中間有過啥兒事，下年春天他們結婚了。

　　不知道爹娘中間有過啥兒事，結婚了我就出生了。

　　不知道到底有過啥兒事，我生了我奶卻死了。

　　世上有生命的總是生一個它就死一個。死一個它就生一個。到頭來有生命的人啊畜啊動物和飛鳥，總數還是那麼多。不多一個也沒少一個。沒少一個也沒多一個。之所以眼下世上人多了，是因為動物禽鳥的生命減少了。有一天，禽鳥動物的量數增多了，人的生命就該房倒屋塌了。——這是閻連科的書上說的話。忘了是他哪本書上說的了。依照他那本書上說的話，我出生是因為我奶要死了。奶奶走去是因為我要到來了。

　　我娘懷上我時我奶有病了。我娘肚子越大奶的病就越來越重着。賽跑樣。生着死着賽跑樣。那時我還未到世上不知奶是啥兒病。肚裏疼痛除了吃藥別的啥都吃不下。我

在娘的肚裏胖着奶在床上瘦下去。我長大着她就縮小着。我長一斤她就減一斤。我要生了她就縮成一團要死了。我出生在爹娘結婚那年下半年的冬天間。有大雪，世界是白的。那時我在娘的肚裏掙着身子要出來，奶奶就在新房的南屋床上挺着身子要死去。等我從娘的肚裏出來了，爹從北屋跑到南屋站在奶的床邊上——男娃兒——男娃兒。爹說完奶就笑了笑——我這輩子活值了。有了新樓房，又有了孫兒續香火。然後她燦燦笑着就走了。像奶是等着我來她去樣。和人的上班下班樣。我接着奶奶壽命的末班她就下班了。我就上班了。開始活在皋田說着做着爬着長着了。奶奶就走了死了不說不做永遠歇着了。

　　奶奶死前沒有說她想土葬還是想火葬。爹和娘也不知是該把奶奶土葬或火葬。我的到來是喜事。奶奶的走去是喪事。一喜一喪抵着了，也就無所謂喜悅悲傷了。爹的臉上平靜着。娘躺在床上平靜着。事情和我沒有到來樣。也和奶奶沒有走去樣。那一天，天氣酷冷一連下了半月雪。世界上的白和墳地裏的清明雪白一模樣。房檐上掛着冰條兒。樹枝上掛着冰條兒。皋田鎮上的雪，沒過人的膝蓋沒過人的腰。大地上的雪，沒過膝蓋有時還沒過人的腰。世界是雪的世界了。天下是酷冷酷冷的天下了。村落裏的靜，使我娘床邊的一盆碳火響出的炸裂和鞭炮一模樣。窗外的落雪和飛沙一模樣。北風掠過房檐把冰條砍下來。我

在娘的懷裏聽見有水澆在火上了。爹就坐在那火邊。娘就在床上被窩攔着我。奶奶就在那個屋裏床上躺着等着她的後事兒。

時辰如一把老鋸從爹和娘中間拉過去。我是天將亮時出生的。奶是天將明亮死了的。就這麼，到了午時我哭了又睡了。睡了又哭了。到我不哭不睡時，我爹我娘說話了。聲音淡淡和他們想要瞌睡樣。

出去看看再說吧。——娘在床上說着翻個身。爹從火旁站起來，到床邊摸摸我的臉——男娃兒。我家輩輩單傳你又替我生個男娃兒，說明天下沒有報應那事兒。說明我李天保沒有做過對不起人的事情呢。

就走了。出去了。大雪天天下靜得一個人影都沒有。可在我家門口牆上卻有人貼了白紙用毛筆寫了黑字兒——喜訊啊——李天保的娘死了，都看看他家火化不火化。——喜訊啊——李天保的娘死了，都看看他家火化不火化。方白紙。大黑字。白紙周周正正着。黑字歪歪扭扭着。這樣的召告貼在我家門口上。貼在胡同的電線杆兒上。貼在大街邊的楊樹槐樹身上脖子上。我爹在街上看了這樣五六張召告標語後，在村頭沒人的飯場靜靜站了一會兒，和大雪對着沉默一會兒，又從那兒轉身回來了。

回來路上他每一腳都狠狠踢着雪。人瘦小，大雪沒過人的膝蓋就攀着他的大腿了。雪到了人家大腿就拉着他的

褲腰了。可他踢着雪，就像一匹大馬踢着塵土樣。踢着跋着也就回家了。回家的路上他一路撕着嗓子喚。

——我媳婦生了一個男娃兒。

——我媳婦生了一個男娃兒。

本是說的喜事生個男娃兒，可回到我娘床邊他又說了別的話——火化吧，人家不是恨我都是恨你哥。

——火化吧，火化就用那屍灰堵了那些人的嘴。也堵了那些人的眼。

就決定把我奶給燒了火化了。第三天，前晌雪停日出街道村落皋田到處都有人在日光下邊掃雪時，我爹沒有請人幫着抬我奶。沒有請人用車拉我奶。也沒讓火葬場的屍車開到鎮上停在我家門前邊。他頭戴孝帽腳穿白鞋背着那穿了壽衣的他娘我奶從家走出來。從人最多的地方走過去。像和這個世界打賭樣。像和皋田所有人的目光打架樣。爹頭上的白孝是洋布。細白潤潤和雪一模樣。娘給我奶做的壽衣是黑的綢緞發着黑的光。袖口領邊衣襬滾了金邊在日光下邊發着金的光。針線活兒好得很。好得沒法說。沒人想到我爹他有那麼大的力氣會有那麼大的賭性兒。那時有人掃雪正在門口上。有人說閒正在掃過雪墊過沙的大街上。早飯中飯一塊兒吃的正在飯場上。他就那麼背着我奶背着死屍從人多的地方走過去。從村人鎮人目光多的地方橫過去。

一步步，示威樣。

一步步，宣誓樣。

人都驚住了。人都驚呆了。

台下的驚奇，就從靜裏嘩的一聲到了動裏了。忽地一片唏噓哎喲了。所有走神兒的目光都一股腦兒集中到了台上了。集中到茅枝婆的身上了。說到底，她一百零九歲，也還是一個活人呢，剛才還咬着核桃說話哩，可這一轉眼，她就又如死人樣穿了一套壽衣啦。

那壽衣是上好上好的布料呢。黑緞子，隱隱地含着細碎細碎的亮花兒。台上的燈光又明又亮，壽衣在燈光中一閃一爍着。

這樣兒，黑的就有了白的光。紅的有了紫褐的亮。黃的有了深色的金光銅澤兒。這七閃八明的壽衣和光色，一下把台下千千百百的觀眾嚇住了。把百百千千的人眼牢牢地吸在台上了。

我想到《活受》書上的一段兒。不知是因為《活受》才有了鎮上的事，還是因為有了鎮上的萬千事兒後，也才有了《活受》那本書。不知是閻連科的小說預兆了我們鎮上今夜的事，還是我們今夜的事兒孕着某一天的閻連科。

我爹就背着穿了壽衣的奶奶從人最多的地方走過去。村人驚着了。人都呆住了。掃雪的掃把僵在手裏邊。鐵鍬僵在手裏邊。説閒的大嘴僵在半空裏。看熱鬧的頭腦僵在冷寒裏。都靜靜看着我爹走過來。死死靜靜看着這個小個團圓臉的人，背着他娘背着死屍走過來。從那雪地橫過去。雪住天晴裏，天地間連一星塵埃都沒有。有雪的地方是白色。掃過雪的地方是紅色。而我爹背上的我奶渾身上下都是亮黑色。本來天晴日出有些冬暖了。可因為我爹因為我奶鎮上的寒冷又深如夜的酷冷一樣了。和荒野無人的野外一樣了。大地凍裂了。人心凍裂了。所有人的心裏都裂出溝溝壑壑的縫口兒。那寫在紙上的召告標語就貼在他們的身邊和樹上——喜訊啊——李天保的娘死了，都看看他們李家火化不火化。很平常的一句話。很遊戲的一句話。爹就把他娘的死屍背在肩上從那平常裏邊蹚過去。橫過去。撞過去。慢慢的。酷冷的。釘釘鐵鐵。猶如從一片冰林殺打過去樣。把所有冰林的枝條殺斷了。撞斷了。把所有冰寒的樹木砍倒了。一世界都是我爹撞斷冰林枝條的嘩嘩聲。都是他撞斷別人目光的嘩嘩聲。

沒有人想到他有那麼大的力氣呢。

沒有人想到他的力氣能鎮住皋田能扭轉乾坤呢。有人在他後邊用目光追着把嘴張開了。

——李天保，你這是幹啥呀。

——李天保，你這是幹啥呀。你這是向村人鎮人示威嘛。好像你娘死是村人鎮人害死的。

我爹站下來。

爹的聲音大得和雷樣——我沒有告密我就是沒有告過密。

——村裏人鎮上人被火化被點天燈和我沒有關係就是沒有一丁點兒關係呢。

他又朝前走。

把我奶的屍影留給別人像把一塊黑布蒙在別人眼上樣。別人就不見真情啥兒了。別人就只能追着大聲喚着了——你這是何苦哪——你這是何苦哪。你娘死了都是一個村的一條街的你叫誰去幫忙誰能不去嘛。

爹又立下來。把身子重又扭回去。把肩上的死屍扭回去。讓我奶的臉奶的眼對着盯着村人們。

——我沒有告過密。村裏鎮上誰家死人誰家火化誰家被那該點天燈的我的妻哥邵大成點了天燈真的和我一點關係都沒有。

——我娘死了我把她背去火化你們都該信了吧。

——我背着我娘去火葬場裏火化你們都該信了吧。

爹說得委委屈屈坦坦蕩蕩像把別人丟的東西從他口袋掏出來。像把他丟的東西從別人那兒討要回來樣。說完了。又背着我奶走掉了。朝前走。一個瘦小的猴人兒。一

具活了六十多年和村人鎮人相熟相處四十幾年的老人屍。這讓村人不安了。讓鎮上不安了。讓村人鎮上都覺得對不住我爹了。對不住我奶了。對不住我們李家一家了。就有張木頭從後邊追過來。王大有從他家拉了板車追過來。車上鋪了褥子被子很厚的草。熱熱鬧鬧冷冷清清十幾人。把我奶從爹的肩上卸下來。用習俗中的白布蓋了臉。在街上買了鞭炮花圈和冥錢。放着炮。燃着鞭。一路撒着冥錢撥着雪。在冷的寒的熱鬧裏，把我奶從鎮上送到了鎮南梁上的火葬場。

好事幕開在我奶的火葬上。

火葬場離鎮上只有二里路。沿着公路的正南向，上去一個百米高的坡。在水庫壩上的西端裏。看見曠荒裏的一圍紅院牆。院牆裏的兩排房和兩層紅磚易簡樓。還有從那樓裏朝着天空伸的鐵皮高煙囱。這也就是了當年所有村人鎮人和半個縣人都仇都恨的火葬場。那時殯儀堂的告別廳，還只是兩層樓下的三間空房子。只是牆上用黑漆刷出——告別處——的三個字。那時院裏沒樹沒花只有火葬場的屍車停在雪地裏。只有幾個工人在院裏掃雪扯閒篇。只有我舅在他的辦公室裏圍着火爐烤着火。在那火上燒着花生核桃和大蒜頭。燒熟的蒜香在火葬場裏瀰瀰漫漫像有幾瓶烈酒倒在院裏般。

就把我奶拉到火葬場的門口了。放了幾個兩響炮。炮聲告訴場裏有人死了生意來了要開始火化工作了。我舅出來時，看見我爹戴着孝帽站在一個平板車拉的一具屍邊時，他又把目光朝遠處四圍找着和看着。想找到和別家死人火化時一樣湧來的響器棺材孝隊和熱熱鬧鬧傷傷悲悲處理後事的村人們。可他只看到了我奶的死屍和我爹。還有幾個村人和一個大花圈。剩下的就是白雪北風和山梁上的孤寂以及火葬場的冷清和閒散。

——咋會回事？

——小敏生了我娘她死了。

我舅再也沒有說話兒。他把我爹叫到他的屋裏用鼻子哼一下，一連說了一排幾排兒話。

——李天保，我妹子生了你也不告訴我一下啊。

——李天保，你看你的寒酸樣，以後你來這上班吧。隨便幹個事兒我給你開最高的工資只要你對我妹妹好。

——李天保，你娘死了你也不通知場裏一下啊。我讓屍車鳴着喇叭廣播去接你娘，也讓所有的人知道我邵大成移風移俗節約土地燒人火化是不避親疏不分遠近一視同仁的。

——李天保，念起我們是親戚你還主動在雪天把死屍送過來，火化完你娘我派場裏的屍車把你娘送回去。這次

後事花多少錢都由我來掏。但你要排排場場把你娘給下葬了。你李天保不要臉面我是你妻哥還要臉面呢。我不能讓人説我邵大成小氣讓他妹子家死人入葬都葬不起。

這一排幾排話兒説完後，我爹看着他的妻哥我舅一句話兒也沒説。待爹從那屋裏出來時，我舅又把他叫住説説了一句狠話兒。

——李天保，你他媽連一個屁都不會放放嘛。

有了這話兒，我爹他本該説話了。可他還是那樣聽着木着淡淡腳。見我舅不説了，依然死默出來把我舅的屋門關上了。關了出來看看門口的人。他對等在門口的張木頭和王大有，夏叔和王伯們，冷笑一下聲音不高不低道——我妻哥讓我到這場裏替他當領班。一月給我很多錢。可這燒人的事情我咋能幹呢。窮死餓死我也不能來幹這。

人都不説話。人都把目光落在爹臉上。

都把目光敬在爹臉上。

接下來的事情每個村人都曾歷經過。許多家裏還曾發生過。不説話，把死屍從告別廳的那兒搬到一架屍車上。不説話，將帶輪的屍車從告別廳推到煉爐房。不説話，讓所有的人都在廳裏等着火化像等着一椿早來晚來都一樣的事。因為人都幫我爹，我舅給所有的來人都扔去一包煙。因為燒我奶，我舅讓火化時間長些燒得仔細些。人就在廳裏抽煙等着奶的骨灰像等着秋天遲長晚熟的糧食樣。人就

在四壁通風的廳裏生了火。把不知是誰家扔在那兒的花圈搬來點了火。取着暖。説着話。我爹沒事他就朝那煉屍爐裏晃悠走去了。

也就在那煉屍爐裏驚着了。

煉屍爐屋是沒有樓板隔着的雙層房。生着鐵銹的煉爐半躺半坐在那房中間，如加厚加大的一個鐵桶蹲在半空裏。土得很。笨得很。聽説這笨爐是那1958年大躍進的時候用過的，後來它就到了工廠去。後來它又到了城裏的廢品收購站。再後來，它就到了我舅手裏了。敲敲打打，造造改改，它就成了皋田火葬場的煉爐了。在這煉爐的高溫鐵桶上，螺絲把柄旋帽時密時疏如死在黃土原梁上的石頭樣，只有火門屍道渣口的開關是可以動的打開的。還有的，就是從屍爐腰身穿過樓頂伸到天空的黑煙管。光禿禿的紅磚牆。烤焦烤黑的糙房頂。磚牆下的一張三條腿的黑桌子。桌上扔着幾個白酒瓶和喝酒用的瓷缸兒。地上有灰有個垃圾桶。照理他人是不能近這煉爐的。可我爹娶了我娘他就可以進來了。照理進來站站就算了。可我爹是邵大成的妹夫他在那兒轉來轉去就看見啥兒了。

他轉着站到煉爐的後邊去。他在那兒盯着一個從爐腰向外伸出的指頭粗的鐵管兒。鐵管上又接了一米多長的皮管兒。皮管通到牆角下的一個大鐵桶。正有筷子粗的一股褐的油液從那管裏流到鐵桶裏。屋裏暖得很。外面世界瞠

皚白雪冷到地裂樹裂着。可這屋裏暖到穿個單褲布衫還覺熱。兩個燒屍工，都是三十大幾歲。短頭髮。焦紅臉。眼裏是長年燒爐對着火的滯紅色。還喝酒。每燒一具死屍都要喝上幾口白燒酒。他們吃着花生喝着燒酒時，我爹站在那有熱液流出的管邊桶邊呆住了。

——這是啥。

——屍油啊。

——啥屍油。

——煉屍燒屍不得有油嘛。你們家炒肉燒肉不都要從肉裏煉出油來嘛。

再不說啥了。

我爹知道那是人的油。

知道現在在他面前滴滴流的淌的正是他娘我奶的油。忽然想要吐。身上像有幾條冷蛇從地上沿腳順腿爬到爹的身子上。在他前胸後背竄來走去像要找到窩兒洞兒住下來。後來那蛇很快爬到爹的頭上腦裏了。在他頭上腦裏歇下住下歡着了。咳咳咳地乾吐着。他直想把手伸到喉裏挖出抓出幾把胃腸來。身邊的煉爐熱得使他要出汗。可身上頭上的冷蛇卻爬得歡歡暢暢捷快着。不定向。不歇腳。有時一條有時十幾條。亂亂地竄爬像針兒蟲兒在他渾身上下跑跑和走走。走走又咬咬。年長那個人，把半瓷缸白酒端

過來——不讓你進來你偏要進來看。——快，喝一口。喝一口也就好了呢。

我爹果真接過瓷缸喝了一口酒。

又喝了一口酒。

最後朝那沒有蓋蓋的大油桶上看一眼。他看見他娘我奶的屍油紅黃紅黃稠滑稠滑從桶口搭的皮管流下去。火道裏的聲音大，把那屍油滴落的聲音遮住了。也許那屍油滴落本就沒有聲音呢。看一看。喝了酒。把酒瓷缸兒還給那個煉屍工。

——所有的人燒了屍油都要煉將出來嗎。

——這話得去問你妻哥哪。

——煉出來的油都去哪兒了。

——這話也得去問你妻哥哪。

沒有話兒了。

再也沒有話兒了。

煉屍爐裏除了火聲和死屍進爐後過一會兒響出的水泡氣泡破裂聲，再有就是煉屍工的呷酒聲。我爹又在那爐屋站一會，讓喉裏的吐嘔痙攣緩一緩。緩一緩他從那爐屋走出來。外面是一片白的雪世界。從這兒能看到水庫裏的藍水面。水面上沒有積雪水是冰藍色。可水邊的白裏含了青。岸邊也有冰凌鑲着了。站了站。看了看。我爹蹲在地

上乾嘔一會兒，朝他妻哥我舅的辦公屋裏走去了。推開門，他進去站在那張投着黃漆的場長辦公桌邊上。望着一米八的我舅像一隻螞蟻望着大象樣。像一棵小草長在一座塔下樣。仰着頭。默一會。默一會我爹對我舅說了了不得的話。了不得得如一隻飛蛾衝着把頭撞在山上樣。撞在火上樣。

　　——哥，我問你個事兒你別發火。

　　——你真的別發火。

　　——你說是不是天有報應老天才偏偏讓我看到我妻哥煉了我親娘身上的人油呢。

　　——真的那人油不能燒了不能不煉流出來嗎。

　　——給我說說那煉出的人油都去了哪。

　　——我是你妹夫你就給我說句實話那人油屍油到底都去哪兒了。

　　——那桶裏有我娘的骨血有我娘的屍油我娘的屍油它結底去了哪兒了。

　　舅的眼大了。

　　舅的眼睛嘩地睜大了。

　　煤餅火爐上燒的花生核桃的香味漫了一屋子。大蒜燒後的香味漫了一屋子。一屋子都是香味蒜味都是暖味兒。

　　——媽的，你去過那兒啦。

　　——你不該去那兒可你去了那兒啦。

——他媽的，你是我妹夫，我就實說吧。那油是一股財源你知道不知道。

——你別這樣盯着我。盯我急了我會有脾氣的。

——想吃就吃吧。燒蒜花生香得很。

——賣哪兒賣哪兒。賣洛陽。賣鄭州。所有的城市工廠都要這種油。做肥皂。做橡膠。提煉潤滑油。這是天好地好的工業油。說不定當做人的食用也是上好哪。三年大災時，人吃人也不是啥兒稀罕事。

我爹站在那，把目光落在我舅燒的蒜上核桃上。

我舅吃着又看了一眼爹——吃吧你。

爹的咽喉又上下動一下——我不吃。這人油一桶能賣多少錢。

——二百八。三百塊。一般一桶是三百塊。

我爹不再說啥了。我舅不再說啥了。我爹想了一會兒，好像想了很久一段時間呢。其實就是想了我舅吃一顆花生一瓣蒜的的功夫間。然後我爹想好了。說話了。聲音不大但字音周正語音清楚呢——哥，既然火化就必須得有人油流出來，你就把這油都賣給我天保好不好。一桶三百塊。也不用你運到洛陽鄭州去。還要掏運費。我定期來拉油。只要你把這油賣給我，我會對你妹妹好——只要把這油不賣出去賣給我，我會和小敏好好過日子。過得不讓你操半點心。對邵小敏就像對我親妹樣——你別管我用這

油去幹啥兒。我也保準不讓人知道人被火化不是所有的東西都被燒成了灰。還有人肉中的人油是煉了出來用到別處了——你把這些賣給我。我分分文文不少你。決不少你一分錢。你別管我錢從哪兒來。我和小敏已經想好要做啥兒生意了。只要你答應就從有我娘的這桶人油開始以後全都把油賣給我。我對你妹妹會好得如同親妹親姐樣。讓你一點不用操心不用管顧我們家的事。——如果我們的生意掙錢了，我不光買這人油不欠你一分錢。就是你替我蓋的那三間樓屋我也一分不少把錢還給你——你要信我大成哥。我說到做到雖然我李天保個頭只一米五，可我說的話兒的個頭一點不比別人矮。你要信我一次大成哥，就把這些人油一桶一桶賣給我。

　　——賣給我吧，就算你妹夫求你好不好。

　　——好不好。你賣給誰不都是一桶三百嘛。

　　就這時，在我爹說下一排話兒一堆話兒的當口上，門外傳來皋田人的喚聲了。

　　——李天保，你娘都被燒完了你還在你妻哥那兒烤火啊。

　　——李天保，你他媽的我們大冷天來幫你料理你娘的後事你卻去你妻哥那兒取暖烤火啊。

【卷三】

二更・下：鳥在那兒築窩了

1 *21:50 ~ 22:00*

　　——老天啊——神們啊——我們家的事情就這樣。就這樣，我爹我娘在皋田開了冥店新世界。賣花圈。賣紙紮。賣壽衣。賣所有死人用的物，掙下錢去那壩上買屍油。就像砍樹又栽樹。栽樹又砍樹。一天一天的。一年一年的。我就長大了。長成現在這樣了。三四歲敢把花圈的紙花別在胸前邊。五六歲能舉着花圈走在大街上。七八歲穿着壽衣如穿着雨衣風衣般。十一二，就開始跟着我爹去把煉屍爐的人油拉將出來了。

　　到了十四歲的這一天，這年六月六的這日夜，我獨自從鎮裏店裏出來去壩上火葬場裏運屍油，就像一個十四歲的少年收麥割麥運麥樣。火葬場依然不挪窩兒在鎮南。我走在空寂悶熱的路邊上。想起我爹每次去火葬場告密也都走在路邊上。每一夜去把屍油從場裏運走也多都走在路邊上。好像我爹一輩子因為啥兒走路總是走在路邊上。一輩子好像沒有走過路中央。想到爹他一輩子沒有走過路中央，我朝路的中央走了走。——第一次去告密，人和夢遊樣。爹是這樣和我說過的。——第一次去把裝有我奶屍油

的油桶從火葬裏運出來，人和夢遊一模樣。好像這話爹也和我說過樣。這又讓我想起夢遊了。抬頭朝天空望了望。朝路邊誰家的打麥場上望了望。我還到鄰村村頭的打麥場邊站了一會兒。看那麥場上，有沒有如張木頭那樣夢遊打麥的人。不像有。是沒有。夢遊人的臉色好像都是木然如城牆上的磚。眼睛似睜還眯着。眯着又似睜開着。眼白翻着露出來。目光不是朝着外邊而是朝着他的心裏看。他能看見他在夢中想想念念的所有事。看不見夢外的皐田和世界上的一點事。看不見夢外的一棵樹和一棵草。除非那草那樹正好出現在了他的夢裏邊。

麥場是個橢圓形。有兩戶人家在橢圓的圓頭上。一戶在那圓中間。他們在燈光下面打着麥。相互喚着說着話。聲音從麥場上空飄過去。像鳥從腦裏天空飛了過去樣——唉，知道嗎，聽說鄰村有戶人家夢遊時，當爹的在麥場上把他兒媳強姦了。話後是一陣爽朗淫藝的笑。笑像一隻惡鳥從麥場這頭放飛到了那頭去。從這個腦裏飛到那個腦裏去。接着麥場那頭也跟着飛來猥猥藝藝的說話聲——強姦兒媳婦，他咋不去強姦他的女兒呀。還說了一些啥，我聽得不太清楚了。離那麥場十幾步的遠。麥場中間的麥捆麥垛兒，像山脈一樣擋住我的視線和他們話的來來往往了。遠處的田野像是一片發着光的湖。小麥都已割倒運走了。土地上的熱熟味，如剛揭鍋的蒸籠般。熱

蒸氣。熱香味。熱的水味和汗味，都從那邊吱吱響着飄過來。

　　得抓緊去把火葬場的屍油搬運走。舅都親自開車來說了。不連夜運走舅在來日會把唾沫吐在爹的臉上去——給你們好你們不知好。你們知道現在我把那油賣到洛陽一桶能賣多少錢。五百塊。有時還賣六七百。賣給你們一桶三百還不抓緊拉。事情就這樣。不知為啥會這樣。爹買那油買到幾十百來桶，他不想再買了。舅說不買太好了，這油現在漲價漲到五百一桶了。說不定拖拉機裏也能燒這油。爹又買了二年運了二年油。他又有些不想再買了。舅說不買太好了，把這油運到鄭州一家橡膠廠，讓那廠裏做成膠，一桶能賣到八百塊。於是爹想想想想就又接着再買了。再運了。運運買買一直到現在。爹是偷着問過那油價的。省城郊區有人把這人油做成潤滑油。讓人油在機器輪的縫裏擠輾着，這油價就是九百一千一桶着。十幾年前一桶三百和天價一個樣。十幾年後一桶三百就和舅是白白送給我家樣。說把那油運到南方鄉下的小工廠，一桶油能賣一千一。有時一千二甚或一千三。啥都漲價呢。放個屁賣了也會漲價呢。可舅對我家終是沒有把那油價漲上去。三百買，一千賣。這麼着，舅說賣一桶我家能掙七百塊。甚或八百一千塊。可爹娘沒有賣那油。爹娘人好沒有賣

那油。那油都是人的油。不能賣。當然不能賣。爹把那油運到水庫的一個寒洞囤起來，像把一股細流庫在湖裏樣。一年一年的。一月一月的。把銀元退還給做成銀元的銀錠樣。每從火葬場運走一桶油，就如從場裏領走一筆錢。每往那寒洞送桶油，就像一桶銀元還原成銀錠碼在那兒樣。

現在我又要從火葬場裏去取銀元還原鑄成銀錠了。離開那個鄰村打麥場，走在通往火葬場的公路上。有汽車從我迎面開過來，就有汽車從我背面開過去。就如只要我從鎮上走出來，準在一碗飯的功夫就能走到壩上火葬場裏樣。也就到了壩上了。也就看見壩西的火葬場子了。一圍磚院牆。兩排長平房。一座豎煉爐的二層樓。還有幾棵豎在夜空的箭杆樣。這也就是我要去的火葬場。去那這一夜事情的起點和末點。這一夜故事的開場和收尾。

我是從火葬場大鐵門上開的小門進去的。火葬場裏的靜，年年月月都和墳場一模樣。本來也是一個大墳場。是千人萬人的大墳場。有千人萬人——世界的人，都被拉屍的汽車送進去，最後熔進一個盒裏走出來。左邊一排房是場裏新翻蓋的辦公區。經理室——那是我舅又大了兩間的辦公室。可惜我舅成了總經理，芝麻小事他都不管了。辦公室比往常少來了。辦公桌上落的灰，經常能寫露出桌底的字。我舅隔幾天來看賬收錢了，都會在那桌上試着寫上

幾個字——活。死。屍。錢。等等等等的。有時也寫出一個花字來。寫出花香天熱或者天太熱的字。因為他是了邵總經理了，他在那桌上寫完字，就有人進來幫他擦桌子。

擦得窗明几淨一點塵灰都沒有。

辦公區的房子裏還有會計室。收費室和接待室。另外對面的一排房，是屍爐工們的宿舍和雜物間。還有兩間房是伙房和倉庫。倉庫裏放了麵粉大米和骨灰盒。初建火葬場時活人沒事決然不進這院子。後來就進了。初建火葬場時所有人都恨這場子。後來不恨了。初建火葬場時人們想從我舅的身後朝他腦殼拍一磚。後來誰見我舅都叫他場長經理老闆了。想把骨灰燒得好些白一些。骨渣碎一些。往骨灰盒裏裝時不用錘子砸。那就得叫他邵總邵總了。有時還得請他喝酒吃頓飯。給他塞上兩條煙。有時死人排着隊，優先燒誰得有我舅批條子。那想先燒的，就得私下給我舅遞上一些錢。就像從車站買票回家樣，想買到車票你得有着同學熟人或親戚。有了熟人親戚才能塞上遞上錢。

我走進火葬場的院子時，員工房那兒有人正在門口脫光衣服洗身子。——你是誰。——我是我。李念念，來拉煉油的。——哦，李念念，是你呀。我以為是女的。是個女的就好了。他朝我大聲笑了笑。山梁上有股很涼很涼的爽風兒。像水濕的涼綢撫在人臉上。天空闊得很。人在梁上的天底下，就如終於從風中抓住地面的螞蟻般。我望着

十幾步外的那個光身子。他在月光裏，像從水裏躍起站直的一條魚。站在那兒看着那條魚，魚卻對我大喚着。

——傻念念，你知道不知道。

——啥兒呀。

——說出來能嚇你一大跳。

——啥兒嘛。

——說出來可真要嚇你一大跳。

——說吧你。

——我聽說鎮上有人夢遊了。

——大聲點。

——鎮上有人夢遊了。

——就這呀。

——聽說不是一個人。是幾個。說不定還是十幾個。人家說張木頭夢遊跑到麥場去打麥。又夢遊着提着鐵棍從麥場回到家，把和他媳婦鬼混的磚窰王給打死了。一鐵棍打在磚窰王的腦殼上。不知是誰去告訴張木頭他媳婦和磚窰王鬼混回來了。他就扛着鐵棍回家把磚窰王給打死了。

——就這呀。

——就這呀。他是在夢遊裏把人打死的。不是夢遊他沒這個膽。——念念啊，你愛讀書呢，你說人在夢遊中犯法用負法律責任嗎。不負就好了。那就過癮了。

我不說話站在火葬場的院裏看他一句一句說。

——多大個事。屁法律。要啥都法律那世界就亂了套兒了。世界就不叫世界了。這幾天火葬場裏忙成一鍋粥。每天比往日都多送來十到二十個的死人呢。三十歲。五十歲。多是壯年呢。六十七十八十的老人倒少了。死的這些壯年都是夢遊死了的。老人瞌睡少，自然夢遊少。壯年勞累瞌睡多，自然夢遊多。一夢遊白天想啥夜裏就做啥兒了。醒着敢想不敢做的事，在夢裏就都敢做敢為了。有仇的就去報了仇。想殺的就去殺了人。伏牛山的胡家溝，有個男人看他娃子長得不像自己就在夢裏把他娃子掐死了。把自己娃兒掐死了，他媳婦趁他睡着把他砍死了。見自己男人娃兒都死了，那媳婦也就上吊了。一家三口都死了。都是夢遊惹的禍。你說法律能拿夢遊咋樣啊。法律又不是一桶水，誰夢遊就在誰的頭上澆桶水。

說着那人去倒了那桶水。提個空桶朝他住的屋裏走。走着他又回過身來突然問——你說我會不會夢遊啊。今天累了一整天，燒了二十多個人。我怕我睡着了也走進夢遊裏。我要夢遊去找個女人要要倒好了。我就怕我一夢遊自己會去把自己火化掉。天天幹這火化的事。想這火化的事。別一夢遊果真自己去把自己火化了。知道吧，我火化別人時，總是想着與其讓別人草草火化我，還不如自己把自己好好火化了。

最後他就說着走進屋子裏。

關門的聲響像利刀砍在人的頭上留下來的一聲尖叫樣。

豎在那聲尖叫的尾聲裏，我如一個人獨自站在一個世界裏。並不怕。對這火葬場的熟悉如熟悉我家一模樣。我家又是那個鎮上唯一的一家冥店新世界。我曾經多次獨自夜裏到這火葬場裏辦事情。很多次獨自在新世界的花圈堆裏寫着字兒睡過去。讀着閻連科的小說睡過去。頭枕在一包金箔上，夢見金銀財寶和山一模樣。枕着花圈睡，夢見村裏和鎮子都成花園了。都成公園了。百花開着鳥飛着。柳枝輕輕拂在水面上。魚從水裏跳出來，和兩岸的蜻蜓蝴蝶遊遊戲戲說着話。看見一隻老鷹飛來了，它們就飛了散了跳進水裏了。

詩得很。

趣得很。

鳥語花香着。

花香鳥語着。

萬紫千紅千紫萬紅着，連閻連科的小說裏邊都從未有過那景象。

天空有雲壓着走，腳步聲和棉花一模樣。看看那天空。看看那場院。又看看前邊兩層樓高的煉爐房和殯儀堂。有幾層石台階。登上去就是遺體告別廳。一廳和二廳。我在二廳前邊站了一會兒。蛐蛐的叫聲婉轉而響亮。在告別廳的背後邊，是除了熟人和屍爐工，誰都不可進去

的。因為死者要從那間房裏走進高溫火爐裏。屍爐工要在那屋裏做很多不能讓外人看的事情和麻煩。要在每具死屍入爐前喝上幾杯酒。抽上兩支煙。有時心裏有些奇怪念頭了，還要到牆邊的香爐裏邊點上一柱香。如果要燒他們認識的熟人親戚了，會到香爐裏燒上三柱香。磕下一個頭或者三個頭。有時候，燒着仇家了，燒着有錢的老闆經理了，會在那死屍身上踹幾腳。會把煉爐的房門全都從裏門死掉。兩個員工在裏邊對喝兩瓶啤酒或半瓶白燒酒。讓外邊的人等得心急火燎在外邊敲門或喚門——完沒完，差不多了就行了。——那咋行，人家生前做了那麼多的好事情，得讓人家體面上路呢。從容回家呢。不能和普通白姓一樣呢。

其實他們啥兒也沒做。就是在那死屍邊上喝着酒。

喝着喝着卻把一口痰液吐在死屍臉上了。

把一個啤酒瓶子碎在屍的頭上了。

有時還把酒瓶當做錘子一錘一錘砸在死屍兩腿間的醜物上，像要把一根柱子砸在地下邊。

到下午。到黃昏。到沒有死屍再來焚燒了。那兩間煉屍房裏飄了滿地骨灰粉。滿地酒瓶子。鍋爐邊的牆角立着裝屍油的桶。牆上掛的是沒有送進火爐的死者陪葬品。牆下碼的也是留下來的陪葬品。到處都是不知是哪位死者的骨頭渣子和從骨灰盒上掉下來的石片塑料片。如果不是死

人的旺季就好了。人們火葬都在晨時或前晌。後晌他們會把這屋裏清掃一遍兒。可到了死人旺季裏，就沒有時間清掃了。酒喝多了醉醉釅釅着。東倒西歪着。有時就倒在一堆屍品衣物裏邊睡着了。

酒能給人膽，屍爐工都要喝酒呢。

酒能消異味。他們必須喝酒呢。

都醉了就得請人來幫着打掃那屋了。後來就有了專門清掃那屋子和殯儀堂的人。是個小姑娘。是我説的那個小娟子。比我小一歲或者大兩歲。家是墹東哪個村子的。父母都死了。爺奶跟着也死了。來多了她對火葬場裏也熟知膽壯了。她就成了火葬場裏每天黃昏要到處打掃一遍的清潔工。現在她正在那煉爐屋裏打掃着。屍塵被她掃出來。燈光被她掃出來。她從那爐房出來又進去，像一隻蝴蝶飛來飛去樣。有一股清香在她身後落下盤纏着，如一條水線在悶熱的夏夜盤盤繞繞朝我流過來。

我蹚着盤繞和殯儀堂的燈光朝那煉房走過去。

她又出來拿些啥兒進了了。閃着的影兒如着一塊黑的綢。我聽見她説了一句啥兒話。不是和我説，可那兒又沒別人聽。只有一堆野的花草堆在門口上。她出來進去都是拿那花草還有別的啥。

我到門口時候她正往煉爐的鐵門邊上別着野花草。一個爐屋都被她別滿掛滿花草了。牆上的花草像豎起來的四

面花草地。屍爐上能栓能掛的地方都有一束花。紅的黃的和綠的。野茶花和野菊棵。紫串串和節節紅。還有雞冠花和小蘭花。火葬場外邊到處都是這種花。還有車輪棵和說不出名的小黃花。種在火葬場院內的月季和芍藥。開在盛時的玫瑰花。屋子和花房一模樣。半臥半豎的煉爐如又豎又臥的一截花柱子。

屍爐房它就成了花房了。

我出現在那兒時，她正往屍油的桶邊縫裏插着小黃花和小紅花。像那花就是從那桶裏野生出來的。開了出來的。我以為我看見這些看見她，她會很驚訝地呆在桶邊上。可我出現在那兒時，她扭頭看看我，不驚不呆和沒有看見我一樣。和看見一棵樹一樣。不言不語眨眨眼，就又忙着她的插花別花了。我很驚。也很呆。我知道她為何要把煉爐房打扮佈置成天堂花房了。

——你在夢遊吧。

她正往從屍爐通往油桶的塑料管上繫着野花草，臉色靜平如悄悄開在夜裏的花一樣。

再次扭頭看看我。嘴上動了動。好像和誰說着話。喃喃或哼哼。沒有誰能聽清她在說啥兒。我看見她說話時臉上一動一動着，還後退一步端詳她繫的花草好看不好看。像看一幅畫或她佈置下的一道景。我過去把她肩膀拉一下——你去院裏洗把臉。她很強地把她的肩膀重又掙回

去。——人死就該讓他們到這樣的屋子裏。從告別廳裏一告別，就到這個屋子了。入門是花出門也是花。進到煉爐房裏還是花。要是這屋裏能飛着蜻蜓蝴蝶就好了。就等於是真的天堂世界了。

說着她很遺憾地立在那。

——你能幫我捉些蝴蝶放飛在這屋裏嗎。扭回頭來望着我，笑一笑。是你呀，我以為是我表哥呢。

——我表哥成了酒鬼了。燒具屍體要喝半瓶酒，他這一天得喝多少白酒哦。又把目光擱到原來插的花草上。我明天自己去捉幾隻蝴蝶蜻蜓放飛在這屋子裏。讓這屋子和花園一模樣。人一死到這屋子和回家一模樣。讓每個人到這屋裏都不想再離開，像不想讓春天被夏天奪走樣。夏天不想讓秋天奪走樣。喃喃的，如是念文章。吐字說話變得清晰了。說着再又回頭看看我，目光卻又盯在門口的一桶清水上。

然後她去把那水桶提過來。拎着水。在所有的花上草上灑了一遍水。我很清楚地看見她那瘦瘦黃黃的小臉了。眼是半睜的。表情真的和開在夜裏霧裏的花一樣。黑布裙。花布衫。頭髮是很土很草的兩根辮。臉也尖尖着。門牙微微張在唇外邊。不宜笑。可她總是笑。爹死了。娘死了。她爺她奶跟着也死了。她日日都吃住火葬場。每天火葬煉屍結束時，把殯儀堂的一廳二廳掃一遍。把屍妝間收

拾一遍兒。把煉屍房收拾打掃一遍兒。她壓根就是活在一個死的屍的世界裏。爹沒了。娘沒了。爺奶也沒了。可她每天見人都是笑。掃地時候笑。清理屍爐時候笑。有時去忙着給死屍化妝也是臉上掛着笑。像永遠開不敗的一朵花。

我去煉爐下要把那一滿桶的屍油拉走時，把她插在油桶上的雞冠花和一把綠草弄在地上了。她把那花草撿起來，又插在屍油鐵桶上。臉上仍像開着淺紅淺黃的一蓬兒花——你再不拉走明天的屍油就沒有地方再放了。你拉走我在這地方擺上一盆花。我發現火葬場外的崖邊有種野花兒，開得和巴掌一樣大。紅顏色。紅裏還有淡的黃。那花散着一股香味兒，比桂花的香味還要烈。

——我要把那桂味花兒養在這煉屍房。

——我要讓這煉屍房裏到處都是桂花香。人一從那邊世界走過來，就走進滿是桂花香的世界了。覺得身上火化也不痛。煉屍燒骨也不痛。油從身上流了出來也不痛。那桂香的味兒就是人家說的迷你草。人一聞就昏了忘了一切了。和麻醉一模樣，忘了痛和世界了。就毫無苦痛地從那個世界到了這個世界裏。

——我明天就去把那迷你香的花兒挖來種在這屍爐房。

——我現在就去挖來種在盆子裏。擺在這爐旁。你再放油桶了別碰着我的迷你香。

往外走。如一隻飛走了的蝴蝶樣。是和我說話，目光又不在我臉上。她目光專注在她的心事上。專注在她夢遊着的世界上。就是我把專用的輪車推來要抔着裝那一滿桶的屍油時，讓她幫我推一把，她也沒有聽見我的話。也就出去了。像飛走一模樣。我看見她從門口扛着一張鐵鍬走在燈光下。火葬場後院牆的那扇門是開着的。也許那門永遠是開的。這地方，是連賊都不願來的地方呢。她從那後門走出去，人就飄在空曠空曠的山梁上。人就走在山脈上。人就影在山梁大地上。

像一朵花開在夜的夢的山梁上。

2 *22:01 ~ 22:22*

　　一桶屍油六百斤的重。我不知道要燒多少死屍才能煉出這一桶油。在死人的淡季裏。一個月還流不滿一桶油。在死人的旺季裏，十天半月也就一桶了。油是淡黃色。凝了成了重黃色。好像那黃裏還有一層淺黑在裏邊。

　　因是人的油，我就不説這些了。説這些我身上的肉會一陣一陣跳着疼。心裏緊得慌。心裏急得慌。像我的手指被夾在了門縫裏邊樣。火葬場建在山梁路邊上。一邊是水庫，一邊是公路。夜還淺得很，離開黃昏正在二更人定裏。山梁下的村莊有各種各樣的聲音都碎腳亂步走過來。天悶熱。山梁上的風和清水一模樣。水庫裏，那清白色的光，從水面騰起撲過來，水氣潤潤撒在梁道上。路兩邊的田野都是收割過的小麥地。麥茬的甜味在水氣中如到處飛着的奶味兒。像女人剛生過娃兒把她多餘的奶汁擠在山上了。灑在田野了。擠灑在了田野大地了。

　　我從梁道拉着一大桶屍油朝着水庫這邊的寒洞走。那味兒，一絲一縷掛在我的鼻尖上。這一大桶的油，因是油它就從桶裏滲到鐵皮外，像鹽罐外面總是潮着一層鹽和

水。白鐵皮的油桶就成油紅了。又成油黑了。油紅油黑又都散着冰腥味。冰味大，腥味小。若你不知那是人的油，也許它就沒有冰寒味。那冰寒的味兒多半是從人的心裏生將出來的。若不從心生了來，那桶裏也就是一桶平常油。機油或者植物油。散發開來的油味兒，雖然不是芝麻花生那油味，也是膩腥膩濕的平常物。可它是人油。一想它是人油就有了冰寒氣息了。有了骨肉脂肪的腥氣了。好在我不怕那人油味。因為有些傻。因為傻人都膽大。我從來不怕人死和人屍。我們家就在冥店世界裏。我自小就在那到處都是花圈紙紮的冥物堆裏生長着。不到三歲爹娘就時常帶我到火葬場裏和舅説事兒。五歲就進過煉屍爐的房。五歲半就坐在這輛屍油車的前把旁，跟着爹一月一趟一月兩趟去寒洞藏送人的油。

一月幾趟去送人的油。

現在輪到我獨自拉着屍油去那寒洞了。十四歲的年齡像長大在死世門口上一棵樹。我要立在那門口擋風抵雨了。要獨自在大夢遊的黑夜把一桶屍油從煉爐裝上車，行過一里路的山梁子。路過閻連科租房寫作那院子。再過半里緩坡路。再走小半里的下坡路。把這有七十至八十具人屍才能煉滿一桶的屍油藏在那冬暖夏寒的廢舊洩洪洞。就走着。也就獨自走在梁上又走在緩坡斜道上。為了不想那人油人屍的事，我對我説我要想些男人的事。想點女人的

事。想點啥兒呢。就想想每天在屍爐打掃並給死屍化妝的那個小娟吧。她叫余小娟。人都叫她娟——娟——和余娟子。這娟子要再長得好上一點就好了。再長好點我就願意拉拉她的手。願意和她結婚過日子。可她長得醜。兩顆門牙總是裸在唇外邊。我看到那兩扇門牙就不想和她說話了。聽到那兩扇門的說話聲，就想過去對她說，你去鎮上醫院把你的門牙拔掉吧。拔掉再換兩顆周正的。要是換牙錢不夠了我可以替你出上一顆門牙錢。

可我終是沒有對她說出來。

總是想說卻沒說出來。

剛才沒人我應該把那話兒說將出來的。

應該和她一塊去挖迷你香。應該爬在她耳朵上大喚一聲把她從夢遊裏邊叫出來。應該端一盆水讓她洗把臉。把濕毛巾撫在她臉上。她要再長得好那麼一點就行了。再好一點點，我一定會把她從夢遊裏叫出來。一定會陪着她的夢遊去挖迷你香。然後也讓她陪我來這送屍油。走這一里山梁路。半里緩坡路。小半里的下坡路。可現在，我一個人就把這路走完了。車輪的嘰吱聲，如星月在天空各行其道樣。走着走着間，車輪又脫軌下來碰在一塊兒，滾着磨搓着，就磨搓出了嘰咕嘰咕聲。這聲音把夜路一寸一寸蠶吃了。把我送到了水庫外側山腰間的寒洞前。兩棵樹。一片草。兩扇可以開進去汽車的鏽鐵鋼筋門。鋼筋門裏是

我爹自己釘的木板門。把這兩層門打開。手朝門裏的右邊摸。一下摸到了垂在那兒的開關繩。

燈就亮了呢。

燈光委屈綿綿鋪在洞前門口的這地方。為了節約電，爹不讓燈能照亮五百米長的深寒洞。可那燈又往死裏用力照着那洞黑裏的一桶桶的油。就有了燈光力氣將盡的喘息聲。有了洞壁上水珠下落的滴嗒聲。有了從洞的深處走來黑寒黑寒的冷風聲。還有那一片連着一片從屍油桶中散發出來的冰冷潮濕的腥味兒。時濃時淡的煉油腐味兒。烈刺刺的潮味兒。被油味和夏涼染雜了的風，吹着四十瓦的燈光先濃後淡累到想要滅寂死去的樣。在寂死隆轟的聲響裏，我開門進去站在燈光下。朝洞裏打量一下子。一下子，渾身都有了寒噤和哆嗦。洞有公路那麼寬，房子那麼高。從大壩的這邊穿透到了大壩那邊去。洞壁全是水泥和石頭砌成的。石頭縫間的水泥二指寬。沿着所有的石縫淺淺深深繪在洞壁洞頂上。洞頂是不規則的拱圓形。潮濕的地方常年有水浸淫着，如永遠乾不死也旺不活的泉。幾十年前修建水庫時，籌計蓄水大滿後，流水不及了，就從這靠水壩上方的寒洞洩出去。可這水庫修成了，上游的水源變小了。雨水天氣變少了。水庫年年蓄水也不蓄到這寒洞的下唇邊。寒洞就廢了。就成我家存放屍油的洞庫了。一頓飯和幾條煙，管洞庫的人就把庫房鑰匙給了我爹了。就

像這洞是專門為我爹天保修建的。為有一天庫邊有個火葬場，為專門存放屍油備着的。

順理成章的。

自然天成的。

如上天決定人必死就決定人要土葬、海葬、河葬和山頂自然葬。所有這些就地習俗葬夠年月後，年月就讓人棄了習俗而改為火葬了。改為火葬我舅就監守自盜偷金一樣讓人油流出來。流出來就該有人賣油有人買這油。也就有人把人油藏在這地方。一桶一桶的，一年一年的。初開始，爹娘想把這油入土為安埋到哪。半夜去梁上找池找坑找溝壑，也才知了伏牛的人口真的密成林草了。沒有一塊常年埋油神鬼不知的荒處了。也就只好這麼一桶一桶存放着。藏儲着。等有一天讓這人油發揮大用場。啥用場。驚天動地的大用場。不為這用場，爹不會年年月月都把人油存下來。把這五百米深的寒洞都給儲滿了。電燈線從洞的那頭扯到這頭兒。站在洞的這頭望，洞像天地黑夜一樣深。一桶挨一桶的人屍油，擠在那兒像鄉村要開萬人大會般。像一條萬里長的路一般。路上全都隊伍滿了黑衣黑褲的人。一桶一桶的。一片一片的。若把那人油全都倒出來，油能流成一條河。集成一個湖。說不定還會和海一模樣。

可我沒有見過海。

閻連科的小說裏很少寫到海。可他經常寫到田野和荒野。寫到土原和山梁。荒寒死寂的。漫無邊際的。無頭無尾的。三天三夜也走不出那個荒野盡頭兒。他的小說每本都很長很多字。集起來乍看都是一片荒原的樣。其實也是簡簡單單雜雜亂亂的一片野墳崗。這墳崗裏埋着人也長着松樹柏樹和野槐。樹下是一片枯草野花和在枯草野花間活着的螞蚱和蛐蛐。蛐蛐和蟈蟈。蟈蟈蛐蛐每天都在那裏唱着歌。這個人。這閻伯。不知他為啥所有的小說都是亂墳崗的樣。一片荒原樣。實在些,把他的小說往那好處說,說破天不過是一個村——我們村的人和土地和房屋那沒完沒了的長恨歌。若往實在明裏講,也就是一棵樹一棵草和一個人的一段嗩吶葬曲兒。是一個人在吹着嗩吶開的賣的冥店新世界。這是閻伯他的話。不是我的話。所以說,我家開的冥店正等於他全部寫作的開始經過和尾末。我們家的事,爹啊娘啊還有我,所有做的說的都該進到那書裏。都比他書裏的人啊事啊好得多。可惜我爹不識字。可惜我娘不識字。可惜我念念不會寫也不會說。到頭來覺得他寫得不好也還拿他沒法兒。誰讓我們村只有這一個作家呢。到頭來還只能去讀他的書。像你不愛紅薯可你只能去吃紅薯樣。因為家裏只有紅薯嘛。你愛大魚大肉山珍海味可你只有粗糧雜糧呀。因為你只有那粗糧和雜糧,想活在洛陽鄭州廣州北京和上海,可你只能從皋田到這寒洞裏。再從

寒洞到那皋田鎮。皋田也就皋田吧。寒洞也就寒洞吧。這寒洞裏堆的屍油桶，也和他的小説一樣是漫無邊際的。荒寒死寂的。無頭無尾三天三夜百天百夜都從那洞裏運不完。我把這一桶油碼到一片油桶的邊兒上。車尾對着那片屍油桶，從油桶翹高的半空朝上一用力，那桶屍油滑着就從車上下去了。哐的一聲豎在了那一連一片的油桶邊。像一個人跳一下站進了他的隊伍樣。像閻伯的書裏又多了一個故事樣，那隊伍裏就又多出一員了。由少集多了。日漸大了壯了有着氣勢了。

　　油桶碰油桶的聲音悶滑而沉重。寒洞吞着那聲音，如餓狼捕食般，響起它又戛然止住了。山洞又恢復它的安靜了。油桶們，又成了一截截死的柱子了。我要從那洞裏離開時，有一隻青蛙跳到我的腳邊上。有蝙蝠在洞的燈光裏邊飛。有掛水的蜘蛛在洞壁和油桶的縫間爬着忙碌着。它們好像希望我別走。希望我走別關燈。別把它們留在黑裏潮裏油膩裏。可是我不能不關燈。不能不離開。外面世界都已開始夢遊了。我不關燈離開萬一我爹我娘也夢遊了那可咋辦哦。

　　關了燈。閉了門。漆黑哐咚的聲響就砸在那洞裏。砸在水墻世界上。月光柔柔如水一模樣。夜色死寂如洞一模樣。從寒洞走出來，我站在那兒朝閻連科的租房那邊看了看，就借着他的窗光沿着坡路回往鎮上了。

【卷四】

三更：鳥在那兒生蛋了

1 *23:00 ~ 23:41*

悶熱的夜。

熱從每一個門縫窗縫和村裏屋裏擠出來。

離開壩子回到壩下公路上，如同回了蒸饃房裏樣。進到鎮街如入了蒸籠樣。到處都有轟嗡轟嗡的躁動聲。夜鳥的冷丁一叫裏，像它在夢裏熱醒了。叫裏還有汗味兒。還有驚恐不安的迷惑味。蛐蛐在鎮外還飄飄歌舞的，到街上，它就收息閉聲了。有馬燈和手電筒的光，從我前邊蕩過去。有腳步從我前邊陣陣跑過去。鎮上像有啥兒事。可光和腳步遠了後，寂又深得遠得從冬到夏了。從清朝到了明朝了。

我只是在街口才又重新看到燈光和燈光裏急急匆匆的人影兒。人影是從我家店裏出來的。又一個來報喪訂做花圈的。還要一整套的紙紮和陪葬。爹看我推門進來仰着頭。自語了一聲又一個。——咋會夢遊去挑水，掉進井裏淹死了。還有夢遊去井上挑水的。怪死了，會有人夢遊去挑水。手裏的竹刀把竹竿劈成兩瓣兒。四瓣兒。八瓣兒。一根手腕粗的青竹子，就成一捆筷子一樣的竹條了。粉絲

般的竹條了。爹在腿上捆了一個舊鞋底。竹子和刀從鞋底上面遊過去。有了竹裂竹開的脆響聲。娘是無聲的。悄悄剪綵紙。細細疊紙花。用漿糊一黏一捏就有一朵紙花開在她的手裏了。麵漿的熟香味。竹子的清洌味。還有爹和娘身上忙的熱汗味。這也就是新做成的花圈味。陪葬紙紮的冥物味。滿屋都是這味道。滿世界都是這味道。

——今天一共死了五個吧。我站在門口望着爹。

——六個了。我娘扭頭替爹説。

——忙瘋啦。忙瘋啦。我爹聲音大起來。死的旺季加上夢遊夜，怕明天會有十戶二十戶人家都來買花圈。

我娘驚着了。手在膝上歇着了。扭頭朝後牆上的掛錶看了看。見那掛錶早就不走了。時針分針都停在天最熱的中午兩點鐘。我順手把店門關起來。——寒洞裏的空桶快完了，得再買些空桶備在那。説着我飲牛一樣去喝了一杯涼開水。——煉爐房的娟子夢遊了。一個打麥場上的三戶人家全都夢遊了。説着過去坐在爹身邊，把一堆竹條朝裏推了推。爹把目光扭來攔在我臉上——你不瞌睡吧。你不瞌睡去疊金箔吧。又有兩家死人來要這貨了。以前都是死人後兩天才要花圈和紙紮，這些日子是隔一夜就要這些了。立馬就要這些了。像今天人死明天就要埋了呢。爹説着，去把屋門打開來。想讓涼風吹進來。可打開的店門裏，風沒吹進來，只有店裏的燈光鋪展出去了。

——爹，你説我要夢遊會是啥樣呢。

——你心裏想啥夢遊就是啥樣唄。

——我想着看書呢。

——那你就會在夢裏翻開一本書。

——我想有一天一定要離開這村子和鎮子。

——去哪兒。

——不知道。就是想離開。

——那你千萬別夢遊。説不定你夢遊就是離開家，朝着你不知道的哪兒走。

——我想要和村裏的閻連科那樣説故事寫故事能掙很多稿費和名聲。

爹盯着我看了很久一會兒。——疊箔吧。姓閻的能出一個作家那都是他們閻家命裏的事。是他們閻家的墳裏早幾輩就埋有那根文脈呢。我們家的墳裏沒有那文脈。我們家只有把這冥店裏的事情做做好，對不起了活人對起死人就行了。

爹的聲音像在空中飄一樣。不定的。悠悠的。有一片剛黏在花圈頂上一朵大花邊的綠葉不見了。被開門關門的風給吹到哪兒了。爹就爬在幾架花圈下邊找着那片葉。把那片綠葉重又黏回到了那個花圈上。娘已經把一打彩紙疊完了。各種紙花和花圈上要飛的掛的鳥雀蝴蝶也都剪了一籮筐，放在腿邊像一堆祥雲祥鶴樣。她不説話總是那麼剪

着和黏着。疊着和捏着。做完這些時，順順她的腿。伸伸她的腰。舉起胳臂在空中舒展大半天。垂下時長長歎了一口氣。

我又看見娘臉上的表情如一張舊的報紙了。

驚異地扭頭去看爹的臉。

——就讓她睡吧。醒着不定她會咋樣呢。一會死個人。一會死個人。也不知今夜明天到底會死多少人。

說話間，爹的臉色是暖的溫的柔靜的。早先早先很少見爹對娘有着這臉色。可後來我一出生是個男娃他就對娘有這臉色了。再後來，兩歲的我還不會說話兒，村人說怕我是個癡呆傻娃兒，他就又沒這種臉色了。直到有一天，爹把店裏的花圈紙紮都撕碎踩在腳下邊。把鍋碗瓢勺全都甩到牆上砸在店裏邊。娘對着爹大喚大喊着——報應——報應——我爹把耳光狠狠打在娘臉上。娘摟着我在屋裏哭了哭。爹把自己的頭朝着牆上撞了撞。哭哭和撞撞，撞撞和哭哭，爹慢慢對娘又有這種臉色了。現在我又見到了爹的這種好臉色。表情柔和像秋天萬木乾枯中哪棵野草開了花。還過去把娘落在臉上的頭髮拾起朝娘的頭上捋了捋。——你娘夢遊的樣子倒不醜。這樣說了說。笑了笑。——來得及我和你娘就再給你生個弟弟妹妹吧。老天爺再壞不會壞到讓我家的孩娃都有報應都是癡傻吧。這是對我說。也是對那滿屋的冥物說。說着把那片紙葉黏回到

了那朵大花上。把花圈從堆靠的牆下朝店門口的空地挪移着。就這時，我和爹聽見有人站在大街的十字路口喚。喚聲急如開了閘的水。如煮沸從鍋裏撲出來的水。

——王二狗——你死到哪裏了。咱爹夢遊了你知道不知道。他和那幾個夢遊的老漢一商量，都到西大渠裏跳水自殺你知道不知道。

——王二狗——爹都死啦你還在誰家賭博不回呀。老天咋不讓你賭博死了讓咱爹活着哪。

是個女人的喚。啞嗓子，暴出來的喚，像把胳膊粗的竹子當街劈開來。她喚着，好像還把雙腳蹦起來。像街面上有火燒得她不敢把腳落下去——王二狗——我再喚三聲你要不出來，你就死在人家家裏去。死在牌桌上，用你的命去把咱爹的命給換回來。換回來也算你這輩子盡了一番孝心啦。

——王二狗——你快到西大渠裏救救咱爹吧。

——王二狗——咱爹和別的幾個老漢跳河死了你知道不知道。

——王二狗——咱爹已經死啦可你不能也死呀。

女人喚完扭身往回走，把出來看她的街人丟在街口上。反正她站在那兒喚過了。朝這世界報了喪。男人聽見聽不見，她都無從知道了。男人回不回家她也管不了。她自己急急往家去。朝着南邊走。要回去安頓公公爹的後事

兒。留下沒有睡的街人在十字路口呆着說議着。說這大熱天。說又有好幾個人夢遊的都到西河渠裏尋死啦。說我們都別回去睡覺吧，說不定我們一睡也要夢遊呢。也會尋死呢。我和爹從店裏走出來，站在街邊看那喚了走了的那媳婦，像看一簾一景的夢一樣。剛想朝十字路走過去，和那兒的人們說啥兒，又有一中年從那人群邊上走過來。咚的一下立在我爹正對面——天保啊，你在這兒啊。你家的花圈賣完沒。我家鄰居郝老漢，不到七十歲，和他們幾個愛到西山坡下說閒的老人都在夢裏跳河被人救出來。救出來人就醒了呢。醒了又睡了。睡了就又夢遊了。在夢裏說既然有了絕症了，活着除了給兒女添累贅，那還不如死了呢。也就果然又在夢裏喝了敵敵畏。是他藏了幾年的敵敵畏。幾年沒敢喝。一夢遊說為了兒女就喝了。和喝水一模樣。喝着身子抽了抽，倒下就不省人事了。嘩啦嘩啦就死了。我來替我鄰家找你訂三個大花圈，兩個小花圈和一套紙紮冥喪品。那說話的中年人，燈光下他的臉似一張舊桌板。眼是腐瓜籽似的一條縫。好像他剛睡着就被人給叫醒了。好像還沒真正醒來就有急事催着他的手腳了。好像他是在夢遊中來找我爹報喪說了那話兒。——鄰居的，我得替他家處理後事兒。也得去火葬場裏說一聲。求你娃兒舅明天後天火化時，給我鄰居燒好點。郝老漢是那麼好的一個人。我們得對起郝老漢。給他火繞旺一些。骨灰碎

一些。説着朝前走。看我爹在店前燈光下邊瘛怔着，他又慢慢回頭來——我説的冥品你給記住啊，別讓我鄰居老漢入墳時棺前棺後光光秃秃的。那樣我們就對不住這個好人了。囑託着，又想起啥兒了。再回走兩步站在我爹面前半步遠，聲音小到很難聽得到——天保啊，聽説你妻哥火化燒人時，都把人油煉了出來了。不會吧。要那人油幹啥呢。現在一斤豆油也才十塊錢。麻油一斤也還不到十二塊。難道他敢把人油當成食油賣到市場上。他不缺錢不會這麼缺德吧。又不是那三年大饑荒，人吃人沒啥了不得。現在這個世道好，再讓人吃人油那還了得啊。村人鎮人知道了，不把他活活打死才怪呢。不光明正大打死他，一定也會有人偷偷弄死他。這事兒，我是聽別人嘰喳議論的。我壓根不信你妻哥能有這膽量。有這膽量他早就死過了。對不對。人不會為錢連人的屍油都去賣。別人這麼議論反正我不信。我小的時候讀書和你妻哥一個班。我去找你妻哥替我鄰居送些煉屍禮，見他了我當面問一問。兄弟天保哦，你別這樣看着我。我可不是夢遊説夢話。我只是白天割了打了一天麥，累得要死要瞌睡。睡着了又被鄰居叫醒替他家裏打理跑腳這喪事。

　　——別忘了三個大花圈，兩個小花圈，一套的喪冥品。

　　——明天或後天，來取貨了把錢帶給你。

　　——我走了，你可記住啊。

真走了。走遠後他如晃在夢裏的一道影。我爹一直盯着舊桌板似的那人的臉。那半眯半睜腐瓜籽似的一雙眼。爹知道那人是在夢遊裏。是在夢遊裏邊去替鄰家打理後事兒。一個活着的夢遊人，為死了的夢遊老漢打理喪事兒。看他走路的腳步一高一低的。飄一樣。跳着走一樣。說話時他沒讓爹接上半句話。只管自地說。夢遊人大都這樣兒，要麼只是低頭行做事情不說話。要麼自管自地說，不管別人聽到沒聽到。我想起剛才那跳着在十字街罵找自家男人的女人了。她也是跳着罵着自管自地喚。不會她也是在夢裏罵着來找男人吧，和剛去火葬場裏賄喪的中年一樣兒。睡着了。被人叫醒了。開始行做事情時候重又睡着了。重又睡着還又行做那該要做的急要做的事。

　　夢遊了。

　　也就夢遊了。

　　已經有很多村人鎮人都在夢遊裏。

　　那立在前邊十字街口的鎮上人，是不是有人也是沉在夢裏呢。為啥喚找男人的女人都走了，他們還都立在十字街口上。我爹朝十字街的那兒去——看好你娘啊。她在夢遊別讓她走到街上來。回頭喚了一句後，我看見爹在燈光下像一景夢影朝前走去了。

　　到了十字街口上，爹先是尋找東西一樣去偷看人們的臉。後來就驚在那十幾個男人女人面前了。他看見有一

半人的臉上都和老城牆的磚色一模樣。灰土的。木然的。或者淡黃重灰的。重黃淡灰的。都在夢遊裏。都在夢遊哩。眼睛半睜半眯着。可又都覺得自己是醒着。人是睡着靈是醒着的。那一半沒有夢遊的，臉上也是淺灰淺黃色。眼上也是僵硬瞇睡着。想要睡着卻又撐着靈意沒有真睡着。也許只要倒下就會死了一樣睡進去，只是因為站着才沒睡進去。所以他們醒着沒有看見別人是在夢裏邊。想不到邊上對面的，其實人已在了夢裏邊。就都那麼站在十字街。散亂着。嘀咕着。一片兒。頭頂的路燈泥黃如渾濁了的水。燈光和人的臉色一模樣。有狗吠。有遠去走來的腳步聲。有夜貓從十字街上快步跳過去。過去重又把腳爪放慢來。回頭看了看。一爪躍到一面牆頭上。臥在那兒望着街上的人。鎮上的事。和一個世界在這一夜的生發和結果。

貓不懂人類人的事。不懂夢遊是咋樣的生發和情理。過一陣它就走了去捉老鼠了。我爹在那十字街上站一會。在人群面前看一會。他對這個說，你像夢遊了，快回家去睡吧。又對那個說，你像夢遊了，快回家去睡吧。沒人搭理他。像誰都看不見他在面前樣。又搖搖對面藥店一個小伙的肩——你看你的眼皮硬得和鐵皮一樣兒，快回店裏去睡吧。那藥店賣藥的，把我爹的手從他肩上拿下來，扔到一邊去——你讓我睡是想讓我夢遊吧。我一夢遊，你們

就可以偷搶我家店裏啦。說得凌厲明白和一個醒人樣。又晃十字街口茶葉禮品店那高老闆的肩——你真的沒有睡着嗎。看你的眼都擠到一塊了。人家也把爹的手打到一邊去——晃啥呀，你以為我在夢遊嘛。厲聲地說，可目光並沒有聚在爹的臉上去。他是望着別處的。望着這灰黑灰黑躁熱的夜。望着大街那頭的灰灰和茫茫。片刻後又回過頭對面前的一群人們說——我的年齡大，今夜都聽我的話。皋田鎮今夜集體夢遊了，我們誰都不要睡。人一睡就被夢遊傳染了。一傳染就不知該做啥事了。

——今夜我們誰都不要睡。都守着自家的商店別被人搶了店。別夢遊了死掉自己都還不知道。

就都圍着茶葉店的高老闆。說都聽你的我們今夜都在這十字街，有人來搶店了我們一塊上。保衛店。保衛人。熬個通宵就行了。可卻又說不能在這呆站一夜呀——喝酒吧——喝酒去。我們喝酒就能熬過這夜了。就能把夢遊熬走了。他們睡着我們都醒着。保衛店。保衛人。萬一有人借着夢遊來搶了，我們一窩蜂兒衝上去。

就走了。

就散了。

說都到哪家店裏喝啤酒，可卻有一半人回到自家店裏了。有人咚的一聲倒下竟就睡在了路邊上。有人去拉那倒下的——別睡呀，別睡呀。自己枕着那睡的也跟着睡着了。

十字街只還剩下爹一人。他看着人走如看着一群羊們散在草坡樣。孤零零。寂落落。像伏牛山脈上沒有一戶人家了，只有他孤孤的站在山上村頭上。像一世界都無人煙了，只有他立在一個十字路口上。

夜深了。也許深了吧。至少已是三更天。十一點半或者十二點。往日這時候，夜深人靜整個皋田都在睡夢裏。在街上能聽到夜的夢囈聲。可是這一夜，夜深人靜裏，那細靜成了隱隱隆隆的轟鳴了。轟鳴裏藏着生生死死的可怕了。豎在十字路口的靜裏呆一會，我爹回來了。腳步先慢後快着。快了又慢着。最後回到冥店見我娘不再在夢裏剪紙做花圈，完全倒着靠在牆上睡着了。從夢遊的動裏退到夢的靜裏了。就在門口站一會。想一會。拽起我娘像拖拽一個麻袋樣——要睡就睡吧，你別真的睡死就行了。說着爹就把娘扶着拽到樓梯上。讓她到樓上屋裏去睡覺。

我家的樓屋共是四間房。樓上兩大間。樓下兩大間。樓上兩間為住屋。樓下兩間前邊為新世界的營業廳，後邊是灶房和倉庫。樓上樓下的樓梯靠在後牆角。樓梯是榆木。榆木板上塗紅漆。現在漆都沒有了，只有灰黑的木板露在屋子裏。每一塊樓梯板的中間都有磨出的兩個腳凹印痕兒。我娘就是踩着那凹痕上樓去睡的。看我娘上樓去睡了，爹走回前廳豎在那。看看東。看看西。——念念你不瞌睡吧。不瞌睡今夜最好別睡覺。然後他到灶房水龍頭下

洗了臉，出來遞我一條濕毛巾。——擦把臉，和我回老家那邊看一看。別誰借着夢遊去撬了我們老家的門。

　　說着走。就領着我到了街上到了夢夜裏。

2 *23:42 ~ 24:00*

爹和我一前一後走。我和爹一句一句説了很多話。可我現在記不清楚都説啥兒了。好像説，你怕夢遊嗎。——我想夢遊呢，可一點瞌睡都沒有。身上有一股奇怪的氣力上上下下竄動着，像早幾年第一次進了洛陽動物園。看到了一個新的奇的世界了。爹説今夜我們鎮上可能遇着大事了。遇着死滅了。我説熬過今夜就好了。東一亮，天一白，人就都醒來了。該割麥的割麥了。該打場的打場了。鎮上的商店該營業的照舊營業了。

好像還又説了很多話。可記不得還又説了啥兒話。

咚咚通通走。

月光確是一種水顏色。可那水色裏沒有往日夜時的涼氣升上來。像那水色月光是從泔水煮了出來的。煮沸還沒冷下來。月光蒸着地。地面的蒸氣朝上散發着。汗從我和爹的臉上背上流下來。從正街最繁華的地方朝鎮西村街走，多也不過二里路。二里多的路。原來覺得幾步一時就到了。可在這一夜，覺得有十里二十里。百里或千里。路上先是看到一個人睡着不在家裏尿的人，孩娃一樣開門出

來舉着他的醜物尿在大街上。大街是幾年前新鋪了的水泥地。水泥上蓄的熱氣和他的尿水一混匯，有了吱吱吱的熱燙聲。他尿着還又自語着——舒服哈，舒服哈。老天爺讓男人女人有這等舒服事。像他和媳婦剛剛做完那事兒。像正做那事間，他要停下出來撒泡尿。尿完了還要回到床上做那事。可他尿完了，卻忘了媳婦還在床上等着他。他想起啥兒了。想要行做他想起的一樁事情了。人要去往夢遊路上的岔口了。也就立在路中央，望着天，怔呆着——這天亮了嗎。天亮我得去給我娘買一碗羊湯喝。這時買了媳婦剛好不知道。早些去，買那第一鍋的第一道。肉多油水多。娘説她有幾天沒喝羊湯了。就繫着褲子朝鎮的車站那邊走。賣牛湯羊湯的，都在車站前的公路兩邊上。看見我和我爹，他橫在路中央——喂，這天亮了嗎，像半夜又像晨曦呢。我爹爬在那人的臉上看了看。——張才呀，你在夢遊呢。——我是問你天亮天沒亮。我爹朝張才的肩上猛地拍一下。那叫張才的，晃一下，猛睜一下眼睛搖搖頭——我咋在這大街上。我不是去廁所尿尿咋就跑到了大街上。

張才又轉身回他家裏去，如夢初醒般。——我咋在這大街上。我咋跑到了大街上。

再往前，有個三十幾歲的女人拿着一張鐮刀從家走出來——累死了。累死了。嘴裏嘟囔着，忽然把鐮刀扔在路

邊上。我要生了呀。我要生了呀。彎着腰。蹲下來。像她肚子疼得要在地上打滾一模樣。趕過去，以為她是真的要在路上生娃兒，慌忙把她扶起來。看見她的臉上一塊紅布似的表情裏，有燈光映的亮顏色。可說着喚着時，眼卻是閉的。如人美到醉裏那樣閉着眼。——你在夢遊哪。我爹大聲說一句，又搖了她的一下，我和爹就都把目光擱在她的肚了上。

她果真懷孕了。肚子鼓起來。凸醜凸醜着。穿一件又大又薄的花布衫。布衫上印的花草樹木都被汗濕了。——快醒醒回你家裏吧，你在夢遊別讓肚子有個三長兩短呢。爹在她面前大聲喚。她也就果真一愣醒過來，竟還笑了笑——天保呀，這次我懷了男娃兒。前面三個都是女娃兒。說着她咯咯笑了笑。笑着她就回家了。

接下來，那懷孕媳婦的鄰家門響了。柳木門。開門聲嘰嘰刺刺扎在半空裏。門響後，出來一個六十多歲的人。瘦身子。白頭髮。趿着鞋。肩上扛了很重很重一個布袋兒。那布袋壓得他腰身半弓着，走幾步就得站着朝上聳聳歇歇肩。一路走，一路嘟囔着。嘟囔像從那布袋流出來的水。水都流在落在腳地上。街面上。可他走過幾戶人家後，我們知道他背的是啥兒東西了。知道他背着那東西要去幹啥了。他朝前邊劉大堂家走過去。啪啪啪地拍着劉大堂家的門。

——大堂哥，開一下門。

——大堂哥，我把十幾年前借你家的一袋小麥還給你。前幾年咱倆吵架我以為還過了，可今夜我做夢才想起沒還呢。

——不是昧你糧，是真的忘了呢。我要是想昧你糧食我就不是人。我是豬。我是狗。我豬狗不如我是真的忘了不是要昧你家一袋糧食呢。

門開了。

兩個老漢一個門裏一個門外怔在那。門外的怔一會，把肩上的糧食卸在門裏邊。門裏的聲音又粗又沙尷尬着。——一袋糧，忘就忘了嘛。可又忽然把尷尬換成驚詫了，像忽然看見撿到的東西不是一團棉暖而是一坨冰。

——你不是夢遊吧。你滿臉迷糊眼都沒睜開。青山兄弟，你過來洗把臉。

——快過來我去端水給你洗把臉。

一路不斷碰到夢遊的人。有人被爹拍拍肩膀叫醒了，有人壓根不理爹，反在爹的叫裏更是深腳淺腳快步地走。有男人。有女人。還有二十幾歲的年輕人和年過七十八十的老人們。

大夢遊就這麼開始了。

夜靜把那大夢遊的聲音送到村外鎮外和整個山脈間。送到與鎮相鄰的山地村子和人家。村是睡着的，可卻像醒

着。鎮是睡着的，可卻像醒着。世界是在夜裏睡着的，可卻正朝醒着樣的夢遊深處走。我看見有個男人從他家裏夢遊出來了，全身赤裸一絲都不掛。常露在夏外的上身和總穿褲衩的腿，黑得和夜一模樣。白肉和日出一模樣。裸裸朝外走，不知他要去哪兒。匆匆的。不說話。醜物夾在兩腿間，甩着像飛不起的死鳥兒。我被那醜物驚着了。目光疼得從他身上扯離不開了。——爹——爹。喚着又拉了一把走在前面的爹，指了從我們身邊拐進一條胡同的裸身子。爹咚的一下立住了。鎮街把爹的腳給吸住了。——喂，你沒穿衣裳你知道不知道。沒穿衣裳你知道不知道。又追上拉了那人左胳膊。人家一下把爹拉他的手給打到一邊去。不說話。悶着頭。依然朝那條胡同的哪家走。

　　——沒穿衣服你不知道呀。

　　——你是前街的張傑吧，沒穿衣服你不知道吧。

3 *24:01 ~ 24:15*

老宅院，還安安然然臥在那。門鎖鳥樣睡在夏夜裏。房還是房。門還是門。靠在牆角的幾缸糧，除了有老鼠留下的幾粒屎，別的沒啥不一樣。奶奶的像，安安然然擺在正堂條案間。蛛網安安然然掛在牆角上。凳子上，坐滿了灰。椅子上，坐滿了灰。門一開，灰塵站起來。熱腐的空氣舞起來。有從牆釘落下的草帽聲。有回應腳步的夜雀聲。院裏的樹，桐樹和楊樹，人不礙它長得瘋起來。岔枝在樹的身上如走錯路的腿。老箱子。舊衣服。鏽了的鋤鍬和鐮刀。閒在院裏的軋水井。旱在盆裏的花。還有我們回來死跟着我們的一股熱腐味。房舍久不進人的寂寥味。淒寒味。這裏動一動。那裏看一看。最後出來站在閻家豎在我家院裏的後屋牆。那牆磚早已不在新鮮了。早就沒了新磚新瓦的硫磺味。他家終是不如我家了。先前是三間新宅房，現在只是三間老瓦屋。而我家，是依然新的三間兩層樓。時勢讓他家沒有先前風光了，如年歲不讓閻能再講再寫出故事樣。且眼下，鎮西的村人又都家家到鎮東那兒買繁華。置套房。做生意。只有他家還留在這空寂空寂的胡

同裏。那有着大名的閻連科，每年都說也要去繁華那兒買房子。可他年年說說年年都沒買。也許是他掙的稿費不夠了。也許是他捨不得動用他的書錢稿費錢。總之他沒買。總之他家已不是有錢人家了。總之我家比他更有錢。他寫書是想讓人都活在那書裏。我家的生意是讓人死了都活在另外一個世界裏。殊途同歸呢。一個意思呢。開冥店。賣冥物。全村全鎮只要有人死，就得去我家買那冥物和壽衣。現在我家是鎮上的富裕人家了。如富裕林裏的一株大樹樣。然這樣，我爹每次回到這老宅看到閻家的房，閻家的牆，還都要站在那兒想一會。想一會，去閻家的後磚牆上拍幾下。拍幾下，冥想一會兒。再在閻家的牆上踢一腳。可在這一夜，爹沒有拍拍閻家後牆再去踢幾下。爹拍幾下那牆望着天——他家沒人種地不會有人夢遊吧。——他家沒人種地也會有人夢遊吧。爹的臉上是層疑惑色。眼裏有種等不及的光。不知他是想讓閻家有人也夢遊。還是擔心閻家有人在夢遊。就那麼站在閻家的老磚牆下等候着。靜聽着。聽到了門外胡同裏，有了汗急急的喚。

——誰見我娘了。誰看見我娘了。

——你娘在西山坡下河邊哪。好幾個老人都在那兒呢。他們好像在那商量要跳河的事，可被路過的村人攔住了。

喚的答的都是暴嗓子。聽到喚聲腳步聲，爹慌忙出去站到門口上。——像北街的光柱在找他娘哩。自語着，看着楊光柱的背影拐過牆角像一段伐木倒在溝壑裏。

　　爹猶豫猶豫鎖了我家老宅門，出來拉着我去追那楊光柱的腳步了。

　　我想起別人説的我爹我娘結婚的前一年，那墳被炸了又燒了死屍的，正是楊光柱的奶奶哩。他爹領着他們來到祖墳上，看見娘的死屍被炸了，肉被燒枯發焦了，罵了一句啥兒沒罵完，一口氣憋在喉裏就倒在那墳上。腦溢血。再也沒有醒過來。也就只好順勢埋在那被炸開的墳下邊。沒火化。全屍埋。埋後楊光柱手持砍刀鐵鍬蹲在他爹墳頭上。等着那告密的人去墳頭偷看和窺視。等着火葬場的重到墳上炸墳和燒屍。他還用炸藥製了炸雷繫在自己腰間裏，到萬不得一就把炸雷拉響和炸墳燒屍的一塊死在爆炸裏。

　　可是的，沒等到。

　　一日一日沒等到。

　　一周一周沒等到。

　　一月一月沒等到。

　　就在腰裏別了匕刀走在街上喚——我把我爹全屍土葬埋在祖墳了，告密的你去火葬場裏告密吧。我把我爹全屍土葬埋在楊家祖墳了，告密的你去火葬場裏告密吧。

他的喚換來了一街的安靜和死寂。一村的安靜和死寂。一鎮一世界的安靜和死寂。沒人去告密。沒人再去他家墳上炸墳和燒屍。一天的。一周的。一月一月的。天天周周和月月，他守住那墳猶如一隻野兔蹲在野荒裏。到末了，他回了。到末了，他在村裏街上寂着哭着喚——告密的你就出來吧。別讓我一月一月死等啦。你出來咱不打不罵不吵架，給我說一聲為啥兒告密就行啦。我就想知道你是誰。想知道為啥要告密。想知道村村鄰鄰幾輩子，世世人情咋還頂不住那幾百塊錢的告密費。

他喚着——告密的你就出來吧，讓我認認你。

他哭着——你就出來吧，讓我認認你。讓我知道你是誰。我楊家哪兒得罪了你。你讓我九十多歲的奶奶死了炸了還被點了天燈了。讓我爹為此死在老墳上。死時剛過六十歲，渾身上下沒有一點兒病。

他哭着喚着蹲在村街上——你就出來吧。你就出來吧。你欠我家兩條人命可你出來我要打你一下我不是人。我要罵你一句我是畜牲是豬狗。不打不罵我不說一句話。我要說句話或動了一下手，我是畜牲豬狗一出門上街就被汽車軋在輪子下。還剛好被火葬場的屍車軋在輪子下。把我像一頭豬樣抬着扔在屍車上。像燒一頭豬樣燒在火化爐。把我的骨灰像豬糞牛糞一樣撒在火葬場上的草地和泥池。倒進火葬場邊的水庫餵魚蝦。

——可是你得出來呀。你得出來呀。

——讓我認你一下你就出來吧。你就出來吧。

他喚着，太陽就落了。

他喚着，太陽就又出來了。

喚着哭着一天一天的，日出日落的。白天的燥熱留在村裏街上大地上。到夜裏，哪兒都是泛上來的熱氣和燥氣。午夜該涼快了還是蒙白的燥熱漫在街上世界上。有腳步從前邊響過去。也有腳步從後邊響過來。有人影從前邊晃過去。也有人影從我們後邊晃過來。前邊的丁字路口上，好像向西走着一個人。急急的，腳步飄起重又砸下去。高抬重落着，像他看見路上有個坑。一個一個坑。每一步都高抬重落着。他的後邊跟着一個人，慌忙急急的，似跑似走的。且還追着喚，聲音裏有水從閘門放出來湍急和奔湧。

——爹——你不敢去那河邊哪。

——爹——你不敢去那河邊哪。

我和爹被這喚聲叫住了。快步到那路口上，看見一個中年追着一個老漢正朝村西河邊走。老漢七十幾，兒子五十幾。追上老人兒子一把將爹抱在懷裏邊——你是瘋了還是神經了。你是瘋了還是神經了。又半抱半扶着老人往家走。到我和爹面前收住腳。看着我爹像遇了一個醫生樣。

——天保呀，你回老宅了。你說我爹他是不是神經了。睡着睡着他起來就往門外走。

——他去找我娘。你知道，十幾年前我娘沒死就被火葬場拉走火化了。我娘在醫院的吊針還沒拔下來。醫生說句沒救了，怕火化你們趁人活着拉走吧。可不知是誰給火葬場裏告密打了電話呢。火葬場的屍車竟就等在醫院門口上。我們還沒想好是土葬火葬的事，娘就被拉到火葬場裏了。拉到火葬場時她還心跳着，人活着就被火化了。為這我爹天天都在夢裏說他要去找我娘，他要去找我娘。

說着那做兒子的，摢着父親從我們面前過去了。爹就又一次立在那兒了。僵在那兒了。像誰在他臉上摑了一耳光。臉色月白霜白着。四十歲的小個團圓臉，和五十六十一樣扭結着。似乎冷。可夜熱得很。悶得很。爹不說話立在那兒和冷一模樣。人又變小了。人又矮萎了。小得如夜裏路上的一粒灰。如白天路上被人踩的一棵草。臉上對夢遊的明白成了茫然了。茫然着對我說了一句話——你回家看好娘，我到西河渠邊上看一看。然後他就朝鎮外西河渠的那兒走去了。

朝着鎮外走去了。

【卷五】

四更・上：鳥在那兒孵蛋了

1 *24:50 ~ 1:10*

　　我一回到鎮街就被街上的夢亂驚着了。先還是有那安靜的。只是獨自走着能聽到人在家裏夢裏的磨牙聲。夢話聲。還有偶而在身前身後快捷如飛的腳步聲。所有的人夢遊都是慌張的。急切的。很少能見那在地上尋針一樣仔細的。我看見有個年輕人，從一家理髮店的窗戶跳將出來了。懷裏抱的手裏拿的都是洗髮膏和洗髮水。還有電推子和香皂肥皂洗衣粉。可有另外一個人，站在街上仰頭撕着嗓子喊——有賊啦——有賊啦。他喊着，卻見又有一個人砸了一家羊肉鋪的門，沒有偷到啥兒就把一口煮羊肉的大鍋舉在頭頂上。他到喊的面前放下鍋。爬在那人臉上看了看。一耳光打在那喊的臉上去。

　　人就不喊了。

　　世界安靜了。

　　兩人竟一塊兄弟一樣抬着大鍋走掉了。

　　奇怪的很。奇奇怪怪異異樣樣世界就成這樣了。原來是年老的夢遊去尋死。年壯的夢遊不是去割麥打場便是偷盜着。那偷了理髮店的年輕人，也在鎮的那頭開着一家理

髮店。因為他的店沒有這家生意好，他就在夢遊裏邊來偷了。也怪這家開店的，夜裏竟然不睡人。竟然黃昏一來門一鎖，信着世界就走了。我每一個月都來這店裏理次髮。它被偷後我爬在窗口朝裏看了看。店裏不光被偷了，東西也都被砸了。牆上的玻璃碎在腳地上。掛着的各樣美髮美人照，不是被揉成團兒丟在地面上，就是被撕破掛在半空或牆角。有一架枴燈滾在桌子下。能升降的理髮椅子翻在桌腿邊。還有一個電吹風，筒被踩扁落在門後邊。天花板上的日光燈，累死累活照着這一切，如同從雲裏掙出來的日頭照着荒寒大地樣。世界在這年這月的這日夜，亂得如被風吹倒的樹林子。樹被連根拔起了。所有的枝葉都舉着斷枝白茬兒。路邊上，田野裏，各家門前的空地和牆角。都是碎枝亂葉和被風捲來捲去的柴草和塑料袋。世界不再是那個原有世界了。山脈不再是那原有山脈了。皋田鎮，也不再是那個原有鎮子了。從理髮店的窗口退回來，驚驚的站在大街上，我看見東邊有人影晃過去，西邊也有人影晃過去。有個人扛着一台縫紉機，從我身邊跑過時，縫紉機上的洋線落下來，像那賊子吐的蛛絲般。

有人抱着一台電視從我身邊走過去，睡着磨牙的聲音如那電視還在響着樣。

我慌了。世界變成賊的世界了。我慌了。擔心我娘了。急急的朝着家裏走。竟然發現我家店的東街上，家家

店店都是亮着燈。有人立在門口朝着大街看熱鬧，守着自家店戶門。有人端了一大杯的水，搬一把椅子坐在店門前。喝着水，搖着扇。椅子腿的邊上不是放着一把刀，就是豎着一根棍。我走過來時，他們老遠斜盯着，把手裏的刀棍悄悄提在手裏了。待都認出是我時，又把刀棍放下了。

——是你呀，李念念。你在街上跑着像個鬼在街上飛着樣。

——你不睡覺你去哪兒了。

——這麼多人夢遊你不在家守着爹娘守着店，你小鬼一樣跑啥兒。

回到家。推開我家店大門。第一眼看見的，竟是編紮好的花圈又多了出來六七個。前店屋裏都被花圈推滿了。擺不下還又把幾個花圈擺在別的花圈頭頂上。一屋子有二十三十幾個花圈推着架起來。足夠十戶八家死人同時買花圈。往年裏，鎮上很少有同一天死上兩個人。可在這年這一夜，景況不再一樣了。不知道鎮上今夜還會發生啥兒事。不知道今夜到底會死多少人。說不定這一屋子花圈壓根不夠用。兩屋三屋都不夠。想到死人我心裏沒有啥兒驚恐呢，只是有着一絲絲的恐慌和不安。從那一屋花圈的縫裏穿過去，覺得心裏有了一窩滾燙的汗。身上是乾的冷的潔素的。可心裏卻有一層熱汗浸冒出來了，如一顆熟桃在水裏煮了洗了樣。

——娘——娘。我一進屋就喊着，穿過前廳的冥物世界時，我的喊聲僵在了樓梯下的門口上。

我娘沒有在樓上屋裏的夢裏睡。她紮了一屋花圈後，又在這樓梯後的灶房煮着一鍋茶葉水。一個蒸饅用的大號白鋁鍋。把水添到鍋口上。用煤氣把水燒開時，正往開水鍋裏放茶葉。她不知道那一鍋水該放多少茶葉是合適。就在那兒放下一撮兒。又放一撮兒。用嘴吹着從鍋裏升騰起來的白蒸氣，像飯煮好了放鹽樣。

——娘。我站在樓梯後的燈光下，朝着灶房望過去。

——你爹呢。娘把頭從那扭過來。蒸氣在她臉上掛滿水珠汗珠兒，讓那臉上有着一層潤紅色。顴骨上的亮，是種黃的光。被睡夢弄亂的頭髮似那未經鋤拾過的草。表情由舊書報紙換成一塊濕布紅布了。身子一棵歪樹一樣斜倒着。她明明扭頭問我話，可卻不等我答她又扭頭過去了。忘了問我啥兒了。又掉進她的夢裏了。只管看着開水鍋。只管一撮一撮往鍋裏丟着枯茶葉。河南信陽茶。是鄰家農具店的胖娘回她娘家帶了回來的。送給我爹的。她說那茶葉好到天堂上。一杯水丟上幾枝兒，茶葉能在水裏泡開豎起來。看上去就如杯裏長了一蓬小芽兒。說喝杯那樣的茶葉水，驅疲勞，提神兒。人若感冒發燒了，多喝幾杯感冒嘩的一下就好了。中原人很少喝那茶葉水。伏牛人從來不喝茶葉水。只在盛夏到來時，將青竹葉子煮煮喝那竹葉

水。又敗火。又性涼。抗炎去內熱。可胖娘說她的茶葉不僅有着竹葉那功效，而且還有許多竹葉沒有那功效。說她的茶葉異常提神去瞌睡。人在瞌睡時，喝一杯就不再瞌睡了。喝兩杯就再也沒有瞌睡了。

果然的。喝一杯就丟了瞌睡了。

喝兩杯人就徹夜失眠了。

我們全家都喝過那茶葉。有一次喝後全家一夜睡不着，說話說到大天亮。——人有瞌睡喝下一杯立馬就醒了。喝下就不用再睡不會夢遊了。娘在夢裏說着不會夢遊的話。做着不讓人去夢遊的事。臉上的笑，如三月的桃花榆花和槐花。她把鋁鍋從火上端下來。找來兩個茶缸三個碗。——走，到門口。看誰夢遊了就給他喝一碗。我站在灶房的燈下沒有動——我爹不讓你出門呢。我爹說你在夢遊千萬不讓你離開家。我去娘的懷裏接了碗——你先喝一碗。你喝一碗就從夢遊裏邊跳將出來了。娘把身子朝後閃一下。右肘碰在後牆上。懷裏的缸碗一陣叮噹響。——你說我夢遊。娘才沒有夢遊呢。娘只是做花圈做得勞累了，可腦子裏清得像注着一股水。她自己說着抱着碗和茶缸朝店的門口走。走着還發出一聲笑——這一夜是老天對咱李家好。一個鎮子夢遊了，就咱們一家沒夢遊。夢遊的如世界上的混鬼樣。沒夢遊的如世界上的醒神樣。醒神是最能幫着混鬼的。一幫我們就不欠他們啥兒了。他們一醒就要

朝我和你爹咱們全家感恩了。邊說邊走着，腳下輕輕飄飄如在跳着舞。

聽着娘的話，不知為啥我把眼盯在她的腿上了。車禍讓她一輩子走路都是一步一斜身。可是這一會，她好像不瘸了。走路不再身子一歪想要倒下的樣。我驚得轉身朝前走兩步，果然看見娘從店堂的花圈縫裏穿過時，瘸腿好像長了些。壯了些。充滿力氣着。輕易就能支着身子不往右倒了。驚得站在屋子裏。驚着看着娘來來回回搬桌子。端鍋碗。把碗和茶缸擺在門口小桌上。燈光下，娘拉出一張凳子坐在門口上。她的目光就從街上掃過去。有個人挑着一擔麥子從她迎面走過來。扁擔的吱呀聲，像知了死前最後撕着嗓子的叫。麥捆在半空閃着起落着，如船在河上蕩着蕩着的。

——半夜去割麥你來喝一碗茶水吧。

挑麥的人不理不看娘。從娘的面前過去了。只在娘的面前把麥捆換了一下肩。又有一個人抱住一個麥垛似的包袱從她面前走過去。急急的。目不轉睛的。氣喘噓噓的。——你來這喝碗茶水吧，半夜還那麼忙着啊。那人朝這看一眼，越發走的快捷了。和逃着一模樣。從那包袱裏掉出一個玻璃瓶，在路的中央響着滾到路邊上。——你的東西掉了呢。你的東西掉了呢。那人不光不彎腰撿東西，反挺直着腰身跑起來。

我娘很奇怪地看着那個人的跑。過去把掉的東西撿起來。是餵嬰孩娃兒的奶瓶兒。跟着瓶兒掉下的還有一個奶粉包。奶粉塑料包上印的嬰娃胖得肉從臉上墊下來。彩色商標和定價條兒還在那瓶上奶粉上。這樣着，我就知道哪一家的商店又被偷了呢。那偷的盜的家裏有着嬰娃正缺奶粉奶瓶呢。過去和我娘站在路中央。看看那偷的跑了的，又回來站在店門口的茶鍋前。

我真的發現我娘走路不瘸了。

不那麼歪仄猛瘸了。和常人不差多少了。不知那時是幾點。夜深得很遠或是不太遠。街上和野外河邊不一樣，還是熱的燥的煩悶的。又有人迎着我們走過來，腳步是重的炸着的。好幾個。一夥兒。都是三十幾歲或者四十幾。正壯年。有力氣。心也野。他們邊走邊神神秘秘嘀咕着。商量是去偷鎮上車站邊的百貨店，還是偷百貨店邊上電器城。説是電器城，其實也是一家電貨鋪。只是名字叫得大。説百貨店裏的東西太零碎，扛一麻袋也賣不了幾個錢。到電器城每人抱一件，賣了就是幾百上千元。計劃説你在馬路上放風看着人。你撬了窗子就在窗外接應貨。我三個進去都把東西遞給你。指派吩咐的，是鎮上裝卸隊的隊長呢。大高個。魁身子。日常就帶着這幾個專門做着鎮上的搬運活。他們到我家門前時，看見我家門口擺了茶葉水，未等我娘喚叫就過來端碗喝水了。咕咕聲和水流穿過

山洞樣。他們中間有一個沒喝的，好像是低頭要睡才沒喝水樣。

——你也喝一碗。喝一碗瞌睡就沒了。

——瞌睡個屁。魁大個扭頭瞅一眼他的同夥兒，一說發財他比誰都積極呢。又把頭扭回對着我和娘——別人夢遊我們都醒着，千載難逢的機會呀。想睡都還睡不着。把空碗扔在門口凳子上。那空碗響着轉了半個圈。又招呼一下讓那幾個都又跟他走。以前搬運他們都是將物貨搬到別人家。這一次，他們是朝着自己家裏搬。每個人的臉上都是興奮都鼓着一塊一塊的力氣肉。做包袱用的床單和麻袋，不是別在他們的後腰就是提在手裏邊。

門前的空氣如少了一樣緊張着。

街上的空氣如少了一樣緊張着。

我手裏的汗，像是兩窩兒水。——放心吧，沒有人會來偷你們冥店呢。喝完就走了。走後還又扭頭回頭來說——都睡吧，偷你們冥店和盜墓差不多。全鎮全世界的人都不會來把你家花圈偷走擺在家裏呢。

隨後有了笑。爽朗的笑。野狂的笑。如鞭炮炸在寂夜裏。就走了。走遠了。世界靜下來。一瞬間的靜裏有令人趕不走的驚怕在裏邊。我娘的臉上有了驚白色。她的眼不再是那種木的呆的睡着的。她似乎睡醒了。果真是醒了。那五六個漢子把我娘從夢裏嚇醒了。娘把落在臉上的亂髮

朝後捋了捋，望着他們走的那方向——是偷吧。他們是去做賊偷搶吧。問我說。也像自語着——老天爺，趕快把這茶水一家一戶送送去，喝了不再瞌睡就防着賊偷了。防着那死死活活的事情了。說着又往屋裏走。像去取啥兒。腳下捷快着，輕着有力着。

　　我娘這一夜，好像真的不再瘸拐了。平衡周正像穿在她身上的合體衣服樣。捷快快捷來來回回都像飛着樣。

2 *1:10 ~ 1:20*

夢遊夜，偷東西容易得和彎腰撿拾一模樣。

電器城從我家朝東走上百來步。西一拐，快到鎮上的汽車站上時，那兒又是一處繁鬧了。過去一家百貨和酒店間，就是了那家電器城。三間房。兩個窗。一個門。他們說好是撬門撬窗進去的。錘子鋼釺都別在腰裏邊。可是不用了。燈亮如白晝。光從那門窗洩出來，日出東方般。連老闆夢時流在嘴角的口水都照得清清楚楚呢。連從鞋上掉在地上的腳印都照得清清楚楚呢。五十幾。圓胖臉。背微駝。一說話歡快就飛在嘴角上。不說話歡快也飛在嘴角上。別人來買家電物貨他有笑。啥也不買看看轉轉他也笑。貨架是靠牆豎着的。大格和小格。大格裏放那大的電視機。小格放那小電器。還有很少能賣出去的電冰箱。鎮上也開始用的電飯煲。電熨斗。電吹風。還有燈泡的插座和插頭，都一一擺着展覽着。老闆萬明沒事了，總是用雞毛撣子在那貨架上面掃。就把賊們掃來了。驚在電器城的門口上。原來這萬明老闆沒睡呢。原來老闆燈亮着在掃他的貨架呢。他們站在電器城門前的幽黑間，籌計不再冒險偷這電器商城了。決定往前走。

那家店鋪沒有燈光就偷那家的。可在他們從黑影撤着身子要走時，老闆出來站到了門口上——別走啊。買不買進來看看啊。聲音親得和鄰居樣。兄弟樣。都是一個鎮上的。彼此熟得和兄弟鄰居樣。不能不走了。魁大個朝他們同夥遞個眼色去。可老闆又朝門外追兩步，用雞毛撣在空中招呼着——正收麥。天又熱。都幾天沒有生意了。請你們進來讓我開開張。你們進來讓我開個張。

都又立下來。

有一個膽大的朝店門口那兒走過去。拿手在老闆眼前晃了晃。還和老闆說了幾句話。他回來站到魁大個的面前得意着——他媽的，像是夢遊了。那傢伙原來和我是鄰居，現在他把我當成買貨的。大個怔一下。笑一下。擺了一下頭——走。果真領人朝那店前燈光下邊走。果真看見老闆一臉笑。睜着的眼裏笑着卻沒光。眼白比眼黑多出一片兒。還不時要抬手揉揉眼——進來看看吧。買不買都進來看看嘛。笑着雙手又去臉上搓幾把——農村一忙我生意冷得和冬天樣。幾天賣不出一件貨。月底還要給人家交房租。這房子本是他萬明自家蓋了的。蓋房時賊們都還不是賊，都來給他幫過工。可現在，他對他們說他月底還要交房租。他果真把他們當成素昧平生的客人了。果真是人一夢遊就進了另外一個世界了。

大個也拿手在他眼前晃了晃。他的眼睛和睡着一模一樣，眨也沒有眨一下。

——買不買，買了我可以給你們降降價。

——降多少。

——那要看你買啥貨。

——我買一台電視機。

——多大的。

——就這個，29吋吧。

原來一見面就叫他萬老闆。現在大家素昧平生了。他在夢的世界他們在醒的世界裏。他是一個急於賣貨的生意人。他們是來他店裏想要買貨的客人了。——我看上了這台電視機。——我看上了這個電冰箱。——要能再便宜些我們每人都買一件子。本是磨嘴的，等着抱的偷的機會的。可萬明問說你們都能各買一件嗎。都能各買一件我可以再給你們減掉十個扣。七折價錢賣出去。七折我是跳水價。你們做夢都遇不到這麼便宜的。只要你們每人都買兩千塊錢以上的貨，我保準件件給你們打七折。——倒便宜。——真是便宜呢。——買不買。買了挑貨吧。你們挑貨我來喝口水。說着就從門口往櫃裏轉着走。走着身子還朝櫃上撞——他媽的，瞌睡了。熱死了。看不清楚了。要不是你們進來我就關門睡覺了。

竟就真的坐在凳上爬在櫃上睡着了。一隻手還扶在水杯上。

一時三刻的呼嚕聲，響在店裏如一團蚊蟲飛在店裏樣。這讓偷的全都驚着了。喜着了。像每個人的腦裏都有一窩孵蛋的鳥，溫溫暖暖的，歡歡樂樂的。原來站在電視機前裝着選貨的，手僵在電視機上笑也僵在臉上了。裝着看那電飯煲的人，轉過身就把電飯煲夾在胳膊彎裏了。可當他發現別人都是站在冰箱電視面前時，他又迅速丟下那個電飯煲，去佔着站在一台電視前，把手扶在電視上。

就都扛了偷了各自所需的。轉眼就把電器城給偷空了。

3 *1:21 ~ 1:50*

娘又熬了一鍋茶葉水。

第一鍋放了七八撮的老茶葉。第二鍋放了兩大把。那新煮的茶水濃得如是中藥湯。暗紅色。散着熱的清涼味。茶葉飄在水面上，如柴棒蕩在水流上。——把這一碗端到前街你總叫他五爺那一家。端去讓他們家誰瞌睡了誰喝下。説千萬別讓他家人再睡了。睡了就會夢遊了。夢遊就不知要出啥兒事情了。我不接話兒也不動，立在那兒看着娘的眼。娘的眼裏這時一點瞌睡都沒有，如兩個乾了的池塘重新蓄了水。原來那一雙朦灰半白的夢遊眼，不知是被人嚇醒了，還是被茶葉水的蒸氣徹底洗醒了。她有很多眼角紋。多得如一片深壑淺溝樣。——端去呀。我娘朝我走一步。那碗茶水在我面前搖晃着。——你爹做過對不起人家的事。你舅也做過對不起人家的事。這節眼我們給他家送一碗茶水也就還清了。不欠他們了。

就這麼，説得輕巧着。做得輕巧着。像要去還人家一碗金湯銀湯樣。我就端着那碗茶水急急走在街的模糊裏。好像知道一碗茶水還清啥兒了。又覺得一碗水咋就能還清

啥兒呢。就到那五爺家裏叫着他家門——五爺啊，外邊都在偷搶哪。喝了這茶就不再瞌睡啦，能防偷防搶啦。門開後五爺疑疑惑惑盯着那茶水。像盯着一碗被謀籌下了毒的湯。——不信試試嗎，喝幾口連一點瞌睡都沒了。真的連一丁點兒瞌睡都沒了。半信半疑着。半信半疑也還是又端來一個碗，讓我把那黑的紅的茶水倒進他家碗裏了。有路燈的地面是一片泥黃色。沒路燈的地上是一片污水淤泥色。有人急急從我面前走過去。從我身後跑過去。他們跑得急，有東西掉在路上也不拾。比如一雙塑料鞋。一件絲綢滑的紅裙子。我就端着娘遞給我的一碗一碗濃茶水，讓去張家去張家。讓去李家去李家。叫開門，遞上那碗水。說下那番話。回來盯着路上找着啥兒撿着啥。

去第六家送那茶水時，我在十字街的街口碰到一家三口人。男的四十幾。光背穿褲衩。挑着一對竹籮筐。一個籮框裏放着一個縫紉機的頭。一個籮框中放着一個縫紉機的架。還有一些齊齊整整的布。剛剛做好的新衣裳。他們偷了一家縫紉店。一定是偷了一家縫紉店。他的媳婦懷裏抱了一大包的布頭兒。布頭兒掉在地上我就知道那是哪一家縫紉店的布頭兒。看見我他們都朝路邊躲。像看見剛好回家的縫紉店的老闆了。看見剛出門的縫紉店的家人了。我站在那兒看着他們一家人。燈光模糊他們臉上都是黃顏色。黃顏色中還都掛着汗。——你們喝茶吧。我朝他一

家走過去。——喝了不瞌睡了也就不會夢遊了。那小我幾歲的孩娃看見我，慌忙過去拉着他娘的手。臉由虛黃變成慘白了。變成醫院牆的顏色了。那男人，立馬站到他妻兒面前擋住他們倆——滾。你才夢遊呢。再過來一步我也要了你的命。他把肩上的扁擔換下肩。將有縫紉機頭的籮框換到面前來。我站着。也呆着。還又試着說——是碗茶葉水。專門驅睡提神的茶葉水。我把碗朝他們面前伸了伸。又朝前走了一小步——濃茶水。喝了瞌睡的就不再瞌睡了。夢遊的就會從夢裏醒來了。把碗再朝他近前遞一下。到他一伸手就可以接碗時，他把他挑的籮框猛地頓在地上去。從縫紉機頭的邊上抽出一把刀。是砍刀。刀背鏽黑着。鋒上有亮光。

　　——你還活不活。再走近一步我就砍了你。

　　我在那兒僵住了。伸出去的手也又縮了回來了。

　　——快滾開。要不是看你還小我就砍了你。

　　——真的是碗茶葉水。一喝你就醒了。不再瞌睡了。朝後退着時，那水蕩灑在了我手上。不熱也不冷。溫溫黏黏的。看着那個人。看着他一家。到街的中央我不知是該丟掉茶碗往家跑，還是該端着那碗朝第六戶人家去。第六戶人家是高姓。高家人死我爹偷偷掙過人家四百塊。我舅火化人家時，把人油全都煉流出來了。隨便從爐裏弄些骨灰骨渣還給人家了。這事高家一點不知道。就像人在白天

忘了夢裏的事。就像人在夢裏不知先前的事。我就那麼呆在路中央。又看見從遠處走來了一個人影兒。他們一家也都看見了那個人影兒。迅速把刀收起來，重又把擔子挑在肩膀上。——明天天一亮，敢對人説你今夜碰到了我們家，我就把你們全家送到火葬廠。走前他沒有忘記這樣嚇我交待我。沒有忘了最後狠狠瞪我一眼睛。像是恨我樣。也像怕我樣。因為怕他的目光才如刀光砍在我臉上。朝着另外一個方向走，他們的腳步突然快得和逃着一樣兒。直到他們走遠我都還沒有想起該看看那個男人長得啥樣兒。他們一家長得啥樣兒。是不是皋田鎮上的。我被嚇得忘記了。腦子裏白白亂亂，像冬天光禿荒荒的一面山坡了。像閻連科亂墳崗樣的小説了。像事情全在夢裏全是夢遊着。我是不是也在夢遊呢。是了該是多麼怪的趣的一樁事情哦。多麼妙的一樁事情哦。我希望我也是在一場夢遊裏。試着把手裏的茶水喝一口。用右手在大腿上狠狠掐一把。大腿是疼的。喉是潤的舒服的。我明白了我是醒着不在夢裏邊，心裏有些失落了。燈光半清半明着。我又從亮處往暗處退一步，看見那一家三口走遠了。

可來的一個倒近了。

更近了。腳步聲熟如我讀過哪本書裏的句子樣。

熟得如閻連科的書名和人名。

是我爹。

真的是我爹。他從鎮外河邊那兒回來了。

越來越近越來越不像我爹了。身子縮着人小得像在街上走着的一隻老鼠樣。可他呼吸粗重呢，如一頭走了遠路的大象呢。如剛幹完了力氣活兒人都還沒有歇過來。衣服是濕的。左胸那兒破了一個洞，衣片還掛着胸那兒。褲子大腿那兒破了一個長口兒，燈光下露着白肉血口兒。團圓小臉上，白白黃黃的。蒼白黃黃的。

他被人打了。好像被人打了呢。好像被打得不輕呢。左嘴角腫成青顏色，如有血要流出來。流不出來就憋在那兒了。

爹在鎮外那兒做了很聖人的一樁事。在西河渠那兒洗禮一樣他給很多夢遊的人們洗了臉。把夢人都從夢遊裏邊叫了洗了出來了。用一根竹竿伸進河渠救出了幾個夢遊跳河要死卻又醒來不想死的老年人。人家說，爹在西河渠那兒把所有夢遊和夢遊想死的老人年輕人，都從夢裏救了出來後，最後是背着一具沒有救活的楊姓死屍回村的。回到鎮東的。可從鎮東的一條胡同回到鎮中就成這樣了。鼠一樣。羔一樣。被貓狗咬嚇了的雞一樣。被路人街人打了的狗一樣。病病的。殘殘的。可又是可憐瞌睡的。疲累疲累的。像他一口氣種了幾十年的地。走了幾十年的路。人一

停腳就會睡過去。睡過去就會倒下去。為了不倒不睡他就那麼立在我面前，像從土裏扒出來的一根睡了多年多年的短木腐柱豎在我面前。

——爹——爹。

我連叫兩聲兒。叫了兩聲他都沒有應答我。沒有應答他卻如被在土裏埋了多年的短木腐柱樣豎在我面前。豎在街上像豎在空曠無人的野外樣。看着我他又像看着別處樣。

——活該打，誰讓咱對不起人家呢。

——真的活該打，誰讓咱對不起人家家裏呢。

像是對我說。又像對着空曠說。喃喃自語的。呢呢嘟嚷的。說着臉上掛了淺黃淡淡的笑。勉勉強強不知啥兒意思的笑。笑着把目光朝着我身後南大街哪兒瞟過去——念念，你是爹的娃兒吧。是爹的娃兒就和爹一塊去給人跪下來。任人打。任人罵。誰讓咱李家對不起人家哩。誰讓你舅那畜生對不起人家哩。

我看見爹半睜半眯那雙眼裏的眼白了。白白兩塊像粗糙模糊的髒白布。雙眼珠像剛巧落在兩塊白布上的兩滴淺墨兒。墨也不在黑着了。白布也不在白着了。混在一起黑白的界線沒有了。不細看就分不出眼白眼珠了。細看也才看見眼白是髒的。細看才看見眼珠是黑黃灰白四色混成的。只是黑色多了那麼一點點。一點點，還在證明說着那是他的黑眼珠。

我知道爹他夢遊了。

爹也夢遊了。

看見他的表情和木板和城磚一模一樣了。也許不是誰打他。也許是他夢遊跌在哪兒衣服破了嘴角磕腫了。不是多嚇人的腫。只是那腫裏泛着一些血亮色，讓他的表情不完全和木板城牆老磚一樣了。——爹，你咋啦。你喝幾口我娘熬的茶水吧。我把那半碗已經溫涼的茶水遞到他面前。可他人在夢裏人在夢遊裏，整個身心都沉在他想着的事情裏邊了。一揚手就把我手裏的茶碗碰翻了。茶葉水全都灑在了地上街面上。像把我伸到他面前的洗臉水給故意倒了樣。——你到底是不是爹的娃兒呀。鎮上人瞧不起你爹你也瞧不起你爹嘛。

——我再小個兒也是你爹哪。

——再有罪孽也是你爹哪。

——走。和爹一塊去那幾戶人家給人家跪下來。

爹就拉着我朝鎮南他說的幾戶人家走。竟然都是我去送過茶水的那幾戶。五爺家。柳樹家。吳嬸嬸。牛嫂嫂。每到一戶人家爹都拍拍門。敲敲門。等人家門開了，拉着我莫名一下跪下去。抬頭望着人家的臉。不等人家明白咋會兒事，他就哭着求着人家了——五爺呀，你打我一頓吧。打我一頓吧。我李天保不是個人兒是個畜生你打我一頓吧。

就把那五爺驚着了。

五爺家門樓下有個十幾瓦的小燈泡。燈光泥黃着。五爺的臉色是黃的莫名其妙的——咋會事兒呢。咋會事兒呢。驚着木呆着，五爺想要過來把爹拉起來。把我拉起來。可五爺立到爹的面前好像想起啥兒了。臉色慘白了。盯着爹的眼變得凌厲冷冷了。聲音變得寒寒涼涼了。

——天保呀，到底咋會事兒你說吧。

爹就抬起臉。像在夢遊又像醒着樣。說話的聲音半啞半清亮——十幾年前是我去火葬場裏告的密。是我去通風報信大娘埋了才又被從墳裏扒了出來火化的。

五爺僵着了。

五爺盯着我爹像盯着吃了人肉的一條狗。我跪在爹的身邊抬頭看着已經年過八十的老五爺。白短頭髮在燈光裏邊動了動。山羊鬍子也在燈光裏邊動了動。垂着皺着的臉皮朝上提提顫顫再提提。他好像要說啥。好像真的要朝爹的臉上打下幾耳光。可他又到底是八十老人了。到底打不動也罵不動了呢。他的嘴角臉頰抖了抖。抖了抖扭頭朝着身後院裏看了看。再轉回頭來時，他的臉上是一臉驚慌一臉紅的顏色了。

——天保，你和你娃兒快起來。

——這事兒千萬別讓我家別人知道呢。千萬別讓我家娃子大順知道呢。

我爹朝着五爺家院裏看看就果然起來了。我爹一起我就跟着起來了。五爺一拉我們我們朝他身後院裏瞅着打量着。——爹，是誰呀。果然跟着傳來了他娃兒大順在哪間屋的喚。也傳回去了五爺對他娃兒的回話聲——不是誰。是村裏通知各戶人家防賊防盜哪。就又安靜了。安靜中五爺趕忙兒推着爹和我從他家裏快離開。爹就又慌慌跪下朝五爺跪個頭。慌慌從五爺家裏和我退出來。退了出來我和爹立在街邊上，五爺説兩了句再別提了再別提了連連擺着手——念起念念剛才給我家送了提神兒的醒茶湯，就再也別提過去那事了。

五爺很快又把大門關上了。就把過去的事兒關到我爹腦後了。

我和爹立在街邊上。看見爹沒有吸氣卻吐出一股長氣兒。長如一根捆麥子的繩。長如一條寬寬展展的路。繩子一開麥捆放鬆了。路一寬展人就放鬆了。爹也放鬆了。臉上模糊灰灰的夢遊色裏有了潤紅了。

——走。下一家。想來想去也沒啥大不了。我們再去幾戶爹這輩子全都放下了。就能和你娘輕輕快快過着了。

爹拉着我的手裏都是汗。

我自己的手窩裏邊也捏了一窩汗。他鬆開我的手去身邊電線杆上擦汗時，我的手背上有了涼爽了。我伸開不知啥時攥住的兩個拳頭兒，兩個手窩裏也有兩窩涼爽了。

一涼爽，就真的心裏輕快了。和沒有夢遊樣。和沒有夢遊差不多。爹他也想得清楚呢。說得清楚呢。除了我一勾頭能看見他臉上木的磚的氣色外，五爺醒着也沒有覺得我爹是在夢裏邊。爹是半夢半醒給人家跪下賠的愧。賠的罪。爹賠那愧罪時候事情就這樣。真的就這樣。和人醉酒以後說的做的一模樣。醉的說了做了一二三四五，醒了也許他就忘了不說不做了。除了走路時稍微有些搖身子，沒有人能知道我爹他是夢着的。半是糊塗半是醒着的。

我們就又朝前走。去了下戶的柳叔家。大街上總好像哪兒藏有驚天驚地的響動聲。仔細聽了卻又啥兒聲音也沒有。月亮還是那麼着，灰白模糊的。在頭上似走似凝的。雲也還是那樣兒，這兒積一堆，那兒散成一片兒。絲絲着，片片的，讓鎮子大街和胡胡同同都悶着燥着模糊着。幾點了。不知道眼下是這天這夜的幾點和幾分。我就跟爹走。把那個空碗留在五爺家門前石頭上。等回了再從哪兒把碗帶回去。

下一家。敲敲門。

敲敲也還叫幾聲。

有人來開大門了，只要是戶主或家裏主事的人，爹就給人家跪下來。呼通一聲跪下來——打我吧——你們打我吧——朝我臉上吐痰吧——你們朝我臉上吐痰吧。就突然說了當年人家死人他去告密掙錢的事。把人家說的

驚着了。啞着了。不知如何是好了。畢竟都是十幾年前的事。畢竟土葬火葬那是國家定的事。畢竟我爹和我不僅承認了，還給人家跪下了。那麼還能咋樣呢。就都驚着一會兒。回想一會兒。——真是你天保幹的事情啊。我爹跪着點下頭。人家也就恨恨一會寬諒了。饒恕了。說幾句又冷又熱冷熱混合着的話——沒想到你會做這事。你這麼個小人兒，竟能做出這麼大的事。都說你們冥世界裏你和你媳婦和火葬場的場長不是一路人。你們賣的花圈又大便宜。從來不多掙死人家的錢。沒想到你早年還幹過這種事。——起來吧，人真是不可貌相呢。——起來吧，都說伸手不打賠罪的人。——起來吧，半夜了，你們父子也快回去睡着吧。剛才你媳婦還讓念念給我們端了一碗預防瞌睡夢遊的醒茶湯。

也就又站將起來了。

到了下一家。

又到下一家。

這一家名叫顧紅寶。顧紅寶比我爹年齡大一點。身子高一點。我剛才放在五爺家門口的茶碗就是要端到他家的。我要端到他家就好了。提前一步把我娘的好意送到他家就好了。可我的腳步慢了呢。我把茶碗放到十字街南五爺家門口那兒了。這樣着，事情就不再一樣了。事情戲着鬧着大了呢。大出爹的謀劃了。大出我拐七彎八的想像

了。我們敲了門。我們走進去。我們看見顧紅寶站在他家院裏就呼地朝他跪下來。

——幹啥兒幹啥兒李天保你們父子這是幹啥兒。

他家院裏燈光亮得很。不知他家為啥有錢了。沒有來由的轟轟有錢了。有錢喝酒也有錢死命豪賭了。蓋了三層鑲着白瓷片的樓屋子。日子風生水起紅紅火火了。在那紅紅火火的燈光裏，能看見那樓房的門都是鐵的紅的描了金粉銀粉的。窗子是焊成花的綠漆鋼條窗。院裏種了花草還壘了花池子。有一輛黑的轎車開進院裏停在一個新瓦房的車棚下。我和爹就跪在那車房門前邊。跪在全是水泥地院口上。聞到了顧紅寶渾身上下都有酒味兒。聞着那酒味我爹對他說了當年告密錯錯罪罪的事。說了內疚說了賠罪說了總想找個機會來認錯，十幾年猶猶豫豫猶猶豫豫終是沒有來。說今夜鎮上人都在夢裏都在夢遊裏，我也和做夢一樣腦子糊塗清楚清楚糊塗就來了。

就來認錯了。

就來賠罪了。

——要打你打吧。

——要罵你罵吧。

——紅寶哥你打我罵我都是應該呢。

以為啥兒事情也都不會發生呢。以為至多是和前邊一樣被人家嘲冷幾句數落幾句也就過去了。更何況顧紅寶他

娘被燒也算不得是我爹告的密。我爹去告密前火葬場不知咋地先一步知道了顧家要偷埋人的事。屍車先一步已開着停在顧家門前了。可畢竟我爹也還是去火葬場上跑了一趟呢。畢竟我舅作為獎勵還是給了我爹二百塊錢呢。也就來了顧家了。來給顧家賠着錯罪了。然而沒想到，聽了爹的話，顧的臉砰的一下青着了。眼就砰的瞪着了。突然操起車房門前的一根棍子就舉在半空了。

——他媽的原來是你呀。

——他奶奶原來是你李天保。

——日你祖奶奶。十幾年來我都忘不掉這樁事。料不到這夢遊夜裏你李天保犯糊塗找上門來承認啦。

原來顧他説話時，嗓子細着有着一股女人腔。原來有女人腔的男人發起火來就像有電通在身上樣。蹦着跳着操起木棍子，連棍子都在燈光下面蹦蹦跳跳哆嗦着。接下來的事就驚着朝向另外一個方向了。如驚馬掉頭朝着另外一個地方了。他罵第一聲時我爹好像睡在床上被人猛地拍了一巴掌，想要醒來因為睡得太深到底還沒醒過來。可他第二聲又尖嗓大聲罵着去抓棍子時，我爹他突然從夢裏醒了過來啦。突然把半睜半眯的睡眼瞪大起來了——哎呀，我這是咋兒了。喚了一聲就把我從顧紅寶舉起的棍下拉起來。就從顧紅寶舉的棍下把我拉着朝後急急退兩步。又把我拽到他的面前擋着那棍兒。

——紅寶哥你真的打人呀。

——你打我不怕你還打你十幾歲的侄子念念呀。

——給——打吧你。打吧你。能下了手你就把念念打死吧。

我爹把我朝棍子下邊推着和送着。雙手緊抓我的雙肩又隨時準備把我從那棍下拖出來。

是我把顧的棍子擋下了。是我的年齡把那顧給勝着了。我心慌得很。亂得很。怯膽着。慌亂着。汗一下就滿了頭皮滿了身子滿滿掛在臉上了。可顧紅寶看我爹把我推到他的棍下時，他的棍子僵着了。他整個人都僵着了。這時爹就勝了呢。爹就用醒來勝着夢的了。

——紅寶哥，我剛才是在夢裏給你說的話。人在夢裏說的你能當真嘛。你常喝酒喝醉你在醉裏說的話你自己醒來當過真話嘛。法庭上都還不把夢話醉話當成真話證據呢。還把夢話醉話當成精神病的話，你咋能把我剛才說的夢話當真呢。你咋能把我夢遊說的做的當真呢。

顧紅寶他就呆着了。呆在剛才我和爹跪的地方了。舉在半空的棍子軟軟僵在半空裏。不知他哪時想了啥。不知道想到了他愛喝酒的渾醉還是想到夢的奇怪夢遊的奇奇怪怪了。盯着爹的臉。盯着我的眼。像要盯出我爹到底睡沒有。到底是在夢裏夢遊裏還是在醒裏醒的世界裏。反正他臉上的青色淡着了。反正他也一臉呆相了。舉的棍子軟軟

放下了。可我爹，好像怕和他再有糾纏啥兒樣。他的棍子一軟下，爹就拉着我朝着他家門外轉身走。快步快步地走。逃一樣。跑着逃着樣。——我咋會睡了醒了重又睡着呢。重又夢遊呢。咋會挨了打還會睡着還會夢遊呢。自語着。嘟嚷着。快步到顧家門外又回頭對跟出來的顧他大聲喚。

——顧紅寶，夢遊的話不算話你別把我説的當真啊。剛才街東頭的楊光柱，他娘去找她死了十幾年的男人去，自己尋死淹死在河裏，是我把他娘背了回去的。可我把他娘的死屍背了回去我還對他家裏人説是我害死了他娘他爹他奶奶。

——你説我害了他一家三口我能對他家人説是我害的嘛。

——我這麼一個小人兒，那害人家一家三口嘛。

——聽見沒有顧紅寶，別忘了你幾次醉在街上都是我把你背着送回家裏的。

——回去睡吧顧紅寶。對你説你娘被搶走火化和我一點關係都沒有。我只是和你一樣十幾年來都不知道鎮上是誰這麼缺德夢裏糊塗就把這事攔在自己身上了。

——回去睡吧你。別忘了我娘也是想土葬最後怕被人告密是我把她背着送到了火葬場。

站在街中央，我爹對顧紅寶説了很多話。立在門口上，顧他怔怔聽着我爹説了很多話。像他從酒裏醒來憶着

想着他在醉的時候都説了做了啥兒事。事情就這樣。經過就這樣。這一整夜的事。一生一世的萬千事。剛才他和我爹一個在夢裏，一個在醉裏。現在他醒了。我爹也醒了。兩個人都在醒裏就都不是剛才那個樣兒了。就都説着聽着把事情弄得更亂弄得更沒黑白真假了。

亂了假了也就真的走了呢。

一路上爹都説着不敢睡了不敢睡了一睡着夢遊就壞了大事呢。就要了人命呢。也就不管那立在門口的顧紅寶，拉上我慌慌説着回家了。

也就慌慌回家了。

【卷六】

四更・下：一窩鳥兒孵出來

1   *1:50 ～ 2:20*

出了大事啦。

又出了人命啦。

爹拉着我回走不遠我們就到了那戶裁縫家。裁縫家就在顧家斜對面。我們來時只顧朝着顧家走，沒有去看那家裁縫店。可回時我們看見那家裁縫了。大街上又有了更多更多來來往往的腳步聲。夢遊的偷。不夢遊的也在乘機偷。——有賊啊。——有賊啊。喚聲不知從哪傳過來，像有股尖的細風從哪吹過來。可過一會兒那風尖遲鈍了。喊聲就小了。連一點的風吹都沒了。大街小巷裏，燈光泥黃如為了讓賊都能看見路。燈光泥黃正好模糊蓋住賊的臉。又有一股人群迎面走過來。大包小包的扛着和背着。擦肩過去時，我扭頭看他們。爹猛地將我回拉一下子。——忙吧你們都忙吧，我們啥都沒有看見呢。人家走了爹又把我的肩膀攔在他的懷裏去。又拉着我到了裁縫店的門前了。

店門是開的。店在路邊上。門口有木牌。牌上有裁縫兩個大紅字。字在夜裏是黑的模糊的。模糊又顯清楚的。清楚裏有一股腥的烈的血味飄過來。沿着血味就看見裁縫

店門前有個人倒在一灘黑血裏。他死了。胳膊樹肢一樣朝前亂伸着。手裏還抓住一根死不鬆手的縫紉機的軟皮帶。我和我爹借了路燈看見這些時，兩個人都咚的一聲立在燈光下。還未及再仔細看一眼，爹就又猛地把我朝他身後拽一下，用身子擋在我面前。他不讓我看見那血那血屍。可我還是看見了。血和泥漿一模樣。死屍的頭如碎在地上的一個瓜。人和血混在一塊兒，如一個人在泥塘裏邊洗澡爬着樣。我爹盯着那兒不說話。我爹盯着那兒終於喚了話——喂——劉裁縫——你們家出了大事啦——出了人命啦——你們都還睡在夢裏嘛——天呀，你們都還睡在夢裏呀。到這兒，我想起不久前的那戶人家擔着縫紉機和布料布頭並持有砍刀的事情了。到這時，我才又一次發現爹的個兒雖不高，嗓子卻高得和樹和天樣。高得若把嗓音豎起來，能像一把梯子靠到天上去。靠在雲上還能讓人抓住模模糊糊的星星和月亮。

緊接着，縫紉店營業廳後的窗子燈亮了。爹就拉着我朝着家裏跑起來。瘋了一樣跑起來。

死人了。

真的死人了。

因為夢遊死了一個又一個。不都是投河上吊自家去尋死。還有偷的搶的刀砍的。好像街的哪兒都有賊的匪的腳步聲。又好像哪兒都沒有。到處都是——防賊啊——防盜

啊——的叫聲和提醒。又都是那叫聲後的死靜和死靜。靜得只還有血氣兇氣和驚恐的味兒在鎮上流着和響着。在這條街上能聽到那條街上的偷搶和殺喚。到那條街上又聽到響聲殺喚是起在這條街上胡同裏。

人都匆忙着。匆匆忙忙的。嘴裏都在嘟嘟囔囔説話兒。彼此擦肩過去時，素不相識着。互不扭頭的。和身邊沒有他人樣。如一個世界都睡着，只有他是醒着忙着的。知道他要啥兒他就在夢裏去做啥兒了。不知要做啥兒的，他就在夢遊的夜裏亂竄着。東走走。西去去。碰到牆了他就調個頭。碰到樹了他會猛拍一下自己的額門兒。猛拍一下自己腦殼兒。猛拍一下自己的大腿或屁股。像是醒了或者想起自己該做的不是這一件，而是另一椿。於是扭頭去做那椿了。於是就在那兒怔一怔，又懵懵懂懂去做啥兒或不做啥兒了。茫然模糊的在那街上轉。四下找着尋着看。好像找啥兒。其實啥兒也不找。眼裏只有一片模糊和瞌睡，像人在一池泥水裏四處爬着遊着樣。遊着還有睡的呼嚕聲。如潛在一池水裏的呼吸沒有那麼順暢樣。

大街上和趕集一模樣。不是人擁人的旺茂集。而是農忙後的閒散集。大忙過去了，人都閒暇了，就來街上散散看看着。沒有明確目的要買啥和賣啥。可那閒散中，卻有人急急迫迫着，腳步快得和飛樣。要趕汽車火車樣。在這亂集裏，大街背處的隱秘間，沒人知道正在發生啥兒呢。

會發生一些啥兒呢。

死人了。

真的死人了。一個幾個好幾個。

很多人從那死人邊上過去和沒有看見樣。看見人死在路邊和看見人躺在河邊路邊睡覺樣。可我爹，他醒了和我看見這些了。還爬到好幾個死人身上看了看。從顧家出來我爹就醒了。看家裁縫家門口的死屍他徹底沒有瞌睡了。又見了路邊幾個死人他一星半點瞌睡都沒了。原來死屍是能驅走瞌睡的。血氣是能把人的瞌睡趕走的。就像蚊香能把蚊子熏走樣。——得去給村長說說這事兒。得去鎮政府說說這事兒。快到鎮上的派出所，報案報警讓那鄉警管管這事兒。我爹領着我本來要回家，可到十字街口他改變主意了。他又領着我朝村長家裏走去了。快步穿過大街一個一個人的夢。一群一群人的夢。如穿過一片一片的樹林樣。他們走路都是腳步高高抬起來，重重落下去。慢慢砸下去，卻又快快抬起來。可也怪得很，他們就那麼磕磕絆絆急急地走，卻很少有人倒下去。很少有看不清路面倒下醒了的。

不知這夜深到了幾點了。是四更雞鳴時分兩點吧。大約兩點丑時左右吧。這時我們去往村長家，碰到從那塬上寫作房裏回到鎮上的鄰居了。鄰居他好像也在夢遊裏，從街的那頭急急朝着這頭走，腳步也是一高一低着。襯衣紮

在腰裏邊，衣服整齊得和滿街的夢人不一樣。穿着一雙皮拖鞋，像剛睡醒下床穿着拖鞋去廁所。這就走着走着回到鎮上了。要回家裏了。不說話，臉像一本堆滿錯字沒人看的書。從我的身邊過去時，我大聲叫他了一聲——闆伯你咋了——你回鎮上啦。他不理我只管自地朝前走。朝着他家的方向夢裏走。

原來作家他也會夢遊。也會被人的癮病傳染呢。我拉了一把爹，指着闆的背影給他看。我爹看着闆像看一棵會走路的樹。看見那樹正從街的這邊挪到那邊去。——連他也夢遊不得了呢不得了呢真的不得了了呢。說着爹又拉我一把急急朝着村長家裏去。像找到村長就可以讓人不再夢遊了。讓白天還是白天，黑夜還是着黑夜了。人該在啥時幹啥就在啥時幹啥了。夢遊和召喚和傳染一樣着，連作家都被召喚都被傳染了。人在沒人的地方都被傳染了。說不定這夢遊的不只是皋田村皋田鎮和伏牛山脈呢。說不定夢遊的是整縣整省整個國家呢。說不定整個世界凡在夜裏睡的全都夢遊了。只有我和爹還醒着沒入睡。賊們沒入睡。匪盜沒入睡。說着想着往前走，我和爹像嘟囔對話又像自語樣。又快走着幾步勾頭去看爹的臉。爹在我的頭上拍一下——爹不會再睡啦。爹腦子醒得和一股清水樣，連一星半點瞌睡都沒了。沒有瞌睡的這就遭秧了。沒有瞌睡的不能不管那些睡的夢遊的。像直腰走路的不能不管倒在路邊

的。你得把他扶起來。你得把他摔掉的東西撿回來。當然呢，他有很多東西摔倒滾丟了。你幫他找着撿着順手把一樣東西裝進自家口袋也是常有的。大街上，扔了很多東西我都撿回家裏了。一個鍋。一袋奶。一個奶瓶兒。還有賊偷的掉在街上的衣服和皮鞋。一個割麥人的鐮刀和打場裝麥用的新麻袋。

村長家住在中街二道胡同的胡同口。三層新樓房。紅磚紅瓦白天黑夜都像一大堆的火。七尺高的院牆和丈二高的古磚瓦門樓，橫頂上嵌着貢宅兩個金黃的字。門樓下的大燈泡，如他媳婦站在街上罵人時的眼。我和爹到了村長家。想喚門敲門時，看見那門是開的虛掩的。院裏的光亮和白天一模樣。屋裏的光亮和白天一模樣。夜早就越過子時到了下半段，可村長和他媳婦還沒睡。村長和他媳婦還在屋裏炒了熱菜拌了涼菜喝着酒。酒氣散在屋裏散在院裏散在街面上。院裏的梨樹蘋果樹，在燈光裏果子墜着和掛的錘子樣。蚊子不知倦地飛。蛾子勞勞累累也在飛。五十幾歲的村長在趕着蚊子喝着酒。不胖不瘦的身子有些彎駝着。厚着的喪臉是木的呆的土灰的。屋裏的牆上掛了神像山水像。掛了鄧小平的像。掛了毛澤東的像。他的影子倒在那像下。一幅巨大的八仙過海圖，掛在界牆上像那一面牆是一面蔚藍蔚藍色的海。村長就在那海邊喝着酒。小酒盅在他嘴上發出嘖嘖浪浪的海濤聲。筷子在碗邊盤邊響出

槳和岸的碰撞聲──他媽的，不開門。竟敢不開門。喝着自語着，抱怨一股一股的。──我又沒有得罪你。對你那麼好，喚死敲死都不再開門了。他的媳婦從灶房端着一盤韭菜雞蛋走過來。上衣的扣子半解半開着。露出的奶乳如離開秧的墜茄兒。從我和爹的身邊過去時，她像從兩根柱子面前過去樣。韭菜是綠的。雞蛋金黃色。那不到五十歲的笑臉紅紅褐褐如是一堆乾的漆。──貢天明，我又給你弄了一盤炒雞蛋。這下你知道是我對你好還是那寡婦對你好了吧。她在村長對面小桌旁邊坐下來。給自己也倒一盅酒。和村長碰着杯。──我都不明白那寡婦除了年輕哪兒比我好。這下你知道寡婦對你是真好假好了。不光把你轟出來，還敢在你臉上摑耳光。把炒雞蛋的盤子朝村長的面前推了推──給，吃吧你。這綠韭菜是那寡婦身上的瘦肉絲。黃雞蛋是那寡婦身上的油肥肉。這盤菜就是肥肉炒寡婦。又把一碗燉湯朝村長面前擺了擺──這就是那寡婦的排骨湯。──這是寡婦的口條拌涼菜。──這是寡婦的奶子拌蒜汁。吃了她。喝了她。解了我的恨也解了你的恨。村長抬頭看了他媳婦。臉上還是報怨還是無奈無奈的木呆色。可他終末還是和媳婦碰了杯。看着媳婦一堆乾漆似的臉，啥兒也沒說，就拿起筷子去夾那一盤韭菜雞蛋的寡婦肥瘦了。

我和爹知道村長也在夢遊呢。知道他的媳婦也在夢裏邊。他們是在夢裏吃着喝着抱怨着。一樓廳堂的屋門口，有兩盆月季開得和血口一模樣。菜香花香和酒香，在這夜裏如一池泥水血水把村長和他媳婦淹着了。站在村長家廳堂門口上，望着那兩張一塊過了將近三十年的臉，像面前豎着兩塊被解開三十年的板。

　　——你倆夢遊了。我爹朝門口走一步。

　　——你倆夢遊了洗洗臉或煮碗茶葉水，一洗一喝就醒了。我爹走進村長家的廳屋裏，站在他們喝酒的小桌旁。——村長，你得醒一醒。你得想法兒讓全村人今夜都別睡覺了。一睡就要夢遊了。一夢遊就出大事了。已經死人了。死了好幾個。有投河尋死的。也有被偷被搶被人打死的。人命關天這麼大的事，你再不管村裏鎮上就亂了。亂成一鍋粥飯了。説完去找村長家的臉盆兒。給村長端來半盆洗臉水。——洗洗吧。洗洗醒來趕快管管村裏的事。不能眼看着一條一條人命都沒了。

　　把洗臉水放在村長腳邊上。村長看看我爹看看那盆水，又給自己倒了一杯酒。我以為你是王二香。原來你不是王二香。你不是二香你讓我洗啥臉啊身子的。又喝酒。又去夾菜吃。我爹又説了一些別的話——嫂子你給村長洗把臉。把目光攔在村長媳婦的身子上，又快極快極地把目

光從她身上挪開來。那露在胸口的奶袋真的如離開青秧缺水的垂茄樣。

——快給村長洗洗臉。你也洗把臉。

——村裏鎮上出了人命大事村長你不能不管了。再不管人命就要一條一條都沒了。

——你先洗醒了再給村長洗洗臉。喂，你別吃了你先洗醒再給村長洗洗臉。

一邊說着我爹一邊站在那。村長夫妻一邊吃着喝着和身邊沒人樣。到末了我爹自己去給村長洗臉時，村長發怒了。村長一下站起來，把筷子甩在了桌上和桌下。——你他媽的你是誰呀敢來我的臉上摸來摸去啊。你以為你是我老婆。你以為你是王二香。你要再動我一下子，我讓我老婆像炒王二香一樣把你炒了吃了下酒了。說得聲威力豪的。說得一臉都是青怒和豪氣，還似乎想要抓起凳子砸在我爹的身上和頭上。

我爹怔一下。——我是天保你不認識嘛。

我爹朝後退一步。——我是賣花圈的李天保。我是醒着你在夢裏呀。

——滾。村長又坐了下來了。村長又給自己倒了酒。村長撿起筷子沒有擦那筷子上的土，就把筷子伸進一盆涼菜裏。他媳婦在看着男人笑。看着我爹笑——你說我們夢遊啊。你看你臉上的瞌睡厚得和牆樣，還不回家睡覺半夜

跑到我家幹啥呀。半夜都不讓我男人安省些。他當村長又不是你們家的長工和短工，想半夜來叫就來叫他了。又吃菜。又喝酒。又說這是王二香的大腿肉。這是那寡婦的胸脯肉。吃了她。喝了她。吃她喝她你就等於睡她了。就不用那麼火燒火燎想她了。以為這話是討了村長的好。可村長舉着酒杯兩眼卻是冷着盯着老婆的。恨着老婆的。他老婆一下就把目光從村長那兒收回來，說話聲音變小了。變得柔潤了。

　　——人家不給你開門你能怪我嘛。

　　——人家把你推出來耳光打在你臉上這能怪我嘛。

　　我和爹從村長家裏出來了。從他家的夢裏出來了。夜還是原來那樣兒。還是哪兒哪兒都藏着腳步和嘀咕聲。神秘不安在那夜裏如空氣一樣到處都是着。彷彿哪棵樹後都藏着一個人。哪道牆角都藏有一個人。不知為啥大街上的路燈忽然熄滅了。整個鎮上的路燈全都滅了呢。不知是夜在丑時該滅的，還是被夢遊的賊人關閘弄滅的。街上一片一片黑。偏僻的胡同裏，一條一串濃烈的黑。黑的夜裏看不見的腳步聲，顯得更加清晰更加震耳了。卻也更是模糊更是清楚了。

　　夜成了賊的匪的好夜了。

　　鎮成了賊的匪的好鎮了。

　　世界就成了賊匪們的大好天下了。

我爹拉着我的手。——停電了，別怕啊。我在一片黑中朝爹點了一下頭。可把抓住他的左手抓得更緊了。他的手指頭每天劈竹編花圈，糙得和沙石鞋底一模樣。我們往回走。摸黑走了幾步好像在黑裏能看見星光夜光了。看見腳下的路和水一樣有着一些泥光色。就走着。就聽見身後有傳來追着我們的腳步聲。慌忙停腳旋過身子去。不等那腳步靠近爹就把好話送給人家了——哎——你是誰你想幹啥你幹啥，我們父子啥都看不見。啥都不會對人説。可那黑影還是朝着我們走過來。腳步越發快起來。

——你們是誰剛才是你們兩個去了我家吧。

——是你們去了我家吧。

原來是村長。

是村長從他家裏從他的夢裏追了出來了。手裏拿着手電筒，在我和爹的身上臉上照了一會兒。滅了燈。立在模糊裏。在那模糊裏，思着忖着啥兒事。——貢村長，你家有茶葉了讓嫂子給你煮一碗茶水喝一喝。或者我回去讓念念給你端來一碗茶葉水。村長不説話。過一會兒村長又忽然説話了——我剛有些瞌睡腦子糊塗呢。現在好像瞌睡少了腦子開了一條縫。剛才是你在我家説村裏死人了不是一個而是幾個嗎。

——哎。真的好幾個。都是因為夢遊死的被人打死的，所以你得醒醒管管這事兒。

夜奇靜。奇靜裏有些悶人燙人的煩躁在裏邊。我覺出了爹說話時的急和手窩裏的汗。村長不着急。村長在黑裏模糊裏，臉都化在幽黑裏邊了。幽黑裏邊像沒有臉只有一柱身子豎在我們面前樣。就那麼沉着默着豎了很久一會兒——李天保，一死人你賣花圈壽衣倒可以發財了。可發財了也睜不了幾個錢。我給你一筆錢。趁今夜你幫我辦件事情好不好。

　　——你去弄些毒藥來。趁我兒子一家都不在。趁鎮上人都在夢遊你去把毒藥下到我老婆的酒杯或者湯碗裏，讓我和二香順順當當結婚好不好。

　　說完村長立在那兒不動彈。盯着他面前我和爹的黑影兒。像盯着看不見的一樁啥兒事。我爹手窩的汗突然落掉了。突然他的熱手裏成了一窩冷水一窩冰寒氣——你說啥呀村長我天保哪有這膽量。我就是害怕鎮上夢遊出事才來找你的——你忙吧，我回去就把熬好的濃茶給你端一碗。說着拉着我就立馬離開村長往回走。先是小步後是大的步。踩上大步急步時，爹還又回頭對着身後豎着的黑影把步子淡了淡。

　　——回吧村長，誰來世上一趟都不易。我回去就給你端來一碗茶葉水。

　　站在那兒的村長沒有立刻說話兒。又過了一會村長的話就從後邊傳來追來了——我是真的喜她二香你說讓我咋

辦呀。讓我咋辦呀。聲音裏是急的熱的無奈的。好像還有溫的善的在那話裏邊。不知他是真的從夢裏醒了出來了，還是依舊沉在夢裏邊。爹只管拉着我快步往回走，再說話時只是把頭朝後象徵象徵地擺一下。——回吧貢村長，鎮上沒有人比我李天保的嘴更嚴實呢。我回去就把醒夢的茶水給你端過來。

隨後我們就聽到村長轉身回家的腳步了。遲遲慢慢好像他為殺不殺老婆娶不娶二香很為難的樣。

2 *2:22 ~ 2:35*

　　鎮上有個派出所。

　　派出所在鎮政府對面的一個院子裏。院子裏有樹有燈還有電風扇。派出所的鄉警都在院裏乘涼睡夜覺。泥黃的燈光如是亮亮泥黃的一湖水。院門是鐵的鋼筋柵欄門。爬在那鐵柵欄門上看見五個竹床齊齊擺着像五塊躺屍板。可他們，人是活的呢。五個鄉警如軍營的兵樣睡在床上先後從床上折身坐起來。兵樣跋鞋轉身都朝身後院牆走過去。到牆下都掏出他們的陽物朝着牆上尿。水聲嘩嘩的。像鎮外的渠河從這院裏流過去。先尿完的站在那兒等着沒有尿完的，手還扶在他的陽物上。五個全都尿完了。好像是所長還是誰，說了一句啥話兒。五個人聽命用手搖着各自的陽物甩着那物上的尿滴水。

　　乾淨了，又都齊整轉身統一往回走。

　　齊整統一地脫鞋各自倒在床上睡。呼吸聲呼嚕聲和渠水流過院落樣。

　　——鎮上出了人命你們管不管。——出了人命啦你們管不管。我和爹的喚聲從鋼筋門的縫裏衝進去。有三個鄉

警同時又折身坐起來，同時對着大門扔過磚頭樣的話——滾——大半夜來鬧是想讓拘了你們嘛。——想讓拘你嘛。喚後又同時齊整倒下有了硬硬的身子砸床聲，像那編花圈的幾十根竹子同時被破開響在黑夜裏。

然後靜下來。磨牙聲節奏節奏傳過來。

3 *2:35 ~ 3:00*

　　鎮政府的幹部也都夢遊了。

　　上下左右全都夢遊了。只有燈泡和日光燈管是醒的亮着的。連政府院落裏鋪的老磚裂紋都看得清楚呢。如果有針掉在磚縫裏，也一眼都可找到呢。蚊子在光亮裏面飛。飛蛾也在光亮下面飛。葡萄架在光亮黑暗的錯落裏，影影晃晃很神秘的樣。這是百年前的老房子。青磚青瓦和廟一樣兒。和京城故宮一樣兒。原是民國間一個鄉紳家裏的三進四合院。後來就成了鎮政府的所在地。一任一任政府的辦公區。一任一任鎮長和他的屬下都忙在閒在這青磚青瓦裏。讀報紙。學文件。開會議。指導鎮轄的村村落落及伏牛山脈間的大大小小事。這一夜，鎮政府的幹部全都夢遊了。鎮長夢遊了。副鎮長也跟着夢遊了。鎮長和副鎮長全都夢遊了，那青堂瓦舍中的大小人物也都順着鎮長的旨意夢遊了。

　　他們在夢遊中做着一樁皇帝勤政早朝的事。半月前鎮上來了劇團演出宮戲《楊家將》和《包公案》。現在這戲服有了真用大用了。鎮長穿着那套帝王袍。副鎮長穿了宰

相袍。帝王袍上繡着絲龍和絲鳳。滾邊都是金顏色。寬大的衣袖如褲管一模樣。那些一品相服和大臣服，也都有金色的滾邊和紅腰圈。皇后服和格格妃子服，件件都綴滿玉器和瑪瑙。閃閃的。亮亮的。不時發出玉石黃金的碰撞聲。整個政府的大廳會議室，這一夜成了朝庭勤政早朝的寶殿了。除卻鎮長副鎮長，其餘別的鎮幹部，相隨依次都穿着武官將服和文官服。那些原來鎮上的通信員和伙夫們，也都高升穿了朝庭裏的宦服和僚服。金壁輝煌的。珠光寶氣的。燈火通明的。通明中還在門口掛了幾排紅燈籠。原來在鎮政府打掃衛生的，現在成為官人舉着肅靜的牌子站在會議室的眾臣邊。原來政府廣播站的播音員，她們成了皇后成了格格了。成為給皇帝扇扇子的宮女了。氣氛肅靜着。氣勢靜穆着。除了人人眼上的疲憊外，臉上都努力撐着不睡的好奇和入迷。像人將入睡前還努力聽着看着做着啥兒樣。大臣將軍們，都跪在鎮長皇帝前。鎮長坐在一把龍椅上。龍椅前是宮戲舞台上用的金邊雕刻桌。桌上擺了用黃綢包的大玉璽。玉璽鎮在桌中央，兩邊分放着筆架毛筆和蓋碗小茶杯。宮女給鎮長端來了燕窩銀耳滋補湯。鎮長有些厭地朝那湯碗看一下。稍揚一下手。讓宮女惶惶退走了。——說說吧，天下大事不是跪着就可以解決的。鎮長的腔調和皇帝的腔調一模樣。慢慢的。有些厭煩的。宰相大臣們，都偷偷看了皇帝的臉色和景況。見

皇帝慢慢又端起那補湯試口了。知道皇帝的心情順平了，也都把懸心放下來。——都坐吧。坐下一個一個對朕說。有了這一句，宰相大臣武官們，都站起弓腰在皇帝面前甩袖齊聲大聲說了一句謝陛下。後就分坐分站在皇帝面前兩側邊。

——誰先說。還是丞相你先吧。說說你這個月到江南的見聞和調研。

副鎮長就慌忙上前行了躬腰甩袖禮——咋——謝陛下皇恩浩蕩。臣尊旨南下月餘。過山東。走徐州。又沿着運河乘船從南京無錫揚州蘇州常熟一帶到杭州。臣所到之處，皆為微服私訪，未驚動任何地方官民。所到之處，均見國泰民安，百姓富裕，無不對皇上感恩戴德，大呼吾皇萬歲萬歲萬萬歲。

皇帝聽後擺擺手——又是這一套。又是這幾句。不過皇上的臉卻是笑着的。眼裏也是盈滿快活的——倒是話需說回來，從京城到江南，交通不便，長途跋涉，馬丞相你一去月餘，也是辛苦倦怠。朕賜你明日休假攜家小僕人到承德避暑山莊小住一些日子吧。再招手，讓丞相退下去。鎮長又掃掃面前兩側的臣將們——李都督，你從邊關回來多日了，說說邊關的情況吧。說說大西北邊民和邊疆的寒苦給朕聽一聽。鎮武裝部的李闖副主任，就從人群走出來，把將服袖子朝上拉一拉。跪下去。抬起頭。聲音洪

亮和鐘一模樣——謝陛下皇恩浩蕩，派將軍我到西北陣守邊關。邊關三年前兵荒馬亂，戰事不斷，民不聊生，都督我所到之處，沿途飢民災民，群群股股，常有百姓攔截戰馬討要吃喝。而邊關匈奴，又屢屢進犯。夜偷夜襲，日搶日奪。尤其到了收糧季節，更是肆無忌憚。彎弓策馬。燒殺掠搶。姦淫婦女。使邊民耕無心，食無糧。大多拋田棄家，向內地遷移。但皇上你派都督我到了之後，我依照皇上您的謀略聖旨，先平外而後安內，鎮守邊關，迎敵苦戰。無一戰不無死傷。無一戰有士兵退撤。全軍上下，齊心協力，人人都寧可戰死疆場而無後退求生者。都督我身先士卒，一馬當先。兵來將擋，水來土掩。祁連山一戰，我身受三處箭傷，但仍攜箭而殺，迎敵最前。三天三夜，人不下馬，刀不離手。食在馬背，睡在馬鞍。最終大敗敵軍，使匈奴退讓一百二十餘里。有了這祁連一仗，西北戰事就勢如破竹，戰戰皆勝。而敵人逢戰必潰，節節敗退。使得西北最終收復河山，再得平安。邊民終得回遷耕作，享田地天倫之歡樂。現在陝西——甘肅——寧夏——蒙古一帶，那兒邊地和平。田作豐收。國泰民安。百業大康。大西北各地山川，各個民族，凡見我漢族將領兵士，無不跪下向陛下您和您的軍隊三呼萬歲，並再三囑我哪日回朝，定要代各族百姓向陛下請安問好，代呼陛下您萬歲萬歲萬萬歲。

武裝部副主任長篇大論，語語皆律。聽得眾臣都啞口無語，一臉愕然。原來小小武裝的副主任，李自成的後裔第一十二代孫，竟有這等好的口才與文才。連鎮長都聽得驚着和喜着。副鎮長驚得呆着和嫉着。其他鎮上管經濟民政和教育的幹部們，眼下都是一國之經濟大臣民政大臣和教育大臣了。望着那一介武夫的文才口才就感自愧弗如了。知道鎮長會喜歡這個武裝幹部了。怕這武裝幹部就要從副股級成為鎮上的科級幹部了。也許就成了管治安的副鎮長。成了當朝鎮守邊關的總都督。所有的目光都落在穿着皮靴戰袍的邊關都督上。就聽見鎮長皇帝呵呵呵地笑了笑。站起在桌前走了走。身子轉了轉。回來又站在龍椅前，把桌上的玉璽動了動。——李都督你文功武略，德才兼備，鎮邊有功，這三年匈奴族也心服口服，年年上貢。為了朝政有序，獎懲嚴明，我現在就任命你為當朝總都督，統管西北東北雲南台灣和廣東及廣西各地邊疆的一切戰事與紛爭。然後皇上面帶微笑，再次掃視了面前的文官武將們，又深深吸氣吐出來，如同天下諸事皆都和諧平靜，讓他感到踏實平安樣。——教育民政各方面，諸臣們還有什麼要向陛下彙報嗎。

教育大臣和民政大臣彼此看了看。民政臣就上前兩步甩甩袖，行着躬禮單腿跪下來——卑臣還有一事要講，不知合適不合適。

——講。皇帝望着民政臣，像外出巡察望着路遇喚冤的百姓般。今日皇上我勤政早朝，心情大好，你們有啥兒問題都可講出來。

民政臣就從跪姿站了起來了。把目光落在皇帝身上望了望。還又扭頭看看兩側林立的臣將們——今夏國民蒙皇上天福，千里土地，萬里豐收。小麥穗都如穀穗一般大。可天象院最近送來緊急消息說，三天後將天降大雨，且陰雨連綿，最少半月一月，會使我朝大面積土地遇洪受淹，如不及時搶收糧食，怕會有大半小麥爛在田地，釀成酷冬無糧，飢民遍地之大災。以天象院之推斷，我朝今日國泰民安，萬民同慶，而這背後正有着一場巨大的災難隱藏在這泰平盛世的繁華背後。望皇上你居安思危，洞若神明，早下聖旨，召告天下百姓，都要連夜收割，集糧入庫，而後防雨防洪，築堤圍壩，收拾村民房舍，以防果真大災到來之時，而民無防範，措手不及，使得我朝百姓再有民不聊生之苦，從而引發江山不穩之隱，不固之險。望吾皇對臣此卑言三思三思。

民政臣說完之後，又做了甩袖躬身禮，並偷眼再看了一下鎮上皇。見皇上面有不悅，又不便明說，就打了一個哈欠，似聽非聽，頗為厭煩。而民政臣也因此臉上顯出了不安之耿直，做出要為天下諫言不惜一死那模樣。可在這時候——恰在這時候，也和舞台上的演出如出一轍樣，總在危

機關鍵之時，便高潮錯開另有故事了。也就這時候，宮外的守門人慌慌地跑進來，立在皇上眾臣前，快行袖禮，急速稟報——報告皇上，宮外有一對刁民闖入，小的再三攔擋不住，他倆聲言要親見鎮長皇上您。說城外糧食豐收，可農人都連夜割麥，如夢遊一般。而城內鎮上又有人借人們都疲勞大睡和有人夢遊之時，開始偷搶盜掠，劫財殺人。總之是天下大亂，朝崩殿塌。請皇上您明示對這刁民見還是不見。

鎮長把目光擱在守門兵士的身上去——你能確認他們都是刁民嗎。

守門的兵士揉揉瞌睡的眼——一定是。是鎮上開冥店賣花圈的父子倆。是要把死錢賣成活錢的人。

皇上把目光從守門兵士的臉上收回了。在稟報隱患的民政大臣身上落了落。冷了冷。用鼻子輕哼一下子。最後把目光熱在邊關都督武裝部副主任李闖的身上去——都督啊，攘外需要你，平內也還需要你。你就到宮外看看吧——凡對本朝不尊不重者，誣陷我國還不泰民還不安者，一個字——斬。李都督聽後咋一下。目光從眾臣們身上橫過去。跟着守門的兵士離開宮殿出去了。

已經三十幾歲的武裝部副主任在他的位置上，負責治安和上訪。一幹就是十幾年。卑躬屈膝，臥薪嘗膽，現在還是副股級。現在屬他的機會到來了。也就大步地朝鎮政府的大門外邊走去了。

鎮政府不在鎮上的繁鬧處。它在鎮的東北角。大門前民國時期的青石獅子都還在那兒。四角的炮樓都還在那兒。寂寞着。擺設着。六層的青石台階都還在着呢。雲從頭上飄過去。影從空中落下來。一個鎮的路燈全都熄去了。可鎮政府門前燈還通明着。徹夜通明才顯了鎮政府和村街不一樣。機關和百姓家裏不一樣。我和爹去了。我和爹到了鎮政府紫禁城的門前了。我和爹在鎮政府門前等那進去稟報的兵衛回來時，從我們身後來了一個人。一個正在夢遊的老年人，頭髮枯乾牙也脫落，閉了嘴臉上有個坑，張開來那嘴又比別人的嘴大許多。他是鎮上專靠上訪吃飯的高丙臣。七十二歲了，上訪已經訪了十八年。沒錢花了他就去上訪。政府給他點錢他就從上訪的路上拐回來。沒飯吃了他就去上訪，政府發給他一些米麵他就吃吃喝喝在那鎮上轉。他不上訪這鎮上就天下太平沒人上訪了。可他就是月月年年要上訪。他娃子在縣上的工廠死了呢。可工廠說他娃子是有啥病死了的。廠裏不賠錢，他就去上訪。沒人給他養老了，他就去上訪。今夜的夢遊裏，我和爹都以為他是在夢遊裏來喚冤上訪告狀呢，可他從我們背後走過來，在燈光下泛着黃濁昏花的眼，嘴裏連連說着模糊清楚的話。清楚模糊的話。滿臉都燦着泥黃色的笑。

　　——以後我不上訪告狀了，再也不上訪告狀了。

　　——以後真的不上訪告狀了，再也不用上訪告狀了。

嘟囔着，笑在臉上堆了一層又一層。待爹問他為何不上訪告狀時，要攘外又要安內的李闖出來了。李闖穿了戲台上武將穿的戰袍服，走路武武着。說話夢夢着。到政府門前立在青石台階上，目光攔在台階下的我和爹身上，未及開口高老漢卻先自一步跨到李闖面前了。

　　——李副主任啊，我以後不再上訪了。

　　——李副主任啊，我來就是和你跟鎮長説一下，我一上訪你們就問我上次上訪給的錢咋就這麼快地花完了。可我也不知道咋就花完了。明明是放在了枕頭下，可沒幾天那錢就沒了。沒了我就只能再去上訪要你們的錢。可今夜，今夜我一睡，我就做了一個夢。我夢見你們給我的錢我怕丟都藏在我家後院柿子樹的一個樹洞裏。我就去那樹洞裏面找。一找找出三萬多。我又去另外一個樹洞裏找。一找又找出兩萬多。我去我睡的床裏牆縫裏找。去床下的磚縫裏邊找。你猜我一共找出了多少錢。一共找出了十二萬三千八百塊。

　　——十二萬三千八百塊，我再也不用上訪了。夠我這輩子吃吃喝喝了。夠我養老送終了。李副主任啊，我就是來給你和鎮長説一下，這次是真的以後不再上訪了。打死我也不再上訪了。夜是燥熱的。人是興奮的。燈光黃亮和高老漢的哈哈大笑樣。他説着笑着就從台階下邊朝着台階上面走。走到李闖面前還又連説了三遍十二萬三千八。

十二萬三千八。可是他走上去李闖把他攔住了。攔住時我和爹就聽到從李闖嘴裏擠出了那句話。

——你真的不再上訪了。

——保證不再上訪了。

李闖又把高老漢朝自己面前拉一把，把他的話說得低沉還有一股冷氣在裏邊。

——你不上訪我這個管上訪的還有啥兒用。你不上訪鎮上就再也沒有一月十幾萬元的上訪維穩費。你不上訪我咋能成為攘外安內的大都督。聽我的，你以後還要月月去上訪。年年月月都去縣上市裏喚冤你知道不知道。說着他搖搖高老漢的肩。高老漢好像被他搖醒了。怔了一下子。哦——了一下子。好像果真從夢中醒了出來了。他盯着李闖看了看。說話的聲音變得又大又急着——李副主任，你穿了戲服戰袍眯着兩眼你是不是夢遊啊。我剛才半夢半醒可我是真的找到了我平常不知藏到哪的錢。統共十二萬三千八百塊。有這麼一大筆，我不想上訪了。真的不想上訪了。

李副主任不說話。李都督不說一句話。盯着高老漢看了一會兒。又看一會兒。他忽然把高老漢朝後推一下。然後把他上身的戲服袖子朝上捲了捲。把拖地的戰袍朝上提了提。——你還讓我攘外安內嗎。你這是讓鎮上管上訪的人失業沒事可幹啊。你不上訪這斷的不光是我和鎮長的前

程，還有當朝的財源你知道不知道。説着他又忽然麻利地把將軍戰袍脱下來，嘩嘩甩在地面上，重新站到高老漢的面前去。我現在不是武裝部的那個鳥蛋副主任。我是當朝的武都督，統管着全國的外戰和內事。誰要不聽我的我敢殺了誰。你要不聽我的我敢真的殺了你。説着還一拳打在高老漢的胸膛上。把高老漢打得朝後退兩步。退兩步，那上訪了十八年的高丙臣，不想再上訪的高老漢，也還沒有明白政府裏的事。沒有懂得國家社稷裏的事。他木木的立在那，望着李闖總是説着那句話——你在夢遊哪。你在夢遊我不和你説。我去和鎮長親自説。我真的不想上訪了。真的不用上訪了。説着朝鎮政府裏邊擠身子。李闖朝外推身子。朝裏擠身子。朝外推身子。

　　大都督推着推着忽然從哪兒摸出一根棍子來。尺長腕粗的棍子來。猛地砸在高老漢的腦袋上。血便噴將出來了。——啊呀——娘呀——一大聲，上訪喊冤了十八年的高丙臣，就栽倒在了鎮政府的台階上。

　　也就死在了台階上。

　　死前他仰天扯嗓又喚了那句話——我真的不想再喚冤上訪了啊。真的不再想了啊。

　　血從台階上伴着他的喊聲跳着跌着朝下流。我和爹都僵在台階下邊了。那奇奇怪怪穿着士兵服的小門衛，原是鎮政府的年輕小伙夫。二十幾歲着，是因為和鎮長家有

着親戚才有了這份工作呢。他一直站在李副主任的身後邊。一直盯着眼前爭爭吵吵的。這一會，看一下倒在台階上的高老漢，就又返身往鎮政府的院內跑。跑着喚。叫着喚——死人啦，真的死人啦。

——死人啦，真的死人啦。

喚聲和房倒屋塌樣。和天崩地裂樣。

李副主任他是不動的。鎮靜的。將官都督風範的。——老子連邊關都鎮守三年啦。匈奴人都殺了萬萬千，還怕你們一個幾個刁民鬧事哦。把棍子丟在一邊上。把地上的戲服拾起來。將目光投到台階下我和爹的身子上——你們父子是在鎮街上開冥店新世界賣花圈的父子吧，我又給你們弄了一筆好生意。拍着戲服上的土。不知道有土沒有土，就那麼愛惜愛惜地拍打着——對你們説，這兒不是鎮政府。這兒是紫禁城的金鑾殿。我也不是李闖副主任，我是當朝的三軍大都督。你們誰再敢私闖宮殿，擾亂天下，不從聖旨，都他媽的這下場。

——就和這刁民高丙臣的下場一個樣。

愛惜愛惜地拍着他的將軍都督服，轉身慢慢朝鎮政府的宮殿裏邊走去了。一步一步就走了。不慌不忙就走了。身影在燈光下入了那座四合老宅院。鎮政府的機關院。一夜大夢的巍峨宮殿裏。

我和爹，驚驚愕愕見了這一幕。身上都冷着。手都哆嗦着。爹拉我的手裏滿是冷的汗。我的手上全是爹的冷汗和冰水一模樣。身上全是我的冷汗和冰水一模樣。

【卷七】

五更・上：小鳥大鳥亂飛着

1 *3:01 ~ 3:10*

不能讓人再有夢遊了。

死個人就如人在夢遊裏邊磨了一下牙。偷一家和搶一家，如人在夢裏多說了一句夢話兒。從鎮政府那兒走回來，爹不知道咋樣才能讓人不夢遊。爹就讓娘把大鍋端到十字路口上。把煤氣爐灶搬到十字路口上。燃着火。鍋裏注滿水。燒開了把一桶幾把的茶葉倒進鍋裏煮。

去把中藥鋪裏專驅瞌睡和提神兒的所有冰晶雄黃買來倒進鍋裏煮。

夜半的鎮上是黑的模糊的。十字街那兒有火有光它是亮堂的。沒有夢遊的，或是從夢遊裏邊逃跳出來的。三個五個着。四六一群着。都在十字街那兒喝了雄黃湯和茶葉水。又幫着煮那雄黃冰晶和茶葉水。

這一夜，我爹成了一個了不得的聖人啦。讓娘和醒着的閒人在街上煮着茶葉和雄黃湯。他從哪裏找到一面鑼。開始在大街小巷喚着和走着。

——喂——夢遊夜都要防盜防賊啊。

——喂——村長和鎮政府都夢遊啦我們自家要防盜防賊啊。

——喂——熬不住瞌睡的都到鎮十字街上去喝茶葉水。去喝雄黃冰晶湯。一喝瞌睡就跑了，人和大夢初醒一模一樣了。

許多人家的門被爹的鑼聲敲開了。窗被爹的鑼聲敲開了。怕夢遊的果真都到十字街的那兒聚着了。熱鬧着。喝那茶水冰晶雄黃水。喝着水，也論長議短說這夢遊夜——咋會呢。咋會呢。咋會讓我們皋田遇上這百年千年才有一次的夢遊癔症呢。不信着。也不得不信着。大胡同小巷都有了腳步聲。滿世界都有了腳步聲。都去那十字街上喝茶水。也都去那兒閒聚熱鬧聽那夢遊千奇百怪的事。

十字街那兒人多了。多得開會一模樣。到處都是茶葉水的味。到處都是冰晶雄黃湯的苦味兒。人都站着喝。蹲着喝。我娘忙得和趕集賣飯一樣兒。忙得把一碗一碗茶水和雄黃冰晶湯兒隔着大鍋朝人遞過去。可我爹，他敲着鑼從鎮的東南轉到正南時，遇到了兩件小事兒。不能不對你們神們說的小事兒。

一是我爹喚着敲着碰到一個人。六十歲的小老人。小老人從一條胡同走出來。拉了一輛架子車。車上好像站着一個人。那站人又用一罩床單蓋住頭臉和身子。為了不

讓那站人倒下去，小老人彎腰拉車慢慢緩緩走，讓車面始終是平的。平衡着，到了爹面前。他躲着把車拽到路邊去。又扭頭喃喃哼哼的。——是神呢。請的神，我燒了好多香。爹就果然看見那車前有個瓦香爐。香爐裏焚着三柱香。香焚到半正燃着。微光閃閃着。那拉車請神的，是鎮北角最窮最綿的趙靈根。他人矮到和爹一模樣。又比爹瘦着一圈兒。六十歲和七十歲了樣。和八十歲了樣。所以村人鎮人都喊他叫他小老人——小老人——。小老人一輩子靠替人燒香過日子。碰巧燒香治好了誰家娃的病，誰家就給他三塊五塊錢。十塊八塊錢。見了爹，他像見了鎮長樣。見了縣長樣。可見了馬上卻又平靜了。不像見了縣長鎮長了。

——天保呀，原來是天保。

——神這是我請的，可不是去偷的。

——天保啊，早先我爹死時有人說是你告的秘，所以我燒香磕頭就都在心裏咒着你。咒你死，咒你全家沒有好日子。可後來我真的信神了。心從神心了，就不再咒你了。不咒你家了。我不咒你和你家了，你也別對人說我今夜偷了神。要對人說是我請了神。

——記住啊，以後都說是我請的神。

爹朝人家點了頭。好像點了的頭。就走了。分手了。小老人拉着神燃着香像拉着一架山。慢慢緩緩就走了。分

手了。分手了爹想起應該趴在小老人的臉上看一看。看看他是睡着還是醒着的。是在夢裏還是在夢外。可惜慢慢緩緩還是走了很遠去。爹就站在那，朝着小老人走來的胡同望過去。胡同裏有戶石匠家，專門造神雕佛像。一座佛像要賣很多錢。買了還要在那像前燒下很多香。看着那胡同，爹就有些懶散了。默默懶懶了。開始朝南朝着十字街上去。想敲鑼，卻是沒有敲。想喚那一遍一遍喚過的，卻又懶得喚。這時候，又有一件小事發生了。大街上，有的店門開着有的店門是關着。關着的門從裏邊鎖着還用棍子桌子頂起來。我爹從南走回來，又見一個人影從那街上走來了，手裏提了皮包又拉了一個大箱子。——二順吧，你弄了一些啥。你咋兩手空着啥兒都沒弄到啊。他把我爹當成了一個叫二順的人。——你誰呀，我不是二順我是李天保。走過去，兩個人也和剛才一樣站在黑影裏。幾步遠，彼此都認出對方了。——李天保，我以為你是我弟二順呢。你手裏咋就拿個鑼。鑼能值上幾個錢，還不如你多賣半個花圈呢。

　　——你在夢遊吧。我爹望着他。夢遊了你也去十字路口喝一碗我家煮的茶葉水。派出所和鎮政府也都夢遊呢，都還有人去那喝水呢。

　　——夢個屁。大順笑了笑。忽然收了笑。十字路口那兒是你和嫂子在煮茶水啊。他又走近看着爹的臉。——李

天保，你要茶葉吧。這個店裏專賣箱子和皮包，可有一個櫃裏還擺着很多茶葉啥兒的。我不喝茶我家沒人喝茶那茶葉我一盒都沒拿。

我爹朝他出來的一家門店看了看。

——進去吧，你是為了大夥你這不是偷。

我爹猶猶豫豫進去了。

我爹很快拿了幾盒烏龍紅茶和綠毛茶。他不知道啥兒是好茶。不知道啥茶最有力氣能驅趕疲累和瞌睡。他只挑那大的盒子拿。可當他提着五六盒茶葉從那店裏出來時，他看見大順沒有走。還在店外等着他。

——你沒走。

——我在為你放哨哪。大順把手裏的皮箱朝上提了提。把拉杆箱朝身邊拉了拉。這下好，李天保，你也偷了我也偷了我們都是賊。等明天天一亮，人都從夢裏醒來我不揭發你，你也不用揭發我。我倆半斤八兩都是賊，誰都不比誰清白。

說着很得意地笑一笑。然後看看我爹人家就走了。

也就走了呢。

人家走了我爹站在那兒呆一會。呆了大半天。末了他又回到那皮箱世界把那五六盒的茶葉依着原樣擺放回去了。

也就擺放回去了。

2 3:11 ~ 3:31

　　——神們啊——人的神們啊。説了小事我再説説大的事。

　　大事情。連鎮政府也都夢遊了。鎮上人們就只能自己管着自己了。十字路口又有了一個氣灶兒。一口鍋變成了幾口鍋。兩個氣灶噴着火，那火頂着鍋底撐着鍋底兒。可火光只能照亮半空一片兒。又有人架起一個大的笨的土灶子。用磚和石頭砌的鍋灶四處透着火。把大的劈柴門板凳子朝那灶裏塞。大火豪壯讓整個街空都亮了。小鍋和大鍋。白鋁鍋和大鐵鍋。熬的雄黃冰晶湯，湯是黑的苦的沒人喝。就都來喝來提茶葉水。三五鍋。四五鍋。全都燃着浩蕩的火。煮着水。射了光亮熬着茶葉湯。苦茶香在整個夜裏自由自在地飄。七飛八散連鎮外山下也都蕩着茶味了。整個世界都蕩了茶香了。

　　這時候，這當兒，竟還有人從家裏哪兒弄來了鎮上從未喝過的咖啡來。黑褐色。絀紅色。打開圓筒就有紅香跳着撲將出來了。舀來煮開了的水，把一勺咖啡倒進去。那

咖啡在水裏光裏彷彿綢子在火裏。那有過見識的，喝過咖啡的，就在一邊大喊了。

——要放白糖奶粉啊。

——要放白糖奶粉啊。

就有人從家裏拿來了白糖紅砂糖。拿來了嬰娃兒們的白奶粉。咖啡果然好喝了。苦的香味甜味如熬過中藥後的甘草味。喝咖啡像人在口乾時候嚼着甘草樣。半碗咖啡一杯咖啡你一口我一口的喝着朝下送遞着。每一個雲集在十字街口的鎮上人，都喝了一口幾口黑咖啡。嘗味道。驅瞌睡。人就變得越發興奮越發精神終是沒有睡意了。

夜是黑的人的精神和白天一模樣。和過節一模樣。真真和過節演戲遊戲樣。

我忽然想給閻家端去一碗咖啡湯。

不知道他們家裏到底有人沒人夢遊呢。可一個鎮上好像家家都有人夢遊呢。他們家咋就會沒人夢遊呢。我爹讓我把一碗咖啡端往他曾對不住的一戶人家時，我就端着去了閻家了。不消說，閻家是我們鎮上最有名望的人家呢。寫了那麼多的書。掙了那麼多的錢。鎮長縣長過年都還去他家裏拜年哩。那成為作家的，每次從外回家都拿着最貴最好的煙。他在外面一定吃過各種各樣的山珍海味呢。一定喝過各種各樣的茶水呢。一定喝過很多很多城裏和外國的咖啡呢。可今夜，他不一定就有茶水喝。不一定就有一杯咖啡喝。

我看見他從壩上回到鎮上了。好像他也墜跌到了夢遊裏邊了。走路腳高腳低着。從大街上過去像幽靈從田道走了過去樣。這個閻連科，這個一離開鎮子到底成了作家的人，沒有故事寫了就回到鎮上住幾天。住了幾天他就又有故事了。又可撈着名利了。這個鎮子村子對他像一個賊家的銀行呢，是他取之不盡的倉庫呢。他的《流年如水》那小說。《既堅又硬》那小說。還有《活受》那小說，寫的都是我們鎮子和近旁耙樓山脈的事。每個故事中的每一椿，哪怕小如一棵樹上的一片葉，我都熟如我的手腳和指甲。可現在，他五十大幾了，寫不出來了。我們鎮子還是那鎮子。日子還是那日子。鎮裏的故事和雜事，都還在熱熱騰騰地發生和更變，可他卻寫不出新的故事了。不知該咋樣去講那新的故事了。就是回來住到離鎮子不遠的水庫上，山清水秀，冥思苦想，他也寫不出他的故事了。人好像因為寫不出來猛然變老了。頭髮枯白和我們這兒的糟老頭子一模樣。再也沒有在外面世界的潔素潔淨了。再也沒有衣服整潔滿臉喜興的春風樣兒了。

他老了。寫不出來人就嘩地變老了。

離開鎮子時不到二十歲。現在他是五十幾歲了。三十餘年的時間讓他變得臃腫肥胖背還有些駝。從哪到哪都看不出他是一個作家哩。看不出是一個人物哩。除了說話的口音裏有些外地人的腔調外，其餘哪兒都和鎮上的人們

樣。都和村子裏的會計樣。枯乾花白的稀頭髮。紅葡萄似的眼帶肉。說的家鄉話裏有些陌生的字眼夾在唇齒間。村裏人，沒人知道他迅速衰老是因為寫不出來衰老的。村裏人，也不覺得寫不出來和衰老有啥瓜葛和糾纏。趙木匠年齡大了木匠活兒越來越差那是應該的。大黑狗年齡大了不能再爬高上低也是應該的。他們家人都說他一輩子坐那寫作坐出了半身滿身病。頸椎病。腰椎病。走路腿麻手握筆時會不停地哆嗦握不住。可這哪兒是值得人去同情的道理呢。握不住筆你就不握嘛。只要手能握住筷子就行了。頸椎腰椎有病那是多麼富貴的事。比起我們這兒一動就是偏癱絕症的人，小得就像一塊碎石和一道山梁樣。何況你又是看病吃藥報銷的人。寫出一個病兒也是應該的。何苦為這尋死覓活哦。這個姓閻的，讓人嫉恨讓人羨慕呢。讓人心疼讓人可憐呢。這個閻作家，他回到鎮上了。不久前從我眼前飄過去的夢人也許就是他。一個作家夢遊會是啥兒樣子呢。閻他夢遊會是啥兒樣子呢。我忽然想要去看他。想去給他也送一碗醒睡醒夢的冰晶咖啡湯，像給一個病人端去一碗包治百病的中藥湯。

就端着冰晶和咖啡煮在一碗的醒湯朝閻的家裏走去了。

我到閻家時，境況是另外一個樣子的。那境況如是麥穗裏邊長了沙粒般。稻子上全都結了稗子般。沒人知道麥

穗咋就成了沙粒穗。沒有人能把稗穗變回稻子穗。事情就是那樣兒。和本來就是那樣樣。

老院子。老房子。院裏滿是高在天上的老楊樹。他八十歲的老母住在那院裏，像守住他們闔家的根土住在那院裏。也許她很寂寞吧。可要守住根土哪有不寂的。我端着冰晶咖啡朝闔家走過去。腳步響在街上傳到各個寂角寬地裏。以為那老院裏只有作家和他的母親在，可我到那也是我家的胡同時，聽到從那院裏傳來哇哇哇的人聲了。快到闔家門前時，聽到院裏一片一片急急走動的腳聲了。站到闔家院落門口時，那景況就成一片麥穗結出一片沙粒穗兒了。

院裏有燈光。馬燈是掛在樹上的。油燈是擱在窗台的。蠟燭焊着豎在一棵樹腰枯枝上。院裏的光亮多得湧到門外去。作家的姐姐從婆家回來了。姐夫回來了。胡同的鄰人也都到來了。一院人影一院吵嚷聲。誰都在圍着作家像圍着有了魔病的神一樣。闔就那麼坐在他家院子正中央。面前擺着半盆洗臉水。濕毛巾團在他娘的手裏像是剛剛給他洗了臉。他的臉是種慘白色。缺血被水煮了樣。汗把他的頭髮濕透了。把他的純棉襯衫濕透了。把他的長褲大腿濕着了。臉是濃的白色慘的蠟黃色。有淚橫橫豎豎流在那臉上。作家那本就凡淡淡的臉，本就團胖下垂像一片割下腐了多日的墜肉臉。平淡的。僵呆的。眼睛着一片茫

然着。像他看到世界外邊的啥兒了。看見不敢信的鬼的世界了。可卻又面相實在和啥兒也沒看見樣。看見啥兒卻啥兒也不能說一樣。於是着，他那蒜式的鼻子就又在臉上顯出些一絲生機了。抽動着。哭泣着。從鼻子裏發出很醜很亮的聲音來。

他的面前放了十幾本他的小說和別的啥兒書。還有幾本稿紙和一瓶洋漿糊。他是夢遊着回到家裏來取這些的。在夢遊中他滿臉是笑嘴裏不停地說着那句話——我有故事可寫了。——我有故事可寫了。好像靈感花瓣一樣落在了他的頭上和身上。故事的結節如一片麥香朝他撲過去。如熟透的香果朝他砸下來。於是他就不停地說着嘟囔着。回到家裏哪也不去看，也不去和母親說上一句話。他在屋裏翻箱倒櫃地找。找書找筆找稿紙。——靈感來了我得把它記下來——靈感來了我得趕快記下來。這時他母親從酷熱的床上走下來。看見兒子滿臉錯字一樣的睡臉了。看見了他臉上除了嘴是活的表情全是死的僵的了。眼是活的睜着的，可那目光卻是死的僵着的。

——你是夢遊吧——你是夢遊吧。

他母親說着朝他走過來。——連科啊，是夢遊了就去洗把臉。

——娘，我的紙哪筆哪我有故事可寫了。靈感多得如落果一樣砸在我頭上。

——你真的夢遊了。連科，你真的夢遊了。

——還有我放在箱子裏的那些書。我開始寫了桌上屋裏必須堆着幾堆書。堆着書我就像想家回了家一樣。

他娘就去舀來半盆水。在他彎腰去找稿紙和筆時，將濕毛巾浸在他臉上。熱的臉。冷的水。他激靈一下怔一怔，突然把身子直了起來了。突然瞪大眼睛四處看了看。突然捂着臉，蹲在地上哭起來。——我啥也寫不出來了——我啥也寫不出來了。哭的和娃兒一模樣。像患了魔症精神病。——寫不出來還不如讓我死了呢——寫不出來還不如讓我死了呢。嗚嗚哭。嗚嗚地蹲在母親面前捂着臉。淚從他的指縫擠出來，像泉從大地的縫眼噴出來。

他的母親不知所措了。不知該怎樣勸他這個很有聲名的娃兒了。

他就那麼嗚嗚嗚地哭。

——寫不出又咋呢，不是照樣好好活着嘛。照樣好好活着嘛。娘站在他身邊，只是拿手去她兒子的頭上撫摸着。淚也從她臉上橫七豎八地流。——寫不出來我活着和死了一模樣。我活着和死了一模樣。他就對娘說喚着。說喚說喚他卻不哭了。像想起他是一個五十多歲的男人了。想起他的老母是八十多歲了。站起來，又看看母親看看老屋子。——原來夢遊就是這樣哦。他很無趣地笑一笑。——沒想到我也會夢遊。我夢遊是因為這些天寫不

出小說睡不着，把瞌睡都積着存在身上了。積着存着我就夢遊了。和母親一道從外屋回到裏間屋。過門檻時還扶着母親呢。完全是從那個睡的世界回到這個醒的世界了。像一腳就從門外跳進了屋子裏。撩起門簾就從夢裏回到現世了。坐在母親的床邊上。和母親說了很多話。說他看見塬上的村裏也有人在夢遊了。好像在夢遊中回來看見大街上有很多人走來走去都在夢裏邊。都在夢遊着。還問母親活了八十多，從民國到現在，時間和一條黑的胡同樣，在這胡同裏母親遇沒遇到過天下大夢遊的事。遇沒遇到過人一夢遊都回到孩娃狀的赤裸裸的醜和赤裸裸的好。

可這麼問着問着間，他竟又不自覺地爬在母親的床邊睡着了。

瞌睡調轉頭的風樣吹在他的身上了。呼嚕和嘟囔響在屋子裏。——睡了你睡到那張床上去。連科，你醒醒睡到那張床上去。他就努力睜着眼。可朝另外一間屋裏走去時，卻又很快走到另外一個世界了。看到另外一個世界的物事了。站在另外一個世界的邊角上，回身望着母親他臉上露着笑。——娘，我有故事可寫了。我一伸手抓住一個靈感就想到一部小說的開頭啦。然後他又大笑着，慌忙亂亂地七找八找着。找紙找筆找着他的書。手腳快捷如另外天地裏的另外一個人。臉上刻着人都不懂的表情和事情。臉色忽然成了一本沒人能看懂的書。眼是睜着的，卻只能

看見他心裏想的那地方。沒有遠光沒有心外的物事和人非。——我有故事了。我有和誰都不一樣的故事了。大聲的嘟囔裏，還夾着他嘿嘿嘿的竊笑聲。

他娘站到他的面前來——連科——連科。吼喚着，像要把他從夢中叫出來。

——你見沒見哪本黑皮的書。就你説過的書皮上畫的和黑夜一樣那一本。

他娘過去朝他的肩上推一下——你不想着寫書你會死了嘛。

——現在不會了。他朝娘笑笑。現在我有故事可寫了。

娘過去一耳光輕輕打在他臉上。

——再不醒來你會死在你的故事裏。

他驚詫愕愕地看着娘。

——快從你的故事裏出來吧。他娘吼着喚着和雷樣，不出來你就會被寫死在你的故事裏。

又一耳光重重摑在那張臉上了。可摑完淚卻掛在他的娘臉上。

世界靜下來。鎮子靜下來。屋裏轟隆靜下來。闆的身子晃了晃。頭也晃了晃。臉上原有渾渾的興奮沒有了。完全成了羞恥色的紅。是活人遇了羞恥那種尷尬呆呆的紅。他醒了。人從夢中醒轉過來了。看着娘，拿手在臉上摸搓着，像要把一種疼給擦去樣。

——不寫了。這輩子啥也不寫了。輕聲的，意兒卻是硬的堅定的。不寫我會活得更好呢。活得比誰都好呢。又把手從臉上拿下來。去扶娘回屋還去娘的臉上擦了娘的淚。可扶娘進屋時，娘卻拽着他朝院落裏邊走——坐到院裏吧。屋裏悶熱回屋人就又睡了。母子也就到了院落裏。涼風從四面拂過來。遠處天上的朦朧也朝院子圍過來。老的樹。老的院。老的房牆和柱子。寧靜如千百年的河流樣。山脈樣。還如千年萬年都沒斷過的夜雲樣。母子二人對坐在院裏，聽見了胡同和街上時斷時續的腳步聲。銅鑼聲。我爹那喚着千萬別睡千萬別睡要家家有人醒着防賊防盜防災防劫的喚叫聲。

——是我們房後李天保的喚聲吧。

——是他呢。倒也是個好人呢。

——做鎮上的冥店生意倒是一樁好生意。錢掙得流水不斷着，月月日日都會有人去那買冥物。

這時閻的姐姐回來了。姐夫回來了。他們擔心夢遊漫進那宅老院都趕着回來了。就都坐在那院裏。因為有着燈，鄰人也都趕來了。圍着作家也圍着那大半盆的洗臉水。說着鎮上亂糟糟的事。大夢遊的事。誰有了瞌睡就拿起水裏的毛巾擦把臉。用水把瞌睡洗到衝到另外一個地方去。閻母把一碗花生端來了。把核桃端來了。鄰人還取來葵花籽。搬來一張小桌子。百般萬物都放在那桌上。都圍

着桌子說着話。除夕夜樣熬着抗着瞌睡和夢遊。聽着鎮上街上的凌亂和響動。說莊稼。說收割。說誰家誰家為爭麥場打架的事。打出血的事。說夢遊也不全然是壞事。說那打架的，把人家頭給打破了。血流汩汩的。白天還一身豪壯說和我打你是對手嗎，一耳光能摑你出去十幾米。縱橫驕驕的。橫豎傲傲的。可夜裏，夢遊了。夢遊裏那豪壯威武的，卻提了雞蛋牛奶去人家家裏探望和道歉。一連聲地說着對不起。對不起。說是我家不對我家沒道理。說你看這夢遊不是全然不好呢。夢遊能讓豪壯惡壞的變成善的柔軟的。

就又都說起夢遊的千萬之好了。

說這有啥兒奇怪呀。更奇更怪的不是我們這邊的事。是鎮東馬鬍子家的事。閻家的房南鄰居從人群後邊站到人群前邊來。為了證明他說的，還把手在空中舞着比劃着——馬鬍子在三年前死了你們都還記得吧。全村人全鎮人都知道他是病死的。可在今兒前半夜，人都剛有瞌睡有人剛剛夢遊那時候，你們猜——你們猜猜出了啥兒事——馬鬍子的媳婦在夢遊裏邊去了鎮上派出所。她到派出所裏自首啦。她說她男人不是死在絕症上，是她侍奉了癱在床上的男人十二年，實在不想侍候了，就給男人碗裏下了毒。

她說她男人死了三年她都沒有好好睡過覺。後悔自己下毒像自己害了自己爹娘樣。今兒好好睡了一覺她才決定

來自首。她説我知道我在夢遊呢。只有做夢我才敢自首。要醒着我就不來自首了。我自首了我的三個娃兒咋辦呀。最小的還不到三歲啊，是他爹死後半年來到這個世上的。現在我在夢裏來自首，你們誰都別把我從夢中叫醒來。叫醒了我就不承認我給我男人下毒啦。讓我醒着就是你們把我打死我都不承認。而且你們不知道，我男人在死前嘴裏説了一句啥話兒。他口吐白沫對我説——謝謝你把我送到那邊啊。我再也不用活着受罪了。是你成全害了我，你千萬要記住不要説給任何人。一漏嘴我們家就要遭殃了。孩娃們就要不光沒爹也要沒娘了。

　　事情竟是這樣兒。

　　事情也就這樣兒。

　　要不是夢遊有誰能知道馬鬍子是他的媳婦害了呢。她也竟能下了手。平常看她多好多善多弱哦。溫順良良的。勤勤忍忍的。結婚第二年馬鬍子就癱在床上了。一侍奉就是十二年。可最終他還是死在她手裏。幸虧有了這夢遊夜。百年不遇的夢遊夜。她就在夢遊裏邊自首了。説了真話了。要不是夢遊有誰能知道那案子的真相呢。而且她自己也説人在夢裏反倒好，把日常想的可以全都做出來。要不是這夢遊夜，打死我百次千次我都不會説出是我毒死了我的丈夫呢。

她在夢裏這樣說，真是奇怪哦。她就這樣說，我來自首可你們不要把我從夢裏叫出來。把我叫醒弄醒我啥都不會承認哩。你們思量我承認了誰來養活我的孩娃們。

她竟這樣說。真是奇怪呢。

在夢裏她知道她是在做夢是在夢遊真是奇怪呢。原來人在夢裏還知道自己在夢裏。還在夢裏交待夢外的人不要叫醒我。不要弄醒我。說這怪事的房南鄰居說完笑一笑，彎腰嘩嘩洗着臉——我也瞌睡了。你們千萬別讓我染上夢遊症。染上我就不知道我會說啥做啥了。他笑着可別人沒有笑。都還沉在原來是那妻子殺了馬鬍子的凶案裏。想着一個兇手在夢裏實實在在自首的事。就在這一院落的沉靜裏。闔的眼睜得如棗如兩個大的腐葡萄，盯着南鄰像盯着一個不相識的人。如盯着一個故事的關鍵結節樣。

——真的嗎。

——這是真的嗎。

——我咋寫不出那人在夢裏知道她是在夢裏的故事呢。她在夢裏的夢裏還能和夢外的夢外世界交談和說話。闔他站起來，在院裏走了一圈兒。在人群邊上走着說着再走着。臉上蕩着興奮紅。在夜裏那紅如水濕了的紅綢貼在他臉上。使豔紅成了緞黑色。——我又有一個故事了。又有一個故事可寫了。我不會再讓人說我江郎才盡了。說我

日暮西山了。嘿嘿嘿。嘿嘿嘿。他笑着，就那麼一聲一聲傻笑着——現在靈感就像雨滴一樣朝我砸下來。就像穿堂風樣對着我的腦門吹——娘——大姐——你們都走吧，我要回到壩上我的寫作屋裏了。不把它寫在紙上我一醒來這些故事就都一陣風樣踮着腳尖跑掉了。

——你們都走吧，我要到壩上屋裏了。

——你們都走吧，我要寫作了。

——你們走路說話都慢些，別把我從夢裏驚出來。驚出來我的故事就跑了。靈感就跑了。我就又要用頭撞牆也撞不出一篇小說了。有夢就是好。人在夢裏確實好。夢就像大地上空的日色和雨水。夢一來莊稼就長了。夢一深莊稼就熟了。就可以收割儲庫了。我該趁夢寫作了。你們都走吧。誰都別碰我。誰都別和我說上一句話。別把我從夢中驚醒弄醒我。說着走動着，聲音由大到小人從淺夢沉進深夢裏。在院裏轉了幾圈兒，又開始屋裏屋外找着拿着他的書。拿着他的稿紙鉛筆鋼筆啥兒的。還有他邊寫邊改時離不開的膠水漿糊和小剪子。最後那嘴裏清晰的說話聲，就成呢呢喃喃的嘟囔了。字詞句子全都模糊了。說話時翕動的鼻子也開始變得平靜安然了。睜大的雙眼也半睜半閉了，像累了的眼皮耷拉半垂樣。可匯在夢遊臉上要寫作的專注卻還全都在那眼睛裏。越發聚在那眼裏。像他已經坐下雙眼盯在了稿紙的一格一格上。

人都靜下來。人都盯着站在那兒讓別人都走卻是自己先要走的闇身上。——讓他洗把臉。是誰這麼說一句，闇的母親卻把說的拉住了。把從盆裏撈起的毛巾要走了。她把那人朝後拉了拉。把闇的姐姐姐夫朝後拽了拽。過來站在兒子面前看了一會兒。盯着看了很久一陣子，像她忽然認字讀懂了兒子臉上那本書。

　　——你真的要寫呀。

　　他朝母親點了一下頭。

　　——你不寫就真的心裏難受渾身難受和生病一樣嗎。

　　他朝母親點了一下頭。

　　——就真的活着和死了一樣真的不寫就會死了嗎。母親的聲音猛的重着高抬着。

　　他默沉一會兒。如想了許久樣。又朝母親很慢很重地點點頭。和一個人在法場上點頭選擇刀刑和繩刑的死法樣。人都不說話。人都在光裏如淹在一湖深水裏。天是朦朧的。夜是朦朧的。闇的臉上顯着中年人歷經萬事的朦朧和鐵定。有一本書從他懷裏掉下他又撿將起來了。我不知道我是啥兒時候站在了闇家院落的。手裏端的冰晶咖啡早就成了涼湯兒。咖啡的味兒也跑走許多像端了一碗庸庸常常的麵糊湯。原來我是站在闇家門前聽着的。可不知啥兒時候我端着湯碗站到他家門樓下邊了。原來我是站在門樓下邊過道看着的。可不知啥兒時候我又站在闇家院落了。

原來我是在閻家夜院聽着看着的。可不知啥兒時候我把手裏的湯碗放在邊上蹲在那兒看着聽着了。就像不知後來是誰告訴我我沒出生之前鎮上的事。世上的事。閻家的事。因為傻，我把許多事情忘記了。把我自己忘記了。把我來送冰晶咖啡醒湯的事情忘着了。聽了人說那馬鬍子家的事，我如沉在閻的小說故事裏邊樣。看見閻從醒裏走進夢裏走進夢遊裏，我如被人關在了一間黑屋裏。閻的娘，盯着她兒子看了一會兒，像盯着看了千年萬世樣。——別把他從夢裏弄出來。就讓他在夢裏呆着吧。她對人們說。人們就都站在那兒木呆着，像木偶在看着木偶戲一樣。——他說他不寫就會瘋掉死掉那就讓他去寫吧。寫死了他也覺得還活着。說着有淚掛在閻的娘臉上，像有雨落在一片荒野裏——他已經成了這樣那就讓他這樣吧。讓他活着也和死了樣。死了才和活着樣。尾末她看看兒子看看夜，看看院落和院落裏的人，說了平淡莊重的一句話。

——你們誰都別把他從夢裏弄醒來，就讓他在夢裏呆着吧。

之後她把目光從兒子臉上移到他身上，又移回到兒子的臉上去——你走吧。讓你姐和姐夫把你送到壋上你的屋子裏。

閻就在他的夢裏靜着想了想，如從夢裏醒了一會般——誰都別送我。一送我會把我從夢裏驚出來。驚出來

我的故事就飛了。就散了。就沒靈感了。就要寫不出來活着不如死了呢。然後呢。然後他在夢裏如同醒着樣。在夜裏如在白天樣。看看娘。看看姐和姐夫鄰人們。拿着他的物品東西走掉了——你們都回吧。這樣説着自己卻先自像一道影樣爬上台階過了走廊就進了街的夜裏鎮的胡同裏，腳步如木錘敲在虛的軟的物品上。搖晃着，也是一下一下穩的節奏着。節奏着，也如有風吹擺着。他就在夢裏晃着走掉了。他娘他姐都從院裏跟着出來看着他，如看着一場夢和在夢裏風裏搖擺在岸上的一株楊柳樹。

就走了。

夜就深了很深了。

人就祈禱天快亮吧天快亮了吧。天一亮一切都好了。一切都復歸日常復歸正常復歸原有日子的次序軌道了。

3 *3:32 ~ 4:05*

　　是我把闆送到壩上他的屋裏的。是我想要送他的。

　　他們家人説你人小腳步輕，不會把他從夢裏驚出來，那你就去把他送到壩上吧。並囑我路上不要和他説話不要把他從夢裏喚出來。可我還是和他説話了。忍不住和他説話了。他在前邊走着深一腳淺一腳和看不清路的平整樣，時不時一腳踩進一個坑裏去。踩進坑裏他的身子就會猛地歪仄一下子。以為這時他會醒出來。隨後他自語一句這裏有坑啊，卻又深腳淺腳朝前了。走着走着踢在一塊磚上一塊石頭上。把踢疼了的腳抬在半空抖一抖，哎喲哎喲又走了。我跟在他後邊，像一隻小羊跟在大羊後邊樣。他踩坑踢石了，我就上前扶着他。他又走了我就鬆手跟着他。我們穿過鎮上的胡同如走在一條水壩隧道裏。到了寬展平坦的大街上，像到了一面廣場上。十字路那兒已經沒人了。只還有煮茶和咖啡的鍋灶磚石還在那。茶味和咖啡的香味還在那。

　　人都散走了。

人都喝了雄黃茶水和冰晶咖啡不再瞌睡不再夢遊回家
了。大街上，還有最後提着大鍋回家的人影和腳步聲。就
像夜裏本該有的響動樣。除了面前走的閻作家，我很想再
找到一個兩個夢遊的人。可在鎮街上，除了靜和燈光沒有
再看見哪有夢遊的人。偶而能聽到從哪傳來的驚叫聲。但
不是那種人被砍了殺了的驚叫聲。是看見一團灰黑原來是
一條家貓家狗的驚叫聲。

　　夢遊夜不會就這麼結束吧。怎麼會就這兒簡簡單單
完了呢。可街上確實是死靜活靜墳場一樣靜。我有些驚起
來。有些怕起來。不自覺的上前拉了閻的手。就像驚怕的
孩娃上前拉了爹的手。他的手是熱的軟的有一窩兒汗。手
掌是軟的柔的沒有種地力氣的。這手和我爹的完全不一
樣。因為他的的手，我開始和他說話了。我們一問一答了。

　　——你離開皋田了多少年。

　　——這次回來值了呢，趕上全村全鎮人的大夢遊。

　　——在夢裏你都看見了啥。人咋會做夢還知道自己在
做夢。

　　他扭頭看看我。拿手在我頭上摸了摸。還呵呵呵地笑
了笑。

　　——下本書我就寫夢遊。這是上天在我絕望時候送給
我的禮物呢。

原來夢遊也是一份禮物呢。還是上天的神們主們給的禮物呢。我忽然也想夢遊了。也想和他一樣夢遊也還知道自己在夢遊。就像在另外一個世界能夠看清這個世界上的事。如死後還知道自己是在活着樣。拉着他的手。替他拿了他的幾本書。我們走過十字街。走過西大街和東大街。看見我家開的冥店門是虛着燈光還亮着。我想回去告訴爹娘我去把夢遊的閻伯送到壩上送到他的租屋裏。可卻只是想想並沒回家回店裏。看見有人在一家衣服店裏偷着和扛着，想過去說你別偷了扛了現在人都不再瞌睡了，不定店主人會立馬來抓你。可卻只是想想看看並沒走過去。看見鎮外田野上還有人將馬燈掛在一杆枝上在割麥。每割幾鐮就要把插在地上的樹枝朝前挪一挪。想過去對他說你回家喝點茶水煮一碗中藥的冰晶喝喝吧。一喝人就不再瞌睡不再夢遊了。可又覺得夢遊也許對人家是一椿好事美事呢，幹啥要把人家從夢裏弄出來。

　　想着啥兒偏不做啥兒，和夢遊的想啥做啥相反着。人若能想着啥兒就去做啥兒，那就不和美夢成真一樣嘛。我想問問閻伯他小說裏的一些事。想知道寫一本書到底能掙多少錢。想讓他再回來給我多帶一些書。於是就又說着了。問着了。像開始磨鐮收割一樣了。

　　——閻伯，你說人一輩子是專聽故事好，還是專門把故事講給別人聽着好。

——閻伯，你能不能把你的故事講得暖和一些兒，我看你的書總是身上冷。你的書裏陰氣太重了。我喜歡冬天看書那書裏正好有爐火。夏天看書那書裏正好有個電風扇。

——閻伯，——閻伯啊閻伯。

我們就到了鎮南路口上。到了路口的一棵槐樹下。老槐樹。和山西洪洞縣那人都集合到樹下開始移民遷徙的槐樹一樣兒。兩人抱不住的粗。二百多歲的老槐樹。樹枝還旺得和傘筋一樣結實一樣密。樹葉旺得和不透風不漏雨的傘布一樣兒。用磚石土堆把那老樹圍起來。保護着。如晚輩孝敬伺候老人樣。到那土堆旁，我說閻伯呀，知道嗎，你所有的書裏寫的都是咱們村裏的事。都是咱們鎮上的事。可村人鎮人除了我，沒有一個人喜歡你的書。除了我，沒有一個人能把你的書從第一頁看到最後一頁的。都說你的書寫的是啥呀，《三國傳》和《水滸演義傳》，《封神傳》和《三俠五義傳》，隨便那本書的一頁紙，掀開來就把你的書給比翻了。就讓你的書一錢不值了。和我們冥店的冥錢一樣雖然也是錢，可扔到路上人都不願多看一眼呢。

閻伯愣住了。

閻伯一愣把拉我的手給鬆開了。他低頭看着我的臉，像算命的人盯着一本卦書樣。夜是模糊的。月是灰白清明的。我看見閻伯的臉，也像一本讓人看不懂的卦書樣。我就那麼看着他。他就那麼看着我。盯着我。又拉着我去坐

到槐樹下的磚石土堆上。問了我一些很神奇的話。很神秘深奧的一些話，如不會生娃兒的女人去問菩薩她啥兒時候可以懷孕生娃樣。

——念念，給閭伯說實話，你最愛看閭伯哪本書。

——給閭伯說實話，你覺得那些書裏寫的都像我們村裏鎮上的事情嗎。

——念念呀，也算閭伯求你了，你能把你們家你舅家的事情給我講講吧。你爹你娘和你舅，這輩子做的都是咱這兒事關人命事關生死的大事情。我想寫一本關於咱們這兒生與死的書。也許這一本，不僅你愛看，村裏人鎮上人能識字的都愛看。說說吧。說說你爹你娘和你舅。說完了我下次回來會給你帶上很多書。你閭伯沒有一本書好看，可閭伯給你帶別人寫得好的好看的。給你帶因為好看咱們這兒才永遠看不到的書。

——啥兒書。

——《梅金瓶》。好看到天上外邊了。

我沒有給閭伯說我們家的事。我守口如瓶啥兒都沒說。我不明白他在夢遊竟說的問的連一點亂子都沒有。偷偷去看他的臉。他的臉確確的的（的的確確）還是和一堆滿是錯字的書一樣。和誰都看不懂的卦書一樣兒。可是我沒夢遊呢。我也沒有別人想的那麼傻瘋呢。我不會為一本啥兒金呀梅呀就把我們家的事情說出來。沒有給他說我舅

和火葬場的事。沒有説我爹是上邊讓把土葬改為火葬時的村裏鎮上的告密者，還把人的油都一桶一桶藏在塬上寒洞裏。就在他租住的那所院子旁邊上。——我們家有啥好説啊。吃飯。穿衣。有人死了賣個花圈掙上幾個錢。再用那錢去買了彩紙做花圈。買了金紙做金箔。剩下一些去買些糧食做飯吃。

也就沒話了。

也就不知該説啥兒了。月亮在頭頂走移着。雲彩在頭頂慢慢走移着。我們就走了。就離開那槐樹去往塬上了。這一走，就沒有先前話多了。沒有先前的親了和近了。我為沒有對他説我們家的事情心裏有些愧欠和糾纏，像我偷了他欠了他有些對不起他了呢。為了能重新找回我們在那老槐樹下的親和近，我又主動去拉了他的手。主動問了他一堆話。一堆一堆的親熱話。——閻伯，你説人一輩子是專講故事給別人聽着好，還是一輩子去聽別人講的故事好。

——閻伯，你説我長大了是和你一樣離開皋田好，還是和我爹娘一樣守在皋田好。

——閻伯，你説人結婚是只找一個女人好，還是一個男人找上兩個幾個女人好。

我們就到塬上了。到塬上就覺得我們離天更近了。離月光月亮雲彩更近了。離村子皋田世界和村人的煙火打

鬧夢遊偷搶和人的吃飯穿衣種地鋤草翻話扯閒喝水睡覺更遠了。到了壩上闍伯的租院前，看見壩下的水庫一片藍。如月亮走了光都存在那庫裏。亮得和鏡和冰和夢一模樣。有風吹。有寂極的聲音響過來。見了貓頭鷹，在近處的田裏眼如兩盞紅燈籠。看見了殯儀館，在遠處坡地它的燈光如從天上落下掛在坡地上的雲。我倆就立在他的門口上，分手像霜葉一樣僵在他的臉上和我心裏邊。可是不能不分了。他該睡覺了。他在夢遊也許回去倒下就睡了。可他在夢遊反如正在講着寫着樣。想的做的都如他在寫着樣。說不定他一進屋就開始坐下寫了呢。就寫出一本冬天裏邊有火爐夏天裏邊有個電風扇的書。為了那本書，分就分了吧。分了他就對我說了爹娘都不曾對我說過的話。

——念念，以後好好跟着你爹娘學紮紙的手藝長大了好好過日子。

——念念，有姑娘喜你了就和她結個婚。一個男人一輩子只找一個女人這是老天和上帝規定好了的。

——念念，你走吧。闍伯要趁着夢遊寫出一個故事了。闍伯爭取寫出你說的冬天裏邊有火爐夏天裏邊有個電風扇的那本書。村人鎮人都愛看的書。然後呢，然後闍伯最後摸摸我的頭，就進了他的院子裏。說聲回吧就把院門關上了。

我就站在門口兒，像我慢慢掉進了夢裏樣。掉進了一口井裏樣。於是我又想到夢遊了。想到鎮子村子了。想到我爹我娘了。想到我爹我娘時，我身上冷一下。震一下。想會不會有人也借着夢遊去我家裏偷搶呢。會不會為了偷搶把我爹娘捆在屋裏暴打一頓呢。驚一下。震一下。腦子裏像雨前打過一道閃電樣，我就離開閻伯離開壪上回家了。

　　急腳快步回家了。

【卷八】

五更·下：有死的也有活着的

1 *4:06 ~ 4:26*

到冥店門前我就呆住了。

愕然磚頭一樣砸在我頭上。

事情如我想的一模一樣兒。如我在大壩上時就穿過夜色看見了二里外我家冥店裏的事。我是猛地推開店門豎在店裏的。我回來讓爹娘讓那三個賊漢全都驚着了。燈光和燈光一樣亮黃着。滿屋的花圈冥錢紙紮如大風刮過了一座花園般。花都落謝了。綠葉落在地上也掛在枝上杈上和花園的牆壁上。花棵的斷枝和棵稈。折斷踩斷的花圈竹條兒。纏了繩錢的竹筐子。撐着紙馬的鐵絲和木棍兒。童男童女的頭顱和畫的嘴臉和頭髮。它們全都落在地上堆在一面牆下邊。屋裏紅的黃的飄的掛的藍色綠色紫絳色，像被冰雹砸碎了的花池子。冷得很。也還熱得很。被捆在兩把椅背上的爹娘一個在店東牆下邊。一個在店西一堆花圈紙裏邊。那兩個，都用寒冬抓帽蓋了頭和臉的人，一個高的兩手空着抱着胳膊在胸前。一個矮的手裏拿了胳膊粗的木棒子。汗從他們的頭上流進脖子裏。流到他們的前胸後背上。他們沒有要摘掉帽子透風涼快那意思。依然戴着帽子

暴暴立在那兒等着啥兒盯着爹和娘。從抓帽洞裏露出的眼，又黑又亮一點瞌睡都沒有。他們是醒的。說不定是被爹給叫醒的。是喝了我娘煮的茶水醒來的。是醒着借了夢遊出來劫財的。而那分坐兩邊被捆着的爹和娘，臉是白色黃色黃白色。滿臉的汗如被雨淋樣。不時地看看面前又瞅瞅通往樓上的樓梯和裏屋門。和賊們那麼看着僵持着。又好像平靜安安一道一塊共同在等着。等着啥兒我就不知了。也就這時等到我快步推門進屋了。

嘩一下站在店門裏，我人就僵在門口呆在門口了。景象和我想的一模一樣一模兒樣。連一絲一寸都不差。如螺絲剛好擰進螺帽裏。我想要有人來劫我家店時一定頭上都戴着抓帽或臉上罩着毛巾布。他們頭上臉上就果然戴了抓帽兒。我想要有人來劫我家時一定不是一個人。果不其然是兩個。說不定不是兩個是三個。不是三個他們不會時不時的要朝裏屋樓梯那兒瞅一眼。我想他們來劫時一定會把那花圈紙紮的冥物弄得七零八落遍地花開就果然把店屋裏弄得七零八落花葉一地如秋時的旋風刮過一個花園般。

事情和我想的一模一樣一模兒樣。

如螺絲剛好剛好旋進螺帽裏。

我進屋僵在那兒為和我想的一模一樣驚呆着。看看爹。看看娘。又去看那一高一矮的兩個劫手時，那高的手疾眼快上前一步就把大手抒在了我的脖子上。如抓到一塊

金磚樣把我抓到當屋抓到他的面跟前。可他這樣兒，是我眨眼想到他會這樣他才果然來猛抃我的脖子抓我的。旋即我又想到這時爹娘會説句話兒爹娘就果真説話了——他還是個娃兒呢，大明你放了娃兒好不好。爹急急地説着朝我掙過來，把他屁股下的椅子紙花弄出吱吱喳喳一片響。——你少叫我大明。我給你説過我不是大明你沒聽見嘛。大個子吼着過去朝爹的椅子腿上踢一腳。爹不動了他又提着踢疼的右腳在屋裏轉圈吸了兩口氣。

那提着木棒的小個忽然笑起來。

大個瞪了他一眼。小個就收笑不言聲兒了。

——別抓他別嚇着娃兒了。別嚇着娃兒了。娘也朝前探探身。聲音裏有急的求的也有一些平靜的。——我們都是鎮上的，過了今夜人都從夢裏醒來我們不是還要見面嘛。説着娘把目光落在那高矮的劫手身子上。可人家根本不把她的話兒當成話——我們可不是你們皋田鎮上的。小個把木棒在娘的面前揮了揮——你想想要是一個鎮上的，我們會來劫搶你家會來劫搶冥店嗎。誰搶哪兒他媽的都不會搶這冥店呢。是你們鎮上先一步把這鎮上值錢的商店搶光了，我們鎮外的不能白跑一趟才來你們家裏店裏的。這話説得和解釋一模樣。是解釋又聲高氣粗聲音能把地上的紙花震起來。這時從樓梯那兒傳來了腳步聲。我聽着那聲音有些熟。像吃飯時我的筷子碰了我的碗邊兒。扭頭去辦

那聲音和人時，樓梯那兒又有兩個胖的下來了。他們一個背了包袱一個提了大袋子。邊走邊把卸了的抓帽重往頭上臉上罩戴着。又一邊朝盯着他們看的大個小個搖了一下頭。

很失望地搖了頭。

大個子也就很失望地抹着我的脖子又朝他胸前猛地拽一下——念念，你回來的正是時候呢。對我說你們家的錢到底藏在哪兒了。這是死人的旺季呢，鎮裏鎮外死人和麥收樣。你們冥店的生意好得也和今年的小麥樣。可你們家樓上樓下只有幾百塊錢這是糊弄鬼哪還是糊弄人。說着又把我的身子輕輕轉一下。讓我面向爹。背貼在他的肚上大腿上。他的胳膊勒在我的脖子裏，像要把我一下勒死樣。像要把錢從我的脖子勒着擠出樣。我覺得我快被他的胳膊勒死了。我的臉一定被他勒成了白色或者蠟黃色。汗在額上掛着像一面鏡子剛從水裏撈出來。汗從額門上落着像雨滴從房檐上滴滴嗒嗒落着樣。好像我的雙腳被他從地上提將起來了。好像有個扣子順着他的胳膊滾進我的喉裏了。我想咳。可那扣子剛好堵住喉嚨讓我咳不出來說不出來呼吸不出來。

——你勒死他你讓他咋兒說話呀。你把他勒死了他還咋兒說話嘛。爹掙着身子喚着被那小個輕輕一推就又坐在原地了。可身子回到原地爹的聲音卻還炸在屋子裏——讓他說——讓他說。他說哪兒有錢你們就去那兒找。

——讓他替你們去找也行呀。可你們勒出人命咋辦呢。勒出了人命咋辦呢。娘喚着，用雙腳在地上跺着腳。她想要跺腳站起來。可她用了很大力氣還是坐在那老的舊的椅子上。

高個把胳膊在我快要死的脖裏鬆了鬆。空氣朝我的喉裏灌着像猛地開門灌進去的一股風。我連着咳了好幾聲。憋在額上臉上的熱汗立刻冷凉下來了。我知道我再也不會瞌睡了。再也不會夢遊了。腦洞裏醒醒清清如掛了冰條般。如一片冰川般。——不就是要錢嘛。我扭頭看了勒我脖子的大個子。他臉上的抓帽被他的鼻子頂起來。那兒的帽紋稀得如同魚網樣。嘴的前邊因為呼吸有一個黑濕圓圈兒。——要錢你們別這樣勒我呀。勒着我我咋去幫你們找錢哪。

——我知道哪有錢。

——你們聽我的，保準你們能劫到很多錢。

——你們來搶一家冥店還不如去搶那火葬場。賣一個花圈能賣幾個錢，我家還要吃飯穿衣給人家交房租。可那火葬場，用點電用點油就把人給火燒了。人活着時去醫院看病還和醫院搞搞價。人死了到火葬場沒有一戶人家搞價的。要多少就都給多少。你們來搶我家冥店還不如去搶那火葬場。

人都不再說話不再動彈了。每一個都如塑的都如冰凍的。屋裏熱得很。悶得很。靠後的一個小胖想把他的抓帽揭下透透氣。可前邊的大胖回頭瞪他一眼他又把抓帽慌忙朝下蓋着了。大街上有人走過去。還朝這兒看了看。背着東西朝着這兒喚——冥店你們也搶啊。然後是笑聲腳步聲。爹的目光落在我臉上。娘的目光落在我臉上。劫的人先是把目光落在我臉上，後又把目光落在他們自己彼此戴的露眼抓帽上。他們的眼裏有了亮的喜的光，像我終於幫了他們想起啥兒了。想到了銀行和銀行門的鑰匙在哪了。儲錢鐵櫃的鑰匙在哪了。站在屋中間的大胖把他手裏提的包袱忽然扔掉了。嘿嘿笑一下——操，咋沒想到呀。

大個就盯着地上那包袱，眼裏的疑惑如是一潭水上的霧。

——是被子。不值錢。胖子說着把目光重又落到高個的眼上去。他們用眼睛很快說了一堆話。商量了一堆事。樓梯邊上的矮胖就在他們目光的說話聲裏把提的東西扔到了樓梯上。然後高個又看了一下提了棒子的小個兒。小個兒把他手裏的木棒一下扔到腳邊上。四個人就都同時把頭上的抓帽卸下來。都用抓帽擦了臉上的汗。爹娘和我就都看清高個果然是鎮上三道街裏的孫大明。那胖子是鄰村他娘的侄兒不知叫啥兒。另外兩個也都眼熟都是鎮外的鄰村

人。是大明舅家的孩娃兒。他們是親戚聯手出來劫財的。沒有瞌睡沒有夢遊出來搶這夢遊夜。摘了抓帽豎在屋子裏，大明讓矮胖去把我娘從椅上解下來。讓瘦小去把我爹解下來。他上前一步站在爹面前。

——李天保，你實話説我爹死時土葬是不是你去火葬場裏告的密。

我爹搖了一下頭。用手來回搓着左手腕和右手腕上的繩痕子。——要是我了你今夜讓我夢遊讓我不明不白死在夢遊裏。然後爹又瞅瞅屋子瞅瞅娘——灶房鍋裏還有煮的苦茶水，你們去喝點就不會瞌睡不會再做糊塗事。大胖聽着就笑了，也朝我爹面前站半步——是因為糊塗才沒早些趁人都夢遊出來劫一點。現在店都被人搶光了我們才出來。然後又看一眼他的表哥孫大明，對着爹娘明明朗朗着——東西都又還給你們了。你沒告密我表哥也不欠你們啥兒了。現在只消讓念念陪着我們走一趟。

爹忙一下從凳上站起來，像要把我從大明手裏搶回樣。可孫大明又一把將我朝他懷裏拽去了。對着我爹冷笑一聲兒。

——你不是也恨他舅嗎。全鎮人都知道你和你媳婦她哥有恩怨，礙着你媳婦你不能咋樣他邵大成。今夜我們表兄弟四個就幫你去把這恩怨解一解。又把目光落到我娘臉上去。看我娘的臉上是着慘白和驚怕，他讓他的聲音變

成柔的軟的和潤的——嫂子，你放心。我們不會咋樣你哥的。你哥這十多年都是發的死人財。掙的不義錢。這不說你也都知道。你還不是經常說他是我親哥我能咋辦呢，我能咋辦呢。你不能咋辦我們替你咋辦了。趁今夜夢遊我們去他那兒分點不義財。有財運了能夠多劫一點兒，會在鎮頭河上架一座公益橋。沒財運我們也就把我們五親六戚這些年死人交給火葬場的冤費收回來。

然後他們就推着我朝店的門外走。

爹娘就愕愕站在那兒看着他們走。

我也順順從從隨着他們走。

門外大街上，還是那樣的模糊和灰黑。像夜裏的時間一直滯着沒有走動樣。比起屋裏邊，外面涼快許多暢快許多人都深着吸氣暢着吐出來。不知幾點了。不知這時是這夢遊夜的幾點呢。他們出來在冥店門口站了站。看了看。這時我爹我娘就醒轉過來追到店外邊——大明——念念他還是娃子我李天保這輩子再缺德沒有做過對不起你們孫家的事，我求你千萬別讓念念出事兒。千萬讓念念早些回來我就只有他這一個獨生娃兒啊。

大明回頭望着冥店望着我爹娘——收拾你們的屋子吧。只要我們不夢遊，我們就不會讓念念出事兒。他們就朝一個方向走去了。喚聲在街上漂着蕩着如水在河裏激急激急流着樣。

2 *4:30 ~ 4:50*

原來他們駕了輛三輪機動車。

原來機動車是藏在大街拐角的一團黑影裏。

原來那車上除了空蕩還有麻袋鐵棒和砍刀。

原來他們並不打算去劫火葬場。而是要劫火葬場場長我舅家。他們是把我推到車上的。讓我坐到車前扶着前欄杆。還說了一句扶好可別掉下去的話。心疼我像心疼他們的弟弟樣。讓我的心裏猶如冬天烤了火。夏夜吹了風。機動車從黑影退出來。突突突地響着朝着鎮外開。路上見了開同樣機動車的人。人家隔着馬路大聲喚——發了大財吧。

——狗屁財，早被鎮上的人把店都搶光了。

——搶他們家裏啊。

——人都他媽的喝了茶水喝了屎尿咖啡冰晶不再夢遊瞌睡你説咋搶啊。

那朝鎮上去的機動車，就熄火停在路邊了。

可大明和他的表弟們，卻開車朝着夜裏朝着鎮外奔着了。

——你們去哪啊。

——回家睡了不再發財啦。

這樣回應喚了也就看見那停的機動車，猶豫一陣又朝鎮上開過去。或者調頭朝別的路上別的村子開過去。看那機動車調頭不朝鎮上開去了，再見有車從他們迎面開過來，他們的喚話回話就不是原來那個意思了。

——鎮上怎麼樣，能發大財嗎。

——快去吧，一個鎮都在夢遊呢。各家商店的大門都是開着哪。

——你們的車上好像空的啊。

——我們呀，我們不要那大的只要能裝進口袋的。

説着還從車廂站起來，豪邁豪邁拍拍褲口袋。還提起一個裝了啥兒的小袋在夜空晃了晃。那機動車就加速朝着鎮上奔去了。朝着大財奔去了。車上的人，還喚着歡呼着，像過年開會樣。大喜大悦樣。原來有那麼多的鄉下人，這時都開着拖拉機。開着三輪小機動。開着汽車卡車在這夜裏走着奔着朝着鎮上去。朝着更遠更遠的縣城去。朝着四面八方有財有物的任何地方去。都出門發財了。出門劫財了。我看見有人他是瞌睡的，頭豎在肩上會突然倒下去。像要掉下又被脖子牽着了。有人他是夢遊的，卻和醒着一模樣。睜着眼臉上的表情如是一塊棺材板。可有更多的人，臉上連一點瞌睡都沒有，醒着趁別人夢遊去劫搶。不知現在是下夜幾點鐘。可能是下夜四五點人最多瞌

睡的那個寅時或者卯時吧。我們車上的小胖睡着了。他在夢裏說回去睡吧回去睡吧偷啥呀偷。可他哥大胖在他肩上拍一下。他又醒來說了別的話——今夜發不了財這輩子就沒機會了。發不了大財總得發些小財呀。就是這時大明讓開車的小個表弟把車停在鎮外的路口上。大明把我拉到了一鋪席大的車廂最中間。讓我蹲着或坐在車廂裏。夜好像一湖水樣圍在我們身上頭上車邊上。涼爽絲絲正是睡覺的好時候。不再有人在路邊田裏割麥了。也沒有人再在麥場夢遊打麥了。天下是靜的睡的又是躁亂的。世界在夢裏遊着到處都有隱隱的聲音和動靜。大明朝天上路邊看了看。最後看我時，他模糊的臉上眼是亮的有着黑漆漆的光——念念。他把拿着抓帽的手扶在我的肩膀上，你舅不是好人對不對。

——你舅是發了咱們這兒的死財對不對。

——你舅到現在誰不給他送禮就不把人家的死屍燒碎故意當着死人兒女用錘子去砸碎人家的骨頭對不對。

——你舅總是讓人掏大理石的錢賣給人家一個普通石頭的骨灰盒這事沒錯吧。總是讓人掏紅木價格買假紅木的普通木頭骨灰盒兒這事你也知道吧。

——你爹恨你舅你爹善良溫順可因為邵大成是你舅他沒有辦法他就總是讓你娘把賣給死人家裏的花圈多紮上幾朵紙花讓你娘把壽衣的布料用好的將做壽衣的針線縫得密

些再把壽衣上的刺繡刺得漂亮結實這全村全鎮人都知道都
看在眼裏都説你爹你娘是好人和你舅死不一樣説你娘嫁給
你爹就是為了逃開你舅是為了和你爹一道贖你舅的罪孽還
你舅的惡作這鎮人村人知道你也知道説你爹娘和你舅舅就
是一杆天平秤上的兩個盤兒你舅在那邊作惡掙錢你爹你娘
在這邊替他行善還帳你舅在那邊錢越多他就越發作惡可你
爹你娘在天秤的這邊就得替他越發行善越發把花圈紙紮做
得好些賣得便宜些所以你家開的冥店生意雖好可並不掙錢
所以我們今夜在你家店裏沒有找出錢來也沒拿你家的東西
這都是因為你爹你娘人好心善讓我們下不了手為了你爹為
了你娘為了你們全家我們才從你家出來才決定聽你的不劫
你家而劫火葬場可現在回頭一想為了你爹為了你娘為了你
們全家和鎮裏鎮外所有的人我們決定也不去劫那火葬場而
直接去你舅的家裏劫了你舅替你爹替你娘也替你全家解了
你家和你舅家的恩怨從他那兒弄些錢財讓所有和火葬場有
恩怨的人都出了這口惡氣現在你不用陪着我們去那火葬場
裏了也不用陪我們去你舅家和你舅見面畢竟難堪現在只要
你告訴我們你舅家住在壪子那頭山水別墅區的幾棟幾號就
行了告訴我們你舅平常愛把錢藏在哪兒愛把值錢的東西放
在哪兒他的小媳婦你的後姨的細軟藏在哪兒放在哪兒就行
了我知道你爹平常不去你舅家你娘腿腳不便也不去你舅家
你們家只有你常去你舅家你給我們説説你就沒事了可以下

車回家了你爹你娘在家等你我們也不忍心帶着你跑到天亮搶到天亮萬一有個三長兩短對不住你也對不住你爹你娘說吧你就說說你舅家住在幾號別墅值錢的東西最愛藏在哪兒你就沒事了就可以回家了回家就可以和你爹你娘關着店門睡覺了明天天一亮天下發生了咋樣的事情我們都不會把你說出來供出來我們會對你和你爹娘充滿感激明天會買很多東西去你家裏還會把今夜從你舅家分的東西裏劈出一份送到你們家不讓你白說不讓你爹娘白白為你舅惡作贖罪白白受苦這十幾年。

——說吧念念你，我們就要你這幾句話。

——這就對了。有你這幾句你就替你們家積了大德了。

——念念你下車回家早些睡。路上見了夢遊的醒着的都不要和他們說話別說我們的事。

完了我就下車了。

我就看着大明他們開着機動車消失在夜裏消失在一個三岔路口上。遠處我舅家住的地方有燈光，像太陽要從那兒升起樣。近處的村莊裏也有燈光也有響動聲，和村莊已經從夜裏醒來準備起床樣。

站在路邊的三岔路口上，我陷在自己挖的一個井裏坑裏又冷又涼着。身上眼上一點瞌睡都沒有。腦洞醒開如誰家天亮大開着的門和窗。

3　*4:51 ~ 5:10*

　　我朝我舅家走去了。

　　我朝舅家跑去了。

　　我朝舅家飛奔過去了。

　　我舅就是一頭豬，他也還是我舅呢。我舅就是一條狗，他也還是我舅呢。我要去告訴我舅劫匪要去他家搶掠了。千萬別睡着千萬別夢遊千萬別開屋門就行了。機動車去我舅家的山水別墅要繞道壩上火葬場。繞道壩西大路上。要從大壩的頂端開過去。到壩東再下坡繞着到那壩腰的一片林裏一片水邊地。可我從這路口的小道直切朝着舅家去，比他們能近二里路。能近三里路。我知道我跑着飛着就能比他們先着到了壩東我舅家。也就果真比他們先着到了我舅家。路上遇了風。遇了樹。撞上了一對男婦精赤條條在那樹下做那男女的事。不知他們是夢遊還是醒着的。他們做事的歡叫讓路邊的樹都搖晃了。我在很遠的地方看見他們做事讓我身上的血朝着頭上湧。腿間的醜物如翹起來的一段鐵棒般。很想朝他們走近看得清些再清些。可為了我舅我不得不離開那兒了。那兒有燈光。他們做事

在樹影下邊放了一盞燈。一盞馬燈的光亮調到最小最黃如星星從天上落下要滅前的可憐相。

我離那燈光越來越遠了。

那男女的歡叫一星半點都不能聽清了。

我完全走在曠野走在自壩而下的河邊上。伊水像一條寬闊碎亂的銀綢鋪在天底下。流水的聲音像歌聲像鬼叫還像剛才那一對男女的歡叫聲。後來我想那男女一定是借了夢遊偷歡的。在夢遊裏邊偷歡的。可那時，我想這對夫妻做事咋不在自家屋裏呢。咋不在自家床上呢。我走着看到黑影心裏害怕了。想想那歡愛的男女就把膽怯趕走了。擠走了。聽到夜鳥驚恐的叫聲心裏害怕了。我學着那爬在女人身上的男人——啊——啊——地歡叫幾聲就把夜鳥的叫聲嚇走了。我就不再害怕變得少年英武了。

能看見我舅家住的別墅小區了。那兒不叫村子而叫小區着。住的都是有錢人家呢。如開礦的賣煤的跑長途運輸和在鎮上縣城開了幾家連鎖商店的。還有縣城裏的幾個局長和部長。聽說有個縣長也住那片小區裏。那兒是我們這兒的富人區。貴家區。平素一般人都走不進那個小區裏。平素人沒事也不去那個小區裏。朝陽地。面前有從壩上洩出來的水。松樹和柏樹一樣粗。柏樹也和松樹一樣粗。松柏古槐都和水桶一樣粗。每棵樹都有一圓砂石壘的樹池子。每家門前都有兩個花池子。每戶人家門前都有四級石

台階。台階上是分開臥站兩邊的兩條陶瓷狗。狗總是吐着舌頭和沒有水喝樣。門總是關着鎖着和隨時有人會偷樣。

可那小區十幾年過去從來沒有被人偷過呢。

從來沒人搶過呢。

然今夜要有人去偷去搶了。他們的車上擱着鐵棒和砍刀。說不定還會大開殺戒呢。一開殺戒人就要死了。人一死就要殺人償命冤冤相報那死的就不是一個兩個了。而是三個五個了。七個八個了。我腳步快捷地從老河橋上跑過去。快捷地朝着山腰跑過去。從一片樹林中洩出來的光，像日光被那林木碎成了一片一塊樣。從一條小路岔入那小區後門的水泥大道時，渾身的汗把我的衣服全濕了。全洗了。把我的毛孔全都衝開了。每個毛孔都是放着水的閘。腳下的帆布鞋裏有兩鞋窩兒汗，如兩座水池水庫般。我是從水裏飛奔過來的。喘息的聲音如開閘放水一樣切急和轟隆。可真的待我到了小區裏，看見小區的景況我就覺得不值了。

不該了。

似乎我來給舅給這小區通風報信是一椿天大地大的錯。小區的後門竟開着。平常它是每夜都鎖的。可這一夜竟就門洞大開昭昭然然着。燈光從那門裏撲出來。如一塊巨大的水晶玻璃倒在地上樣。像一地金湯邊沿齊整地流在路上流在地上樣。小區裏沒人睡覺全都聚在小區中間的廣

場空地上。路燈是亮的。廣場的各型燈光是亮的。各家的燈光也都是熾的白的亮堂的。這一夜，小區和白晝一模樣。如壓根就沒走入這年這月這一夜的黑色裏。松樹鑽進半空挑着光亮如樹頂枝丫全都綴滿鑽石般。柏樹豎在夜裏如渾身都沾滿會發光的水銀般。所有的花草池子在光裏亮裏如全都曬在正午的日裏光裏花都盛着散着濃郁的香。到處都鋪了水泥瀝青瓷磚的路面路邊和拐角，都有人在走動和忙碌。手裏不是端着炒菜就是端着酒杯拿着酒瓶子。喝着走着吃着和過年一模樣。和十家百家婚宴一模樣。可那所有的人，臉上都是木然都是癡笑都是發了光的城牆磚。像那磚上塗了紅漆白漆黃漆發着呆光閃着呆亮在那院裏走着動着搖晃着。

他們全都夢遊了。

又在夢遊裏邊吃了說了笑了喝醉了。

在幾排別墅圍着有噴泉的廣場上，噴泉燈發着瑩瑩藍的光。噴泉的水柱飛起落下透着珠白和晶黃。半畝大的水池中，有黃燈綠燈熾白燈，使那金魚大大小小都躲在水裏假山後的黑裏夜影裏。圍着水池擺着二十幾張圓的飯桌方的麻將桌。有人在吃喝。有人打麻將。碰杯的聲音和戲裏的亂樂一模樣。打麻將的桌上都擺了幾捆十幾捆的錢。一捆一萬就是幾萬十幾萬。喝酒的全是世上最好的茅台五糧液。酒杯丟在桌上凳上桌下邊。酒瓶豎在桌角桌下泉邊

上。不知是都在醉着還是都在夢遊着。那舉着杯子碰着
的，人一歪爬在桌上睡着了。睡了嘴裏還說着老子喝死你
喝死你的話。媳婦們。女人們。全都穿了睡衣透着身上肥
白嫩嫩的肉。她們站在男人邊上看打牌。替他男人拿着
錢。贏了臉上如花樣。輸了臉如抹布樣。還有那大的半大
的娃兒們，跑着鬧着臉上也是木板灰磚色。只是那木板是
新樹剛解開的板。剛出窯的磚。還有娃兒爬着睡在自家門
前的台階上。睡在娘的懷裏爹的腿下邊。臉色粉紅掛汗如
泡在熱水裏邊樣。

　　他們都睡了。

　　都夢了。

　　也都好像跟着爹娘夢遊了。

　　一世界一小區的有錢人，因為酷熱都從家裏出來熱鬧
說閒然後就都瞌睡就都夢遊了。都為了熱鬧說閒把酒拿出
來把煙拿出來讓家家都有的保姆炒菜燒飯端到小區院裏的
燈光下。果然連夢遊都和村人鎮人不一樣。村人夢遊都割
麥打麥偷的搶的尋死的。他們夢遊都是吃的喝的麻將的。
有的睜着眼。有的半閉眯着眼。有的睡着了在夢裏打着麻
將竟和醒着一模一樣。光背的。只穿汗褲的。還有個我認識
的煤老闆，光背光腳只穿一個三角褲衩兒。好像剛從床
上做完那事下床樣。可他的面前卻擺着三個酒杯三個空酒
瓶。有女人跟着男人喝酒後把她的上衣脫下了。戴的乳罩

粉紅素白鎖了花邊鑲了金邊兒。露的奶子飽飽滿滿如剛蒸熟的饃饃樣。加了增白粉的饃饃樣。到處都是酒味都是女人們的粉香味。都是流水的涼味和下半夜的鼾聲味。有人爬在路邊睡。邊上扔着只有他們才穿的外國人的西裝和領帶。有人在小區裏走來走去人像魂兒一樣飄在半空裏。腳步高抬低落抬時用力落時謹小慎微像怕落在針上釘上石頭上。——夢遊了。夢遊了。全都夢遊了。說着走着好像只有他還醒着樣。——我可不能睡着不能夢遊睡着夢遊了萬一有人來偷咋辦呢。然後他就在那小區裏轉着走着找着大門口——保安哪——保安哪。應該去警告保安瞌睡死都不能睡。不能讓外面的人進來也別讓小區裏的保姆外人走出去。

　　他就這麼說着在小區的前樓後樓中間走。沿着路走他也找不到大門在哪兒保安在哪兒。

　　我過來想對他說大門在哪保安在哪可我到他面前忽然啥兒也不想再說了。我看見他是男人不知為啥手裏拿了一個女人的花乳罩，就像一頭豬嘴裏銜了一朵花。見了我他和沒有看見樣。離開他我像離開一柱木頭樣。我朝三排六號舅家走去時，又扭頭看他見那一柱木頭砰的一響碰着啥兒倒下睡着了。

　　我沒有在那吃的喝的麻將的人群裏邊找到舅。就像沒有在一群豬裏找到一頭豬。然後就沿着一條被塔柏夾的路

道朝第三排別墅轉着走去了。到一家有院子的別墅前，看見一個中年保姆打開一扇鐵門走出來。手裏提了一個包袱還拉了一個大皮箱。見我她朝後退一步，又覺得全都被我發現看見也就索性走出來，橫着站在我面前。

——一看就知道你也不是這個小區的。

——拿點啥兒快走吧。讓保安抓住你就成了賊的替死鬼。

說着她風急火急地躲着燈光朝小區的北門走。腳步快得如鞋底有釘路面有冰樣。

我看見一個保安把一個箱子扛着藏到一片樹林裏，出來拍着手還像到處巡視走着樣。

看見誰家的寵物狗，在一片草坪上兜着圈兒哼嘰嘰地叫。它的主人睡在草坪鼾聲和雷一模樣。

我的腳步加快了。我的腳步飛快了。我知道這小區該要倒霉該要大難臨頭了。那些臨村塢上鎮上的，想要偷的搶的如果知道他們都在夢裏夢遊裏，就知道自己的天堂銀行倉庫在哪了。我不說話朝舅家跑過去。目不轉睛朝舅家飛過去。幾百米的小區林路在我腳下和筷子一樣短。拐過一道牆彎和跨過一根筷子樣。有家戶的燈是亮着的。有家戶的燈是滅着的。有家戶的門是鎖着的。有家戶的門雖鎖着可鑰匙卻忘在門上吊着晃着等賊等劫和等他家的親人回家開門樣。

我終是到了我舅家。

我豎在三排六號門前擦了臉上的汗。跳着蹬上那四級台階從台階旁的不銹鋼扶欄跨上去。豎在舅家門前叫了一聲舅推門就進了舅家裏，就和一跨腳從醒裏進了夢裏樣。舅沒睡。舅不在樓上叫臥室的屋子裏。妗也沒睡在樓上叫臥室的屋子裏。只有他們的孩娃睡在樓上叫臥室的屋子裏。一樓叫客廳的地方有三間屋子大。燈光亮得能看見地上爬的螞蟻醒目如公路上跑的汽車般。電視是開的。牆是雪白的。沙發是閒的。電視的聲音在牆上地上舞着響動着。茶几上忙亂一片彷彿菜市場。客廳裏的一盆竹和兩盤花，都在看着蹲在那兒忙着的人。忙的是我舅和我妗。他們都沒穿上衣，僅是穿了拖鞋和褲衩。一點不像有錢人家倒像鎮上每天忙着的窮人家。妗子親手炒了六個菜。做了兩盆湯。一盆三鮮雞蛋湯。一盆蝦皮肉絲榨菜湯。菜和湯全都擺在擠在堆在菜市場樣的茶几上。舅高大，蹲在那兒像塌在菜市場上的一堵牆。妗瘦小，蹴在那兒像那牆下的一株新草新花兒。我進去時他們正把一個瓶裏的東西朝着菜上湯裏倒。和倒味精樣。和菜淡湯淡加鹽樣。舅在倒。妗在用筷子拌着攪着均勻着。聽到門響他們都驚着怔着回頭望着我，臉上有了白色黃色黃白色。可很快那黃白就又淡了落下了。兩個人的臉上重又成了瞌睡裏的模糊了。成了燈光下瓷磚的光亮和木然。——你沒鎖門呀。舅問妗子

的聲音裏夾着責怪和訓斥。可手裏拿着的小瓶還在空中動
着搖晃着。倒的東西如在田裏撒種芝麻一般落在那些盆裏
和盤裏。——我鎖了是風又把門吹開了。妗子説着依舊用
筷子翻攪着。忙着手裏的事和沒有看見我一樣。和我是一
陣風一樣。一棵樹一樣。夢裏一閃而失的景物樣。

　　——舅舅——妗子——你們在忙啥小區要出事了你們
知道不知道。

　　——要天塌地陷了你們知道不知道。

　　屋裏的靜和原本沒人樣。和原本我就沒有進來樣。
舅在小心地往菜裏湯裏倒着那啥兒。妗在小心地攪着拌着
均勻着。白糖似的晶粒落在一盤炒雞蛋上那晶粒很快化開
黃的雞蛋有了淺灰色，如炒蛋有些糊了般。——別太多多
了味就不正了。——別怕多，多了一口下去人就沒了免
得夜長夢多該死不死重又醒過來。接着又往一盆湯裏倒。
往湯裏倒時舅又換了一個瓶。從那瓶裏流出來的如泥黃的
濁水一模一樣。他倒了一股又倒一股兒。倒了一股又一股
兒。——別倒了別倒了倒多味就不正了。——多倒些一
口下氣就讓這些兒子孫子倒下去。最後又往湯盆倒了一股
後，舅舉起瓶子對着燈光看了看。一滿瓶成了半瓶兒。燈
光下瓶是深黃色。有液水的地方瓶是深褐色。瓶子上的商
標在瓶上有了捲邊兒。黑色的骷髏頭在那商標紙的上方最
中央，像有了瘀血的指甲殼兒貼在瓶子上。我一下看見了

那個畫的骷髏頭。我又咚的一下看見了商標下邊敵敵畏的三個字。我知道更可怕的塌天陷地的事是在我舅家不在小區院落裏。——你們在忙啥舅呀妗子都下半夜了你們還不睡。有股寒氣從茶几那兒從舅妗那兒朝我襲過來。先是一小股後像一大股的穿堂風。我身上冷得打哆嗦。一哆嗦汗就出來了。汗出來衣服就又貼在了我的後背上。額門和眼裏都有汗的鹹味辛辣味。空氣中漫着微甜的味道和糖精水的味道樣。我知道越甜越毒那是敵敵畏的味。越甜越毒那是菜盤裏的毒晶味。

　　——舅呀妗子呀，半夜你們不睡你們在忙啥兒呢。

　　——別説話來了就先坐在那。

　　——有人偷盜有人搶劫馬上就到你們這兒就到你們家裏了。

　　——哼。舅終於扭頭看看我。誰來偷我就先請他吃一盤炒雞蛋，喝上一碗三鮮湯。然後笑笑又回頭和妗子專心去往另外的盤裏盆裏落着晶毒倒着敵敵畏。——千年不遇的夢遊真是老天給我賜的良機呢。平日誰瞧不起我我就讓誰死在這一夜。我看見妗子攪菜的筷子被巨毒蝕成枯黑色。看見舅説着臉上的笑像飄着一片黃的雲。手在菜盤上搖着像在大地上播着種子樣。——念念，你來得好。正是時候呢。過一會幫幫你舅舅。把這些菜湯都端到院裏去。我讓你把菜放哪你就放哪兒。讓你把湯端到哪個桌上你就

放到哪個桌子上。縣裏的苗縣長，住在這個小區從來沒有和我和你妗子說過話。民政局長住在這個小區他誰家都去過，就是沒來過我們家。他們都嫌你舅我是火葬場的怕把喪氣死氣帶到他們身子上。還有那開煤礦的死老闆，他媽的又髒又黑見了我也還躲着我。都他媽的瞧不起火葬場。可有本事你們家裏人別死別往火葬場裏去送啊。左鄰右舍原來一個是在縣城聚賭發了的。一個在洛陽靠偷發了的。一賭一偷我不嫌他們他們倒還嫌我這鄰居不祥又把房子賣了搬到最前邊。這也好，嫌了今夜老子就給你們炒菜做湯了。

——就送你們到西天天堂吧。

——讓你們哭天沒淚最後家人得求着老子來火化你們全把你們燒成灰。

——燒了你們你們家家還得給我送禮說我們都是住在一個小區都是鄰居人死了那就讓他的身子完整細碎別把他的身子還留在煉爐少了胳膊腿。

——不是不報是時辰不到呢。時辰到了我邵大成就不能不報呢。

——來，念念。你妗子她是女人家。這盆三鮮湯你先端到噴泉東邊苗縣長在的那張桌子上。苗縣長你見過就是那個瘦個兒頭上謝頂沒有頭髮的。你不吭聲端去放在那張子上。放上去再給那幾個人面前的小碗各盛一碗湯。有

人間你你就説你是一排二號家裏的。隨便説是哪家的都可以。反正他們一喝就完了。啥也不知一了百了了。還有那正在打着麻將的。沒人知道他們做啥兒生意他們都比你舅我錢多。錢多你舅我就巴結巴結他們吧。你送完湯回來再把這些炒菜碗筷端過去。他們打牌累了你端去不説話他們就要吃要喝了。吃了喝了他們的錢再多也都沒用了。

　　——還有這盤炒青菜。那個高中校長吃素你就把這青菜端給他。

　　——這一盤——念念——念念——

　　——念念——念念——

　　夜就更深了。舅的聲音帶着夜的黑深從他的屋裏傳出來。從台階上朝下跌落着，如水朝下流蕩着。追着我的腳步想要把我淹進去。

4 *5:10 ~ 5:15*

　　我是在舅的嘟嘟囔囔中驚着從他家裏退了出來的。
退出來我就朝小區大門跑過去。跑過去腳步聲在我身後如
戰鼓在我身後擂着樣。一路跑。啥兒都沒想。腦裏只有一
個念頭如死在那兒梗在那兒的一棵樹。大明他們該到了。
大明你快領着人到我舅家搶劫吧。搶他的錢搶他的物想要
啥兒你們就搬啥兒吧。妗的金銀細軟都在她床頭櫃裏哪。
舅的錢櫃是藏在他臥室隔牆夾縫哪。大明你們快來吧，快
到我舅家搶劫吧。跑着我在心裏喚叫着，聲音的雙腳在我
喉裏抓着奔着像一條蛇要從我喉裏朝外竄。天是藍的灰色
的。地是朦朧灰色的。世界是夢的天下如夢都浸了毒液
般。路兩邊塔松朝我身後倒去如我的雙腳踢倒了那些塔松
樣。正門的燈光熾熾亮亮，宛若日頭在正門上空懸照着。
青磚圍牆有三米高。圍牆上還有蒺藜鐵網和玻璃碴。大
理石門柱中間的鐵檻大門是鎖的。檻門上的小門也是鎖
着的。值夜班的門衛保安一個在門口睡着了。一個不知去
了哪兒了。我跑到大門口兒時，隔着鐵門正看見大明他們
趕過來。機動車不知停在哪兒了。四個人手裏提了麻袋還

拿了木棒鐵棒子，站在門口不知咋樣才能走進小區裏。他們看見我在小區的門裏就像看到一個猴子跑到了鐵籠外邊樣，眼裏的疑光死死旺旺盯着我。

我們就隔着鐵門怔了幾秒鐘。

我朝門裏牆柱上的電鈕開關按一下。鐵門朝兩邊退着滑開了。兩個世界成了一個世界了。

——大明哥，我舅家不住在二排他家住在三排六號門。

——我舅的錢不在箱裏櫃裏都在一個鐵的保險櫃裏保險櫃藏在二樓東屋他的臥室隔牆夾縫裏。

——我妗的細軟首飾都在一個紅綢縫的兜裏全都放在她床頭的第三個抽屜裏。

——大明哥，你們快進來快到三排六號我舅家。趁我舅我妗都在夢遊你們像捆我爹娘一樣把他們捆在椅子上，然後你們想要啥兒就都拿啥兒。

——進來進來呀。還在愣啥嘛。我是怕你們進不了這個小區才抄了小路跑來專為你們開門的。

站在門外的大明和他的表哥表弟們，臉上驚着的喜悅如飄在臉上的綢緞一般光亮着，直到我腳快步步地説完一步從門裏跨到門外邊，他們才試着腳步朝大門裏邊走。擦肩過去時，我又望了一下大明的臉。他把一個手電筒順

手塞進我的手裏了。拿着他的手電筒，照着光亮我回頭大聲喚。

——是三排六號你們只去我舅家別去別的家。

——大明哥——記住千萬別吃我妗我舅炒的菜燉的湯吃了喝了你們就都沒命了。

我的喚聲和歌一樣響在夜空飄在我的頭頂上。他們朝小區快走的腳步如有節奏的音樂一樣伴着我的聲音響在世界上。我就朝鎮上回走了。他們就朝小區裏邊走去了。——無論弄到啥兒都有你們家裏一份啊。我孫大明說到做到念念佺兒你就放心吧。這是我們分手時大明最後喚的話。直到現在想來我身上都有一股鬆快感。涼爽感。像大明哥的喊話是冰水一樣灌在夏夜浸在我躁熱煩亂的身子上。

【卷九】

更後：鳥都死在夜的腦裏了

1 *5:10 ~ 5:30*

夜是深了更深了。

鳥都死在夜的腦裏了。

好似一整夜我都在路上跑着般。忽然覺得有些瞌睡覺得兩個小腿脹起來。夜裏路是模糊的。夜路板了面孔落在腳下邊。田野上的熱味被涼爽取代了。大地上最後的餘熱散盡着。像人的脾氣躁過後，只還有溫軟落在曠野村舍和寂靜間。

能看見遠處村裏路上的燈。

能聽見遠處公路上轟隆突突的機動汽車聲。

這一夜，不安的味道仍還漫在天下滾在大地上。可那味道好像弱了也似乎更強了。我知道天將亮時人是最為瞌睡的。最為瞌睡的時候也是人最易夢遊最易傳染夢遊的時候呢。從山水小區的西圍牆下朝着前邊走。原路一點沒有挪窩還在那兒等着我。黑夜世界還在前邊等着我。到河邊洗了臉。喝了幾口水。過橋時我朝河裏望了望。望望就看見水的明亮聽到水聲明亮了。想起有一對男女在河那邊樹下做那男女的情事時，我莫名想到了火葬場每天打掃衛生

的娟子了。要娟子長得漂亮該多好。娟子的牙不是齙牙該多好。娟子要能識字看書該多好。想着娟子我的腳步快起來。想着娟子我就沒有瞌睡了。原來娟子能驅瞌睡能驅疲累讓腳上有氣力，於是我往深處想着娟子了。往隱的秘處想着娟子了。想着我和娟子一道也做那男女間的事。也在這夜的曠野做那事。直想到我雙手冒汗額門冒汗身上汗汗浸浸和真的摟着娟子樣。可那對男女已經不在了。不在路邊不在樹下了。到那兒我朝那樹下看了看。聽了聽。寂靜朝我走來讓我看見聽見了靜夜光腳丫般的腳步聲。我朝那小樹走過去。用手電筒照着樹下看見那兒有那對男女壓倒了的一片草。有一包火柴扔在草邊上。有女人的髮卡掉在草邊上。

　　我又想起了閻連科的一本小說來。那小說粗糙如皋田早年的泥坯房。可偏偏是那泥坯房似的小說好看哩。我一連看了好幾遍，很多章節都能背下來。

　　到了這個時候，他就又脫了衣服，索性把它們收起來放在了她的衣櫃裏，好像永遠地束之高閣。彼此全都裸下來，將大門和樓房的前門、後門都鎖了。彷彿他們置身在人世之外的另外一個世界裏。有一種從未有過的放鬆感，使他們體會到了先前從未有過的快活和自由。他們摟抱在一塊。她想摸他哪兒了，就隨時隨意地去他身上摸哪兒，

像一個母親去一個嬰兒身上隨意摸着樣。他想吻她哪兒了，她就放任地由他去吻哪，就像他在吻着一個活的女人的塑像樣。一切都隨心所欲，無拘無束。累的時候，他們坐下歇息着，不是她坐在他的身上，就是他把疲勞的雙腿翹起來放在她的大腿上。席地而坐，或隨地就躺，再或他把頭枕在她的腰上肚子上。他剛剛理過髮，平頭，硬茬，他的頭髮扎着她大腿上從未見過日光那柔嫩，會使她有一種説不出的麻麻酥癢的舒服感。而當他的頭稍稍扭動一點兒，那癢就會重起來。她會因此發出成熟女人脆亮咯咯的笑。那笑由小到大，再由強到弱，最後就會再次引發出他一個男人隱藏着的本性來。他也就開始再次在她身上動手動腳着。她就會像返回到了十幾歲的少女樣，在屋裏跑來躲去，跑個不聽。到了跑不動時她被捉住了，她就由他開始在她身上無頭無尾地做着那男女的事。任他在她身上耕雲播雨，顛鸞倒鳳，瘋狂得如放羊的孩子在草地山坡上的肆意和癲狂。

想到這兒時，我的腳步輕了快捷了。覺得天快亮了呢，大夢遊就該結束了。天一亮，時序次序就該日出一樣落在大地了。

可是沒有呢。

真的沒有呢。夜還深得枯井溝壑一模樣。離天亮還有從清朝到那唐朝的距離呢。

這一夜的災難也還好像剛開始。世界才剛剛陷進夢遊裏。大地村落山脈和鎮子，麻亂酷殘的高潮也才剛剛到來着。我從田道走上公路時，看見有很多汽車和拖拉機，都拉了山內裏的人們朝着鎮上開過去。汽車的燈光如放倒在半空的長柱子。拖拉機的燈光如放倒在公路上的長柱子。隆隆聲如錘子石頭砸在半空砸在大地上。借着那燈光，能看見從身邊開過去的一車人手裏都拿着鋤頭鐵鍬檊叉和刀斧。鋤頭鐵鍬上又都吊着空的麻袋布袋和當做包袱用的床單和被罩，像要去哪兒征戰並隨時獲勝打掃戰場樣。

人都起義了。

人都夢遊了。

人都在夢裏開着汽車豪壯豪壯朝着鎮上進發着。司機的臉多是紅的燦的亮堂的，一點兒瞌睡都沒有。車上的人，多是男人壯年和青年。也有一些年輕的婦女在那車上在那隊伍裏。她們挎着籃子和筐子，像要去那分糧收割樣。我知道天下大亂了。知道一世界都在夢遊夜裏躁動了。沒有夢遊的借着夢遊翻天了。假夢遊的比真夢遊的人還多。多得多。人都借了夢遊開始出門躁着劫財了。和起義征戰樣。和征戰發財樣。我想幾步就回到鎮上回到我家

裏。可這一夜我來回奔在這條路上鎮子裏，小腿鉛重腿像死了呢。我拖着死了的小腿往家趕。到鎮子路口邊上時，看見那些汽車拖拉機和三輪機動全都停在鎮子外。人都從車上走下來。手電筒和馬燈的光色亮着明暗着。他們以村子姓族為一堆。一堆一團説着啥兒話。等着啥兒消息和命令。還有人在跺腳罵着説快些快些咋不衝進鎮子呀。再不衝進去他們都該醒了就別想搶到一點東西了。

說話的聲音如開閘放出來的水。

來回在人群走動傳遞消息的腳步如開閘放出來的水。

從那車邊人邊走過去，像一隻老鼠從人群的腳下溜過去。我看見有人手裏拿的武器不是農具而是真的刀。還有人手裏提了大鐵錘和老獵槍。跑過去了一堆人。又跑過去了一堆人。到了鎮上時，又看見鎮子已經完全從夢遊退回到了睡夢裏。街上是靜的。房舍是靜的。就是那已經被偷搶過的商店門窗開着也還是靜的。有人從鎮街的靜裏走過去，不知道他是醒着還是夢遊着。不慌不忙的，不緩不急的，星毫點點都不知道鎮子要大難臨頭了。四鄰八村的農民都已集結起來到了鎮口上。

一場劫搶陣戰已經漫在鎮外漫在鎮上了。

一場殺戰已經急急迫迫等在鎮外了。

我不再瞌睡不再覺得眼皮澀硬已經完全從睡夢的邊上回到醒裏回到啥兒都能看清的世界上。我死過的小腿又活

轉過來了。在鎮口我是急走着。離開那兒我就跑着了。到鎮子的大街我急跑急奔腳步如飛人如滑在半空裏。

——外村人來搶鎮子啦。

——外村人來搶鎮子啦。

我邊喚邊跑，聽見我自己的喚聲如牛犢將死前的叫。尖利嘶啞彷彿宰刀已經插在牛的喉道上。可那鎮上的房屋街道和睡夢，沒有誰從我的喚叫聲中醒過來。它們都死了。睡死過去了。從夢遊中醒後退到睡裏就睡死過去了。或者是聽到了我的喚，以為是一個夢遊人的亂喚胡叫呢。似乎我在夢遊誰都不消我的喚聲哩。我就那麼喚着跑着穿過深夜穿過大街到了我家裏。看到冥店新世界的店門燈光我還又站下朝着大街的那頭狂呼兩嗓子。

——外村人來搶鎮子啦。

——外村人來搶鎮子啦。

第二聲嘶喚落下我便不用再喚了。不能再喚了。——他奶奶，叫啥啊叫。有個聲音從我家店裏衝出來。隨後是誰一腳踢在我的屁股上。差點把我踢飛在了半空裏。接着我就在疼痛趔趄中被拽着拖回我家裏。回到家我又看見和孫大明在我家一模一樣的那道景光了。幾個人。幾個裝了半兜半袋的麻包和包袱。人都沮喪惱惱站在屋中央。我爹我娘軟軟跪在屋中央。身後站了兩個結實壯壯的年輕人。花圈花和紙紮碎片在屋裏鋪了一地一世界。爹娘跪在那花裏紙裏如跪在死

人的冥堂樣。站着的如安葬死人儀式上的指揮司儀樣。沒表情。沒傷喜。臉是醒的眼是睜着的。只是那臉掛橫肉肩上有痣的一個小伙因為沮喪臉色漆黑着。是他漆黑烏黑從屋裏吼着出去的。是他一腳往死裏踢在我的屁股上。是他一把拖拽將我拉進屋裏的。把我朝爹娘面前推一把——這是你家娃子吧。爹娘怔一下，點頭說了對孫大明說的一模一樣的話——他還小千萬別動他。他還小千萬別動他。爹娘還想求着說啥兒，可他們的身子聲音被他們身後的小伙拽住摁住了。

——你家值錢的東西都在哪。

又是這話兒。

——你爹娘平常最愛把錢藏在哪。

又是這話兒。

肩上有痣的和孫大明一樣用左胳膊勒着我脖子，右手放在我肩上——說吧，說完你就沒事了。說完我們拿些就走了。和大明不一樣的是他們在我家都沒戴那遮臉抓帽兒。讓我說時沒像大明那樣勒得我壓根說不出話。也沒像大明表弟幾個還把我爹我娘捆在椅子上。他們都是外村人。不怕鎮上誰能認出他們來。他們讓我說時還像兄弟樣在我的肩膀上拍了拍，顯出溫溫暖暖的警告味。

就說了。

只好說了呢。

我說得讓他們歡喜可讓爹娘驚着了。

——我舅家有東西。

——我舅家有錢有首飾，已經有人先着你們去搶了。

——舅家的那個山水小區家家是富人。家家都有錢。
那兒離鎮上這麼近，你們不去那兒來這鎮上不是白來嘛。

他們愕然了。愕愕然然看着我。像我把夢遊的人從夢
裏叫了出來樣。我爹我娘看着我，像我在夢遊説的全是夢
話樣。屋裏的空氣驚着了。人人的表情全都驚着驚出喜悦
驚得僵着了。——他媽的你説哪兒呀。——山水小區嘛。
你們不去那兒偷搶來這兒不是白來嘛。我舅家住在那個小
區裏。三排六號就是我舅家。去我舅家隨便拿一樣都比我
家的東西值錢呢。我舅家的電視機和桌子一樣大。桌子椅
子都是紅木呢。紅木你們知道有多麼值錢吧。

沒有聲音了。

星毫粒粒的聲音都沒了。

屋裏的靜連冥花的呼吸都能聽得到。爹的臉色和花圈
上的白紙樣。娘的臉色和花圈上的白紙樣。爹娘的眼盯着
我像我不是他們的兒子是個逆子逆孫樣。肩上有痣的朝另
外幾個的臉上掃一下。另外幾個就全把目光擱在他的臉上
等着他説啥兒了。

——就是呀，咋就沒想到。

有痣的嘟囔了這一句，把雙手從我脖裏從我肩上鬆開
來。還輕輕把我朝前推一下。用推告訴我説沒事了。結束

了。他們要走了。然後擺了一下頭。其他人就從地上提了袋兒朝着門外走。事情就完了。果真就完了。一場掠搶嘩地落幕了。可這時，有肩痣的忽然又想起了啥兒事。淡下腳。回了頭。目光落在我身上。

——你舅叫啥兒。

——邵大成。

他臉上的表情怔一下，頓一下，朝我爹娘面前站了站——這麼説你就是邵大成的妹夫李天保。你就是邵大成的那個瘸子妹妹了。

我爹點了一下頭。

我娘點了一下頭。

事情就這樣。事情忽然不再一樣不再沿着剛才的路道朝前了。事情突然調頭又重新開始了。他把提着要走的麻袋朝地上甩一下。猛的一腳上去踢在了我爹的胸脯上。——奶奶的，老子終於遇到你了。又上前朝爹的腿上踩兩腳。——原來就是你害了我父親害了我們家。這幾年讓我們家年年倒霉沒有過過好日子。吼着踩着把耳光摑在我爹臉上去。不等我和爹明白過來又把耳光摑在我娘臉上去。——你哥就是一頭豬。就是一條狗。他壓根就是個畜生壓根不是人。你是他妹妹你就活該替他挨這幾耳光。

他打着瘋着和風一模樣。

罵着説着和瘋了一模樣。

我驚着默着想要過去求他別打時，另外幾個好像明白了啥兒一下抱住了我。一下讓我對爹娘的孝順找到驚怕找到不敢動彈的緣由了。我就那麼驚着怕着木呆着。任由那小伙把我按在地上不掙不動着。事情快得如汽車從人的頭上開將過去樣。轉眼人就腦漿崩裂了。死了活了活了又死了。沒有聽到一聲驚叫人就死了真相大白了。有肩痣橫長臉的繼續朝我娘的臉上摑耳光。朝我爹的肚上胸上踢了右腳踢左腳。我爹坐在地上像一包糠樣被他踢着打着屁股朝後滑挪着。地上的花圈紙被爹的身子朝後推着全都擠到牆下邊。直到他的後背抵着牆根使人家踢着打着更捷便。使爹更像一包衣服一包糠草樣。

　　——日你祖奶奶，三年前我爹死了土葬埋了一定是你去告密你敢承認嘛。

　　幾個耳光落在爹的臉上如瓦片從空中落下甩在地面上。

　　——日你祖奶奶，三年前你一告密你妻哥那狗日的派人到我們山裏把死人扒出來說移風移俗改革開放就在村頭把我爹的屍體又點了天燈就地火化你知道不知道。

　　又連續幾腳踹到我爹的頭上胸上使他的呼吸咳嗽卡在喉裏臉像一朵花圈上掛了紅葉的白花兒。

　　——把我爹就地火化點了天燈把我當做反革命反革改的典型在村裏示眾遊行還登在縣裏的報上你看見沒看見。

——看見了你良心也能過去你他媽的還是人不是人。

——我媳婦看了那報紙聽了縣廣播從此和我吹了你們李家邵家掙了那些死錢惡錢讓別人一輩子倒霉你們就心裏好受嗎。

——我爹被點了天燈三天後我娘氣死了。三個月後我媳婦不再嫁我了。半年後我的妹妹因為爹娘死了也有了精神病跳崖自殺了。從此後我們馬家家破人亡好端端一戶人家就這麼散了垮了敗了你們邵李兩家可連知道都還不知道。這幾年我馬掛子越長越大越變越壞不是喝酒就是賭博偷東西。我從好人變成壞人都是因為媽的你。半年前從獄裏出來我決心要做個好人了，可今夜老天爺在夢裏對我說馬掛子你該時來運轉了領幾個人去鎮上搶些東西吧。從夢裏醒來我還說我不偷了搶了要做好人了。可老天爺總在我心裏對我說你去吧去吧你快些起床就去吧。老天爺讓來我不能不來呢。我也就只好領人來到鎮上來到你們店。還以為進到你們冥店是樁倒霉的事。沒想到這是老天讓我來向你們邵家李家討賬哪。是要你李天保一筆一筆還賬的。是讓你這瘸子妹妹替你哥哥還賬的。家破人亡我已認命了。除了夢裏我從來沒有想過要找你們要讓你們還給我。可這夢遊夜又讓我想起這些了。遇到這些了。

又把耳光打在我娘的臉上去。把腳踢到我爹的臉上胸脯上。把腳跺在我爹的腿上腳上腳脖上。跺一下，說幾

句。説幾句，摑上幾耳光。邊打邊説着。邊説邊踩着。把屋裏的竹條拿在手裏朝我爹的頭上身上抽。朝我娘的臉上身上抽。等他打累了，抽累了，罵着説夠了，把店裏弄得狼藉弄成法場到處都是紙花紙片和柴草竹條時，他忽然發現在他的暴打暴罵裏，爹娘沒有動一下。沒有説上一句話。只有在竹條和大腳朝爹娘頭上臉上落下時，爹娘才本能地用胳膊擋一下。可擋着擋着間，爹又不擋了。索性讓自己癱着坐着任他打着了。好像那被打的不是爹。好像那落在頭上臉上的拳腳耳光不疼不癢樣。

血從頭上流下來。

血從鼻裏嘴角流下來。

任血流在身上布衫上又嘩嘩落在爹的大腿上。所有人都被我爹我娘的一動不動驚着了。都被爹娘的不喚不叫任由他們驚着了。我跪在地上以為爹死了驚着呆着叫了一聲爹。又喚了一聲娘。看見爹娘的眼睛都轉着動着朝我看了看。好像用眼睛對我説了啥兒話。我也就那麼跪在那兒和爹娘一樣一句話兒不説不動了。屋裏熱得很。馬掛子的衣服全被汗濕了。屋裏冷的很。每個人的臉上都是霜白色。

——他媽的。馬掛子最後搽了一把汗，又用力在我爹的腿上踩一下。我看見爹的腿像抽筋一樣縮了縮，又伸在那兒等着人家再踩了。果然又挨了一腳踩。又抽筋一樣縮一下。又把腿伸伸朝前等着了。

——倒是真經打。求我一句老子放了你。

——只要説句求求我，今夜的事情就算過去就算兩清了。

這麼跺一腳，説一句。説一句，跺一腳——難道你連不是我告密真的不是我告密的話也不説不爭嗎。媽的，不爭就活該。不爭了那就一定是你告的密。耳光和跺腳。跺腳和耳光。説着打着最後馬掛子希望我爹説句求他或者辯解的，倒像他在求着爹一樣。這時娘就從爹的邊上跪着爬過來，求着抱了馬掛子的腿。可在娘抬頭要求人家時，爹探着身子把娘朝後拉了拉。

我爹説話了。

我爹終於説話了。

——謝謝你這麼來打我。你爹被點天燈不是我去告的密。可十幾年前我做過那事情。你今夜這樣一打我，就讓我們還了那些了。再也不欠誰虧誰了。

我爹説着臉上掛了笑。慘黃色的笑。微笑着，聲音蠅飛一模樣。嗡嗡的。説着時，還又抬頭看看馬掛子。嘴角的笑就漫在臉上像白花紅葉貼在那臉上。可他的感激激着人家了，馬掛子又上前劈哩啪啦幾耳光。——好受是吧，那就讓你更好受。把爹的笑重又打回去。打成血紅色。又回頭盯着那些愣在那兒的同夥們。——你們不打呀。難道這幾年你們家裏老人親戚死了土葬沒有被告密沒有被火葬

是不是。又朝我爹我娘身上用最大力氣各踢一腳後，宣告事情結束了。

真的尾聲了。

最後馬掛子領人欲走時，他撿起地上的一朵大的白色紙花放在娘頭上。撿起半個花圈掛在爹的脖子上。也就走了呢。果真走了呢。屋子裏只還有爹娘和我和那一片的凌亂及狼藉。我們一家相互看了看。燈光昏黃和地上的紙色花色一模樣。娘歎了一口氣，拿下頭上的死人白花放地上。試着身子擦了一下臉。不知從哪摸出一塊毛巾似的布。將布朝爹遞過去。爹的布衫扣子全都開着了。布衫上胸口上全是鼻血全是污黑色的紅。他扭頭去接那灰布時，把頭扭得謹慎小心着。生怕一扭脖子斷了樣。見脖子會扭身子會動時，爹又拿手去摸臉。像拿手摸摸看看臉還在不在。好在臉還在着呢。他的左臉腫得和新蒸的黃麵饅饃般。似乎擔心他臉上的肉會突然掉下來，爹慢慢把左手扶在左臉上。接着又從娘遞的布上撕下一條兒。塞進流血的鼻子顯出很滑稽的樣。——現在我們李家不欠誰家啥兒了。謝謝這個馬掛子，是他讓我們家把欠的東西都還了。爹低聲自語着，卸了脖子上的死人花圈後，試着扶了地面站起來。身上的關節響出一串嘎嘎聲，像他身上的骨頭原來都錯了位置現在都又很好很好地復了位置樣。

爹竟沒事兒。

我以為爹會筋斷骨折可竟沒事兒。沒想到爹小小個兒是那麼經打呢。我去把娘扶起來。看見娘站起時差點倒下去。可她一用力也還沒有倒下去。這樣爹就放心了。他踢着地上的紙花和紙紮，還有散落一地的冥錢和元寶，扶了椅子扶了牆，朝門口哪兒走了走。——天快亮了吧。天一亮啥都該好了。嘟囔着，又朝門口那兒挪移着。那嘟囔的聲音就成歎氣了——把屋子收拾收拾吧。老天爺，連冥店都搶不知別家都被搶成啥樣了。

說着扶牆朝店外走過去，像要看看別家被搶被偷成了啥樣兒。

爹就站在店外朝着大街望。天將亮時的涼氣從街上撲進來，像涼水灌進了屋裏樣。娘沒有收拾屋子裏的凌亂和垃圾。她扶着她的瘸腿去灶房洗了臉。洗她臉上的血。包她胳膊上的血口子。——你舅家該要倒霉了。你舅家這一夜該要倒霉了。她邊走邊說喃喃的，可不等她走過樓梯走進灶房裏，爹就從門外折身回來了。爹折身回來比出去步子快許多。看是扶着門框和牆回來的，也好像是跳着箭着回來的。我知道爹是看見外村人借着夢遊開着汽車拿了鐵鍬鋤頭武器雲在鎮子外邊的事。他的臉色猛地就白了。灰白慘慘白成冥紙色。汗一下掛在他的臉上像有場血雨蕩在他的臉上樣。

——鎮要遭災了。

——鎮上要有大災了。

——這鎮子真的在劫難逃了。

爹快捷地說着好像他身上沒有挨過打。一步從門口跨到屋裏跨到樓梯下的娘邊上。——快點走。快點離開這鎮子。別鎖店門兒。屋裏越亂越好哩。念念你把那幾個破花圈都扔到擺到店門口。讓店門大開着，千萬不要鎖。讓這冥店和被人偷過搶過幾遍樣。

2 *5:30 ～ 5:50*

我照爹説的喊的去做了。

把店裏四散的花圈抱出來放在門口上。把被踩壞的童男童女提出來擺在門兩邊。還把從爹娘身上流在紙驟紙馬上有血的冥品展在屋裏顯眼處。讓店門大開着。和爹娘一併逃走了。不知爹從哪兒弄來了一輛機動三輪車。是能電動又能腳蹬的三輪車。——在這兒——在這兒。爹在黑影裏邊喚叫着。我就朝那黑影跑過去。跳上三輪車，爹就蹬着背對公路朝着鎮的街裏逃去了。

身後公路那，有了很響很亂的腳步聲。很響很亂的説話聲。聲音如洪水正朝鎮上湧過來。鎮子被聲音困着了。被湧動的嗡嗡轟轟從地上托將起來了。我們一家蹬着那個三輪由街東向着街西逃。從鎮口淺處朝着鎮的深處逃。那破的三輪車，發出渾身要散架的吱唔聲。鏈條乾裂隨時都會斷一樣。翹起鐵皮的車廂裏，有麻袋，有錘子。還有一個一點不怕顛碰的電池收音機。我們那兒的人，騎三輪的中年老年人，有事沒事都愛在三輪車上掛個收音機。收音機在慌張顛碰中響起來。待你想去聽時它又寂下去。不知

這是誰家騎來正在偷搶準備運貨的三輪車。可現在它運着載着我們一家了。

農具店的門是關着的。

農具店那邊的食雜糧油門市也是關着的。

斜對面理髮店的門是開着的。

專賣門窗玻璃的商店門是半開半關的。

鎮子沉在半睡半醒間。有人從夢遊中醒來又睡了。有人一夜都睡在死裏沒有夢遊也沒有下床小解大解去。可現在，也還有人不知是在夢遊還是在醒着，從街上晃過去，一點不知這一夜這世界這鎮上到底發生了啥兒事。正在發生啥兒事。

——外村人起事來搶鎮子啦。

——外村人起事來搶鎮子啦。

在十字街口喚幾聲，爹把三輪車的車把扭一下，轉向朝北蹬過去。爹就那麼撕着他的嗓子叫。爹也讓我們撕着嗓子叫。我們就站在三輪車上把手喇叭在嘴上——都快起床吧，外村人拿着鋤頭鐵鍬來砸來搶啦。

——都快起床吧，外村人來搶已經到了鎮口啦。

爹的喚像沙石竹裂一樣糙和急。娘的喚像撕的綢布一樣飄飄逸逸很秀很細長的音。我的喚，像還未長成的枝條在空中抽着樣，嫩的短的卻是飛得最遠的。有人從家裏突然開門出來站在街邊上。看看重又慌慌回去閂上門。傳

來了從門後用木棒頂門的咣咚聲。爹又快速騎着三輪朝前飛奔着。我們家的喚聲重又輪流交替迴響着。好像這一夜鎮子上都沒斷過爹的喚聲娘的叫聲樣。好像爹娘活着本就是為了這一夜不停的喚叫不停地在鎮上喚着來去樣。這般着，藏了不安的鎮子街巷在這喚裏重又醒着重又死過去。

十字街。北鎮口。南街胡同和西街胡同裏。鎮上的街街巷巷角角落落間，都有我們家的嘶叫和喚聲。我們跑到哪，喚聲就風樣林樣在哪刮着劈啪着。可最後，到村長家的門前時，爹本來還想喚着砸那門，可事情終是來不及了我一家不得不跑了。村長家的胡同口，忽然有了一片的燈光和腳步聲。黑夜裏聽不見人的喚叫和說話聲。只見那燈光在空中閃灼亮亮着。腳步聲從地的下邊傳過來，和地震一樣蕩在地面上。和淹過房屋的洪水終於捲來淹了房屋淹了世界樣。

外村人雲集雲集人數夠了時辰到了他們湧向鎮子了。

如庫水雲集雲集大壩終要決堤了。

軍隊雲集雲集終要殺戰了。

我朝那燈光聲音看看怔一怔。娘看着那燈光尖叫了一聲——他們來啦快跑啊——他爹他爹快跑啊。爹要踢門的腳在空中僵着了。僵了一瞬就從村長家門前急快折回身子來。大街上已經有了很多的跑動和腳步聲。好像到處都是朝鎮外逃難的人群和提着扛着的大包袱。都是提的馬

燈和打開照亮的手電筒。竟然鎮上的路燈也亮了。主街上的光色和黃昏前的光色樣。萬事萬物大束小西都能看得清楚呢。在燈光下我爹跑來看見機動車把下掛的鑰匙了。那鑰匙上還拴有一個又黑又髒的小絨猴。好像爹沒有多想就把那鑰匙猛地旋了半圈兒。好像那機動車沒有多想就將車把下的馬達發動起來了。事情原來是這樣。萬物原來是這樣。跳上機動車，我爹就和那鎮上常騎電動三輪的人一樣。手在門閥上動一下，三輪就電動起來了。突突突的聲音快捷親熱地響響徹徹着——他媽的。他媽的。不知是興奮，還是懊惱和氣恨。爹連着罵了幾聲兒，隨後車把搖幾下。車廂搖擺幾下兒。電動車就在街上平穩跳跳跑着了。比人走人跑快許多。比馬車騾車快許多。街上是一片凌亂和踩踏。那一年，老人説日本軍隊來到鎮上景況也這樣。鎮上人逃難躲避日軍就是這樣提着扛着叫着四外跑。這一夜，天近亮時也是那樣兒。人都提着扛着叫着四處跑。有人抱了睡着的娃兒跑。有人背了八十歲的老母跑。有人從容來得及，就套了拉了板車跑。板車上裝了衣服柴米糧食還有老人和娃兒。可那拉車逃跑的，眼卻是半閉半睜着。好像睡了又好像醒着的。車上的老人和娃兒，打着瞌睡晃着身子嘴裏都不停地喃喃着。

　　——不會是在夢遊吧。

　　——不會都是夢遊吧。

懷疑夢遊的人，一半是醒着，一半是在瞌睡着。可他睡着醒着疑懷着，腳步都沒有在街上停下來。生怕腳步比別人慢下來。到處是聲音。到處是響動。世界被這夜聲夜息魘着了。人都在夢魘裏邊忙着亂着慌張着。先是一戶十幾戶。後是幾十上百戶。一個鎮子似乎都在夢魘裏邊動起來。都在醒着夢着惘昏着。我們一家現在都醒着。看見了這一夜的來龍去脈就如掌握了這一夜的方向路道樣。我們醒着腦裏清楚這腦就是一個鎮的頭腦了。就是一個鎮的魂靈一個世界的馬燈了。爹騎着電動車，在人群拐來拐去地喚——都別跑——都別跑——快把那睡着的叫醒守在家裏呀。

——不守在家裏不是讓人家大大方方去家搬搶嗎。

人就又忽然立下來。忽然豎在了街上路邊上。忽然明白走掉把家留給人家等於是請人家來偷來搶呢。來肆意搬家呢。門上有鎖是告訴人家來吧我家沒人呢。也就又有人掉頭急急回家了。都急急回家了。你回我回又回了很多人。爹就到哪喚叫到哪兒。讓人趕快回家守着家門守住夜。是要守夜守門不是要逃走。然在這時候，從東南湧進來的外村人，不知是聽到了我們的喊，還是從鎮外衝來碰到我們一家了。他們幾十上百人，都舉着棍子刀棒朝着我們跑過來。追過來。殺打過來了。彼此相距十幾步的遠，

舉起的扁擔鋤頭鍁頭和木棒，如隨風起舞的一片亂林般。事情旋即不是原來那個樣子了。

不是一個人醒着他就是萬人夢着的腦眼了。

不是一個人的醒喚就能把亂林麻地的折斷扶直接活了的事。我爹朝南扭過身子去，一臉都是惘然驚怕豎在街面上。我娘朝南扭過身子去，愕然秋黃結在臉上了。我朝南邊扭過去，看見燈光裏的腳步和炸在地上的鞭炮樣。豎起來的亂棒武器和電閃樣。——打死他——打死他——的叫聲飛沙走石在夜裏街上橫飛着。一片的目光都是黑的亮的沒有瞌睡的。像所有的人都是醒着壓根兒沒有夢遊樣。前邊有着幾人在飛跑。後邊一大群壓根沒有夢遊的醒人在追趕。不知道前邊的是鎮上人還是外村人。不知道後邊的是外村人還是鎮上人。就在這個似夢似醒的陣亂裏，前邊跑的忽然絆了啥兒倒下去。沒有等他從地上爬起來，後邊追的就有一張鐵鍁砍在他的腿上了。又有一張鋤頭落在了他的頭上還是脖上了。——娘呀——的一聲尖叫後，像乳燕從半空窩裏甩在地上樣。細瘦的。刺耳的。針一樣的利喚飛起一半就斷了。就又有一片的亂棒鋤頭落下了。很快的，那倒下的人就了無聲息如了一堆泥一樣。聽到了一片棍棒鋤鍁落在軟泥肉身上的噗哧聲。在前跑的有人折回身子喚——打死人啦——打死人啦——可不等他的喚聲讓人

群聽進去，就又有鋤頭棍棒朝他飛過去。他也就又急忙轉身重又沿着大街飛跑着。

朝着我們這邊飛奔着。

跑的追的腳步和雷和鞭炮一模樣。踏過那死人的身子腳下隱約還有踩過泥漿的撲哧嘩啦聲。

我娘驚着了——他爹——快跑呀。

我也驚着了——快上車——爹呀你快上車呀——

爹也驚着了。推着車把就往路邊躲。見着胡同就往胡同裏邊鑽。好像爹是抓住車把人就跳上三輪座上的。好像是跑了幾步待車速快了跳上的。幸好我們車就停在大街上的一個胡同口。幸好那個胡同裏有些安靜有些暗黑像是一口看不到底的井。我們慌慌亂亂急急切切朝着胡同裏邊地跑。後邊的人在街上茫然慌慌地跑着追着朝着這條胡同拐進來。

——跑到這兒啦。跑到這兒啦。

爹把電動的車燈關上了。我們一家猛地掉進黑裏如沉在水裏樣。那要窮追我們的，看不見我們就像看不見了夢裏的事情樣。

他們收腳立住了。

我們聽着後邊的聲音如聽着隔岸那邊的水聲了。不知道爹是怎樣在黑裏看見路道的。不知道爹是怎樣從一條胡同拐進另外一條胡同的。原來不光是我們身後有着追殺

聲。前面也有那跑的攆的追殺聲。東邊有着追殺聲。西邊也有追殺聲。一個鎮子似乎都從夜裏醒了過來了。一個世界都在天近亮時醒了過來了。追殺聲雷雨一樣落在鎮子上。雷雨一樣砸着落在鎮上天底下。追的腳步和雷雨一模樣。跑的腳步和雷雨一模樣。一個世界都陷在跑的追的雷雨中間了。一個世界都在嘶喚殺打中間了。似乎人都醒着呢。似乎人都夢着呢。天下人人鎮上人人都還沉在夢遊裏。這邊是跑的和追的。那邊也是跑的和追的。一會兒被追的只有幾人十幾人。一會兒又成了幾十上百人。人多了他們膽壯了。忽然立下把手裏的棍棒橫在胸前來。不知從哪弄來的石頭磚塊雨滴一樣朝着追的朝着燈光擲過砸過去。

追的就又成了被追的。

逃的就又成了追着的。

靜了片刻腳步又在鎮上雷雨起來了。響起來。跑起來。炸起來。棍棒在那半空的光裏舞着飛動着。砸下舉起橫豎着。可是爹，騎着三輪不知咋兒就從鎮南到了鎮中了。從鎮中到了鎮北了。又從鎮北的一條胡同到了鎮邊上。氣喘噓噓把我們從鎮北拉到鎮外了。像把我們從醒裏拉進了夢裏樣。從夢裏拉了清水似的醒裏樣。

3 *5:50 ~ 6:00*

　　我們在鎮外西邊的山底裏，看見天是水藍色。十幾粒星星綴在那藍裏。有霧蒙在那藍裏。鎮子在那山腳下。在我們的眼下手腳下。夜已深到可以覺到對岸天亮那邊了。天該亮了呢。怎麼着這一夜鬧騰殺打它也該亮了。風是涼的清澈的，沿着山面吹着如前邊的河渠奔流着。很快汗就落下去。很快一身的慌張心跳安然了。

　　我知道我們逃出鎮子逃出殺打了。

　　為了看清鎮子看清鎮裏發生的事，我從車上下來和爹一道推着車子從山底把車推到山腰上。在一處拐彎的路角裏，把車停在一塊緩處一緩平坦處。我們看見鎮上大街小巷裏的燈光了。看見鎮邊上學校教室裏的一片燈光了。那燈光起伏像晴天水庫裏奔湧着的水。我們聽見那殺打追趕湧動的腳步喚聲了。髒雜的聲音像水在風裏雨裏浪着樣。浪和浪的撞碰不知是哪個破了哪個重又生成捲動着。爹他茫然着。娘她茫然着。我們一家相互看看又都茫然地把目光落在夜的鎮上如落在風裏的一湖水上樣。看不見鎮子東邊的村落房屋和樹木。看不清鎮上的房屋街道和樹木。說到底天還沒亮世界

還沉在夜裏呢。遠處的寂靜濃烈可怕像半空飛滿了黑的看不見的針。我身上有了雞皮疙瘩了。胳膊上長了一層肉粒兒。摸上去又涼又硬像摸一條石棒兒。近處身邊的草地間，有着吱吱的聲音在響動。路邊的荊棘和野棗棵，葉子在夜裏呈着暗綠色。有吱吱的聲音在那葉上爬動着。野果子擎在枝頭像孩娃莫名的舉着手指頭。有蛐蛐在這夜裏叫。在路邊野荒不停歇地叫。有蟈蟈在路邊的哪棵野棗樹上叫。在溝邊崖頭的野棗棵上不停歇地叫。世界在夜裏變得死靜像沒了世界只有虛的氣流虛的暗黑樣。像沒有世界只有一世界死的墳地荒野樣。因為靜，有了世上原本沒有的各種聲音和動靜。那聲音動靜又在碼碼碼地加着夜的死靜和恐怕。恐懼怕怕漫在夜裏像月刀星刀飛在旋在夜裏着。

我和娘站在三輪車邊旁。爹站在我們前邊站在離世界更近的地方如就站在世界裏。——咋會這樣呢。咋會這樣呢。娘像自語又像在問爹，小時候聽過夢遊遇過夢遊可哪有醒不來的夢遊呢。

——別說話。別說話。叫你別說話你咋還要說話呢。

娘就不再說話了。一屁股坐在地上像她累了樣。

爹在盯着鎮子好像在逮着啥兒聲音聽一樣。像他要用耳朵逮住哪種聲音辨別啥兒樣。一手扶着車的鐵欄筋。一手扶着還腫的左臉耳朵立在寂裏邊。可也終是沒有聽到逮到啥兒聲音辨出啥兒聲音事情來。

如有些洩氣無奈般，爹回頭看看我們看看鎮子邊的野山坡。

　　——幾點了。

　　——不知道。

　　——這老天和死了一模樣。天再不亮天就真的死了呢。

　　他和娘問着說着自語着。我想到了那車上一塊磚似的收音機。收音機裏是有時間呢。我在車上翻找一下把兩個空的麻袋扔出去。將那聲音機拿在手裏了。調台調出了一片吱啦聲，像鐵鍁拉在公路上。吱啦聲使人的牙根發了癢。拍了拍。轉轉向。終於還是在一個波段有了嘀嘀嘀的音。嘀——嘀——聽到了兩聲笛音後，吱啦聲扯出一個年輕的男人在播音——現在是七月一日凌晨六點整。聲音純正得和好聲音的種子樣。

　　——六點了。

　　——天快亮了呢。

　　爹和娘同時說着好像感激時間樣。感激六點的到來像感激人都從夢中將要醒轉過來樣。夏天間，六點多日頭就該從東山出來了。天大晴時六點它就出來了。日頭一出天就亮了人就該從夢中醒來了。然在這時候，我手裏的收音機，因為動了身子它的方向轉着了。從噪音裏傳出了

很清晰的一段男播音員的廣播聲。一大段的天氣消息廣播聲——

聽眾們。廣大的聽眾朋友們——

凡現在是開着收音機聽我 127.1 兆赫天氣預報節目的聽眾朋友們，請你們注意千萬注意了。千萬注意了。從昨晚 9 時 30 分左右，我市部分地區因天氣燥熱和季節性過度疲勞出現了百年不遇的集體夢遊事件後，政府機構已派出大量人員到各縣和鄉鎮山區實行並推廣了叫醒自救措施，制止防範了大量因夢遊所導致的惡性事件的發生。但現在需要注意並要千萬謹慎的問題是，今日凌晨 6 時後乃至全天間，因地勢、氣流和來至大西北地區的輕寒流所致，今天一整天我市地區將處於無日無雨無風的長陰雲燥熱天氣。所謂長陰雲燥熱天氣，就是天空密佈濃雲但又無雨可下，無風可吹，形成長時間的熾熱陰暗，使白天如同黃昏，黃昏如同黑夜。部分特殊山區，還將出現類似日蝕的晝暗現象。使得白天也如黑夜一模樣。通俗地說，就是今天部分地區將有如同日蝕般的晝暗存在，從而導致人的長時間睡眠和夢遊症的延續和擴展，使那些因一夜夢遊而疲勞的人，不自覺地沉入睡眠後，又因沉入睡眠而延續夢遊症的繼續和擴展。

播音員的聲音不急不躁，如朗誦文章般。音韻純正如聲音的種子一模樣。可我爹聽着這段廣播怔住了。娘聽了廣播怔住了。我怔住把收音機舉在手裏僵在半空間，生怕收音機動了那廣播的聲音斷下來。這當兒，不知爹他想到了哪，把我手裏的收音機一下奪走了。固定着收音機的方向爹朝山坡高處抓着野荊枝條爬上去。收音機裏的聲音隨着他的腳步越來越響越來越清晰。他腳下蹬落的山坡沙石朝下滾着越來越響越來越清晰。

因為爬高他把那些噪音蹬落了。

播音員重複地播着那一段如在反覆放着那一段的錄音般。爹就站在比我們高出許多的一蓬荊棵旁。收音機擎在他的頭頂上。播音員的字字句句從高處落下都像黑的雨滴黑的冰粒掉下來。砸下來。

播了整三遍。砸了整三遍。我們一家僵着耳朵聽了整三遍。

世界沒有了，只還有天氣預報的播音了。

世界沒有了，只還有那黑冰粒的聲音落着砸着了。

關了收音機。爹像一條黑柱豎在來日晨時的黑暗裏。

——日頭死了鎮子完了日頭死了鎮子完了呢。鎮子真的完了呢。爹他反覆都嚷着這兩句。直到從高處回來還在自語嘟嚷着那兩句。可當真一步一步回到我們身邊時，爹他不再那樣嘟嚷了。爹默着，像日頭真的死去了。世界在他面前

丟到哪兒了。死到哪兒了。默着站在那兒朝着鎮子探望着。耳朵抵聽着。這當兒，山下不遠處又有人影了。又有人從鎮上逃着殺打出來了。三幾個。七八個。他們逃出來在亮的地方站一站。很快消失在夜裏黑影裏。不消說，是和我們一樣累了坐下歇着了。也就這當兒，鎮子上空的燈光重又那樣閃動着。明滅着。像日光下的湖光一模樣。晨間六時裏的靜，把一切切的聲音全都放大了。似乎連螞蟻草蟲的呼吸也能聽到呢。從鎮上傳來隱約隱約的吵嚷聲，如地下深處河的流動聲。沿着地面一寸一寸滾來的腳步聲，像地震來前的徵兆聲。鎮子還活着。鎮子還在呼吸呢。鎮子還在殺打呢。鎮子醒着正和夢遊者的夢境殺殺打打呢。這時節，六點鐘，往時對面的東山該有魚肚白色了。該有從哪條溝縫擠噴出來的日光射紅了。再過一小會，那擠噴的射紅也會成為一灘漿紅色的水。流着灘着鋪在東天下。然後東方發白了。東方亮紅了。東方紫紅了。東方金黃金紅了。山上的樹木石頭草芥一概兒全都染成降紅色。睡了一夜鳥雀的叫，會帶着晨紅從枝頭天空掠過去。新的一天會就這麼這麼如期如期到來呢。可是這一天，六時的晨紅不會如期而至了。東邊山上黑得如深淵巨壑一模樣。晝暗的黑色接着昨兒的黑夜漫下去，和昨夜壓根沒有結束樣。不會結束樣。壓根沒有來日白天樣。過去的昨兒夜間原是沒有休止的，宛若夜時是永遠也扯不盡的一個黑的線團兒。

爹回來立在車旁的頂角上。看着鎮子像看着一湖沒有底的水。娘從地上起來拉着車斗的筋杆立在爹身旁，像在水裏抓住船頭立在船邊樣。

——咋辦呀咋辦呀這可咋辦呀。

——回去吧。誰讓我們是醒的。是老天要讓我們醒着去叫那些睡着的。

爹他答了娘的話，把收音機塞進我手裏，就去扶那車把調頭了。

——真回呀。

——得回呀。家在鎮上我們不管鎮子不能不管自己家裏吧。不能不要自己家裏呀。

最後爹就領着帶着我和娘，在延宕出來的晝暗夜裏朝坡下鎮上家裏一步一步回着了。

【卷十】

無更：還有一隻鳥活着

1 *6:00 ~ 6:00*

　　我們沒有沿着原路回鎮上。鎮北窮，那兒搶劫少。窮戶人家窮戶街道這一夜倒有幾分安全啦。我們從鎮外的河邊朝北走，想從鎮北試着走進鎮裏去。路上見了人，他們倒在山下水渠大堤的邊上睡着覺。有兩盞馬燈掛在大堤下的一棵小樹上。有人在邊上輪流醒着坐着值着班。好像是有人輪流不睡預防人再夢遊樣。我們從那路上過去時，有一個聲音從那一片睡裏傳過來。

　　——天快亮了吧。

　　——再堅持堅持就亮了。

　　——好像白天死了不會再亮了。我們逃出來沒帶錶也沒帶收音機，不知道現在有幾點。

　　爹沒有告訴人家説現在應是往日天將亮時的六點多。沒有説這一日日頭死了時間死了白天跟着也死了。——睡覺吧，只要有人醒着防範別人都睡吧。睡一覺天就亮了呢。天一亮天大的事情也都能結束了。這麼説着爹就走了過去了。

　　終於來到鎮北了。

終於要進鎮子了。

鎮上模糊的房子如山上漆黑模糊的一堆堆的土。模糊的樹木如河邊一棵一株模糊的草。腳步聲吵鬧聲匯成夜的夢亂聲，時有時無地從鎮中傳到鎮北重又寂下去。寂下去如真的世界死了沒人沒物也沒了昆蟲鳥雀的嘰叫聲。只還有在寂裏嘰嘰吱吱不有自有的夜鳴聲。爹把車停在鎮北路口上。朝着鎮裏望了望。彷彿鎮裏沒有殺打了。沒人夢遊了。全都睡了安祥了。世界從此太平鎮子從此太平了。

我們一家就這樣又悄悄回到了鎮子上。手裏有那手電筒，光亮昏暗可能看清腳下的坑凹和石頭。能看清路兩邊的樹木和房子。能看清藏在那黑裏的許多人和事。就看到了一對不到三十歲的年輕媳婦站在路邊上。身後是新蓋的瓦房和門樓。她們姐妹一樣立在門樓前。門樓的柱上掛了燈。光裏她們慵懶着。一臉睡相眼睛半睜半合着，見有人來了她們笑一笑——你們是誰啊，我男人不在家，你們來享受享受吧。我們一家從她們面前快步過去了。過去還又聽到她們追着喊喚——喂呀你，不趁着今夜享受日頭一出來你可別想再有這樣的好事啦。

到了街深百來米，竟又見到五六個女人一塊圍着馬燈扇着扇子吃着花生核桃坐在一幢新樓下等男人。她們全都洗了頭。全都洗了澡。全都露着半戴奶罩或索性不遮不蓋的大白奶。有的穿了拖鞋有的光着腳。有的拿了沒有用

的扇子有的拿着預備擦汗的毛巾在手裏。然又一律都是穿了長裙短裙又把裙子撩在腰間露出想要露出的那些地方來。一律的年輕一律都是這二年從鄉下嫁到鎮上的新媳婦。一律的臉上無論醜俊都是粉紅燦燦如泥塑的臉上剛剛着了色。眼上的瞌睡都如掛在臉上眼上漂浮不定的雲。他們的男人全都到南方幹活了。平素她們都是圍在這兒說開說笑説些她們間的私房事。可今夜,她們從夢裏下床還到這樓下槐樹下,圍着這個石桌坐下來。納涼兒。扯閒篇。等有男人來。好像鎮南鎮東的殺打她們全都不知樣。好像鎮北不屬正在殺殺打打的皋田樣。且在她們中間站在最前的,竟然是年齡半老的村長媳婦呢。村長媳婦不知咋就到了這。咋就和她們一樣裸着上身垂着茄奶還會給那些年輕媳婦倒水遞扇子。還扯着她的嗓子把話喚得和着火一模樣——喂——你們是誰啊。是男人了過來睡睡吧。和她們睡了她們不要一分錢。可你要願意陪我睡了我可以倒貼你一百二百塊。三百四百塊。

　　——喂,過來吧,我是村長媳婦啊。村長他那那頭郎豬丟下我硬要去找那王二香,那我就只好來這找我自己的男人了。

　　——喂——你是誰呀過來吧。過來以後村裏的事情我都替你辦。大事小事我都替你辦了你還不過來嘛。

　　我們就從她們的喚裏慌慌過去了。

娘在她們面前留下一連聲的罵和一連聲聲的咋會這樣呢咋會這樣呢。可娘的罵聲問聲還未落地上，有兩個壯的男人從左邊胡同出來朝着這兒的女人走來了。他們均都三十幾歲着。均都沒有娶妻成家呢。他倆一個是傻癡。比我還傻癡。平素每天臉上都是傻樂樂的笑。一個是有着癮症的神經病。不犯病時總是低頭沿着路邊走，低人弱人不如人的樣。可他犯病了，人就昂頭了。總是昂頭走在街上走在路中央。他們日常無來住，見面也柳樹不親槐樹着。可在這一夜，他們走到一起了。臉上全都閃着紅亮有着常人好事那種脆生生的光。像吃了蜜一樣。喝了酒一樣。娶妻入了洞房樣。從胡同走出來，邊走邊說着——原來孫家的閨女那麼好，渾身都和水一樣。傻癡走着忽然站下了，盯着癮病的臉有些不能相信呢——真的呀，可他鄰居的媳婦不順呢。我不打她她還不讓我摸呢。

　　癮病也就站下來。

　　——沒弄呀。

　　——弄下了。

　　——美吧和夢一樣吧。

　　——夢是假的這是真的呢。夢一醒人都苦死了。可這真的一輩子想着身子都會抽動呢。

　　癮病就笑了。笑得雲開日出和晨光一模樣。

　　——現在去哪兒。該回家睡了吧。

——趁天還不亮再去找一家兩家女人啊。今兒我聽你的以後都聽你的你再帶我去找個女人吧。癔病就在那兒想着思量着，説這一夜好人都睡在夢裏偷搶殺打呢，把這鎮北的女人留給我們了。一條街都是我倆的花床洞房呢。傻癡説得清楚像他看見了這一夜的真諦樣。説着開始朝前走。拉了一把癔病跟着他。傻子和癔病就朝着我們走過來。他們手裏的電筒亮得和日出一模樣。照着我們站下大聲喊——睡着的還是醒着的，不是偷的搶的掠的吧。

我們停在了他們的燈光裏——鎮中央那兒啥樣你倆知道嗎。

——都犯病了都在夢遊都在殺打鎮政府準備天亮之前把外村人全都幹掉全都趕回鄉下呢。

癔病大聲回着話。可他回話時像是好人連一點病症都沒有。和好人常人一模樣。説着還把手舉在空中揮一下，打量我們一陣兒。——喂，老實回答前邊到底有沒有睡着夢遊的女人站在路邊啊。到底有沒有精赤條條的女人站在門口等着男人啊。爹就愣在那。娘就愣在爹後邊。爹喊着——有個屁女人，有了我會捨得過來嘛。娘喚着——去南街找找吧。南街繁華女人洋氣哪。接着就聽到身後有了一陣一陣的腳步聲，和軍隊馬隊跑了過去樣。聽到有了女人被掠走的尖叫聲。像女人被打了耳光又按在了身下如何如何樣。我爹扭回頭。我娘扭回頭。我們一家慌忙把頭

扭回去，就都看到一隊人馬在我們身後押着那些女人跑走了。留下一片女人的尖叫聲和關門聲。

然後呢，然後就又是死的黑暗死的寂靜和死寂中活生生的腳步了。

2   *6:00 ~ 6:00*

鎮子是果真死在了晨時六點裏。

世界是果真死在晨時六點裏。

鎮子是在原來晨間日升數杆的那個時辰的黑死瓦崩的。開始鎮戰拚殺的。人多得和森林一模樣。和螞蟻一模樣。和戈壁上的沙粒丘嶺上的土粒一模樣。山山海海星星辰辰的。聲聲息息氣氣勢勢的。把一條鎮街淹沒了。把整個鎮子淹沒了。把天下世界淹得魘着了。幾百人。上千人。也許兩千人。多是男的三分之一是女的。好像凡是在夜裏人都睡的又都夢遊的全都參加這場鎮戰了。

沒夢遊的借了夢遊也都參加劫掠鎮戰了。

鎮戰是這一夜的高潮呢。是所有夢遊沒夢遊人的目的地。先前那夢遊去收麥打麥的，去偷啊搶啊淫殺的，剛過去就如前朝哪代的事情了。而這在黎明黑死到來的大鎮戰，才是夢遊真的開始真的目的着。我們一家朝着鎮南朝着人口密集樓屋最多的鎮子東南走，先還想着找到那個銅鑼敲着把人從夢裏叫醒來。想着回家把鍋碗煤氣茶葉咖啡

和中藥雄黃冰晶都重新弄出來，可很快我們就又不想了。一點不想了。有人從我們身邊走過去，如一道黑影閃過去。有人從我們身邊閃出來，如一光刀影閃出來。他們上身全都穿了白褂布衫兒。手裏全都提了刀棒和鐵器。菜刀砍刀刺刀匕刀和鍘刀。鍘刀扛在肩膀上。斧頭錘子鐮刀提在左手右手裏。多年不見的紅纓槍，又都從哪出來被人攥在手裏了。模糊的衣着和打扮。模糊的晨夜讓人看不見人的臉。只見人影和刀影。被壓低的腳步如湧在地下十米二十米的暗流河。有男人怕弄出響動脫了鞋。光腳走着把鞋夾在胳膊裏。有女人追着男人跑。跑着壓着嗓子喚——等等我。等等我。死了我也要和你死在一塊兒。要死一塊死。要活一塊活。所有人的額門上都繫了一根黃綢帶。所有的黃綢帶都疊成二指寬。統一的。一統的。都急急匆匆不言不語只是彼此見了看看額頭上的黃綢帶。結兒打在腦後邊。像腦後開着一朵菊花般。我家老宅對面的張木頭，換了人樣腰裏別了鐵棒手裏那了砍刀從我們身後走過來。邊走邊在額上繫着黃綢帶。把砍刀舉在額頭將多出的綢帶從頭上割下來，扔了就從我們面前過去了。我們追着說木頭木頭你去哪兒你去哪兒呀。張木頭突然立下來，豎在我爹面前又把腰裏別的那根二尺長的打死過磚窯王的鐵棒橫在他面前——把燈滅掉你不想活了用燈照臉啊。

說話硬的很。果然不是原來那個木頭了。怔了怔。滅了燈。我爹又朝木頭近了半步把聲音壓低着——你是醒着還是夢遊呀，鎮上到底出了啥兒事。

——想活了你就找條黃綢綁在額頭上。不想活了你就這麼在這街上鎮上遊蕩吧。看不見張木頭的臉。只見他把鐵棒砍刀換了手。將那砍刀別在腰裏邊。把黑鏽的鐵棒拿在手裏舞着轉動着，直到後邊又有人用布包着手電筒的光亮閃過來。他們二人都說了句我有黃綢就都一塊朝前急去了。腳步捷快如在地上飄着樣。身影捷快如在風中飄着樣。

不知道鎮上到底出了啥兒事。連張木頭都不是原來那個木頭了。寂靜裏三輪的嘰咕吱唔像在炸藥紙上點的火。所有走過我們的人都扭頭盯着我們的額門看。提了馬燈拿了手電筒的都朝我們一家的額上照。照了又都啞然驚着匆匆朝前了。那照的，我們全都認識可他們好像沒有誰能認出我們一家來。張遠天。王大有。王二狗。還有上半夜組織店商都別睡覺要自防自衛的茶葉店的高老闆。人在店裏看着被搬運工把電器搬空了的萬明夫婦和他的兩個壯兒子。我們叫着他們的名字他們全都不理我們全都扭頭盯着我們一家的頭上看。看了都又說上一句不想活了不想活了嗎。直到我們不解地立在路邊上。不解地盯着人群像我們是掉了隊的羊。這時夏叔從我們面前過去了。過去他又忽然立下來。——前半夜你醒着救過我一家，後半夜我醒着

救救你一家。從此咱們兩家扯平誰也不欠誰家了。說着他從哪取出一條毛巾似的黃綢扔給爹和娘——想活了就撕成三條繫在你們額門上。想死了你們就把那黃綢扔掉等着砍頭等着暴屍等着天國成了拉着你們一家斬殺刑場吧。

　　——你們都去哪。

　　——要回明朝了。要太平天國了。

　　——啥兒明朝啥兒太平天國都過去了幾百年啦你們咋樣回到明朝咋樣太平天國啊。

　　——你這樣説話還想活不活。你不活了別連累我們好不好。

　　——你在夢遊吧。看你這樣你一定是在夢遊哪。

　　——你才夢遊哪。你們一家都在夢遊哪。

　　罵着説着夏叔匆匆急走了。和逃着一樣離開我們了。腳步在街上如飛着一模樣。轉眼就躲着我們消沒在了夜裏消沒在了人群裏。我們一家拿着他留下的黃綢呆呆立在那。到處都是壓着嗓子的説話聲。到處都是急腳快步又盡力綿小的腳步聲。空氣裏漫着一股邪力如刮着一股看不見的旋風樣。人都在風裏走着隨風眩暈着。明明都是睡的又都如醒着的。醒着又都如是睡着的。

　　我們把三輪車丟在了路邊上。

　　我們在路邊撕着黃綢也在額門上繫那黃綢。不斷地扭頭去看身邊的人。人都被夢給裹住了。人都要在夢裏鎮

戰流血了。要在夢裏生生死死了。娘給我頭上繫着綢條望着爹的臉。——讓念念回家吧，他才十幾別讓他在這夜裏活受了。爹把黃綢繫好又看看我和娘頭上的綢條兒。——誰回家也得經過十字路口啊。也得從這鎮戰的人群過去啊。我們又繼續朝這夜裏朝着鎮戰的深處走。繫了黃綢我們也是入了鎮戰的人。是了鎮上人。是了夢遊一樣的人。沒有人再疑疑懷懷盯看我們了。大家只看我們頭上繫的黃綢巾。看了放心了也就只管踩着白天的黑夜朝前急急走。時辰應是來日白天日正升起的那個時辰那個時間呢。應是往日日出最為絢麗把束山鎮子河流林地和房舍都染下金黃一片的晨時候。是種田的下地經商的開門那個時候呢。可在這又被拉長的黑夜裏，人都還沒有從夢裏醒過來。沒有從大夢遊裏走出來。且還正朝夢裏正朝夢遊的深處鎮戰滑過去。在離十字街很遠的三道街口上，夢在那兒停下了。鎮戰在那兒湧着了。如人在開會人頭都在那兒堆着擠着了。有序無序的堆着就有了時亮時滅的燈光和嘰嘰喳喳的說話聲。有消息在人裏播着傳遞着。如燙手的機密從你手裏傳到我的手裏樣。又慌忙傳到他的手裏樣。人都立在街面上。擠着堆着如一叢一叢的野草長在荒野間。燈光亮着卻都亮在地上亮在身腰間。而不亮在別人的臉上頭上半空裏。很多人用手把燈光捂起來。用手巾把手電筒的光亮遮起來。——前邊咋樣兒。——幹部穿了龍袍了。——前

邊咋樣兒。——説立馬就要太平天國了。——前邊咋樣兒。——天國大戰立馬就要開始了。要把攻打鎮上天國的外鄉人趕走剁成肉漿了。消息和風樣。消息和雲樣。消息和土地裏正要破土生長的種子樣。晨時的夜色如午夜的黑色一樣兒。空氣是黑的樹木牆壁樓屋都是烏黑的。鎮上的路燈原有亮着的，可它現在全都滅黑了。就在這滅黑的一瞬間，我們看見村長拉着村裏的寡婦王二香，那個年輕水亮的小媳婦，二人頭上繫了黃綢手裏抱了王二香家正睡着的小閨女。他們轉身朝人群外的一條胡同鑽去了。他們的臉色周正清白，一點瞌睡都沒有。眼睜得和核桃一樣大。人跑得和猴和魚樣。就從人群逃走了。朝黑夜外邊逃去了。私奔了。去過天堂日子了。我爹叫着他——村長——村長。村長聽見和沒有聽見樣。人群就被村長和二香留下了。世界被村長和二香留下沉在黑裏了。人們都被壓在地面的燈光間。這兒有那兒無的光亮像時有時無的灰燼火。天氣又有了燥熱呢。天氣也還未到火燙那麼熱。有晨的涼爽從鎮外進來流在人群街道上。可還是有許多人額上的黃綢被汗濕透了。汗從那綢條流下掛在臉上鼻尖上。從那人群擠着過去時，我看見許多臉和木板城磚一模樣。和結婚分錢的興奮一模樣。和剛才見的鎮上真的傻子真的癡症的激動樣。許多眼是半睜的。可還有許多人的臉上一點瞌睡都沒有。和剛走的村長二香一模樣。只是眼裏布了血絲想

睡而又不能睡的樣。有一對我叫不出名的夫婦躲在路邊的一根電線杆子下。離地一尺高的線杆上掛了豆芽火的玻璃罩子燈。有根鍁把有把菜刀放在燈下邊。借那燈光能看見他們蹴着臉上佈滿虛黃的緊張和不安。額上的綢帶被汗濕得和水洗一模樣。——馬鬍子，蔡桂芬，你倆口也在這兒啊。我爹拉着我。我娘跟着我。我們一家從人群朝那兩口擠過去。——看出來你們是醒着到底前邊出了啥兒事。馬鬍子瞪着我爹我娘我們一家人，把嗓子壓得和線一樣細——聽説鎮長已經被殺了。鎮上的百姓幹部醒着不起義的都被殺了呢。現在你千萬別説醒着求你們千萬別説我們是醒的。然後看了看周圍都是睡着都是夢遊着的人。——要鎮戰了鎮上的各個路口都被封死了。連最偏的鎮北路口現在也封了。已經抓了窮北街的女人們去當軍隊的專用婦女了。聽説那女人裏還有村長媳婦哪。不得了啦不得了啦呢，鎮上要太平天國要和鎮外的人決一死戰了。那些醒着不鎮戰的一個時辰前都被捆着押到了鎮政府的大院裏。都被殺了都把死屍扔在鎮政府的後院了。我們是要參加鎮戰才活着才到這兒的。他們説得和蠅嗡一模樣。説得如死裏逃生樣。説得醒着也如夢遊樣。——天保呀，你們一家快走吧。我們醒着的千萬別堆在一塊兒。堆在一塊太容易被半睡半醒的發現啦。一發現咱們全都完了全都沒命了啦。擺着手催着我們快離開。還又上前輕輕推了爹一把。

我們只好又從夜的縫裏人的縫裏朝着前邊走。可走了馬鬍子又跑上來拉了一下爹。——幾點了天咋還不快亮呢。——不知道幾點我想差不多快要亮了吧。這樣說着爹就拉着我的手。娘在後邊拉着我的衣襟兒。我們一家憑由醒着和頭上的黃巾帶了我們穿在人縫裏。走在別人的夢裏像沿着小路從荊叢刀叢的這邊走到那邊樣。我看見別人的夢的顏色了。是一種混的黑白像墨水倒在白漆裏邊攪着轉動着。一圈黑一圈白又一桶黑白相間的漩流樣。在隱隱一片夢囈的聲音裏，有人睡的汗味也有很濃重的口臭味。呼吸聲都如人至將死被惡魔壓住的喘息聲。從人群的這邊那邊繞着走過去，我們醒着像是偷偷移動在路上的燈。在這燈裏我隱約看清別人了。可別的人卻都不看我們只專注地朝着鎮中十字街的那兒踮着腳，把脖子拉細拽長和拽着的一條一片皮筋樣。

十字街那兒就到了。

鎮戰的中心就到了。

一圈一圈的人。一圍一圍的人。最外的是那些醒着半醒的。往裏是那些睡着半睡的。再往裏就是那些深睡不醒在夢裏睡着也能想能說能起事兒好像是醒着的夢遊人。他們起事後提着刀握着棍睜着睡了的雙眼圍在一個台子下。台子是十幾張桌子拼將起來的。台子兩邊的木椿上，掛了不明不暗兩盞汽油燈。汽油燈下站了十幾個鎮上派出

所的警察和原有鎮上最愛打架的年輕人。無論他們是穿着
警服還是白褂再或是威威凜凜光着背，卻又和所有人一樣
頭上都疊着繫了黃絲巾。只有他們圍的站在台前最中間的
李闖王——原有武裝部的李闖副主任——他還穿着前半
夜鎮長在鎮政府穿了皇袍朝政時穿的武將都督服。那都督
服的前擺後擺上，有着點點滴滴許多血。滴滴點點都是殺
過人的樣。別的人，身上手上刀上也都有血漬沾染着。
一點一滴都是殺過人的樣。武都督李闖的戲裝將服上，
繫掛的木圈已經不在了。裝前戲台上無數的珠子也都散落
了。袖邊的滾針繡花也都脫絲了。有好幾根絲線繫着白色
的珠子垂在袍裝下。這時的李闖他不僅在額上繫了和人們
一樣的黃綢帶，而且在袍腰間也緊緊繫着一根黃綢帶。臉
上是凝固了的血紅色。頭髮在燈裏蓬着豎着直立着。那張
俊俊朗朗的臉和大理石雕了一樣光滑一樣閃着凝重色。眼
睛是完全睜的卻又迷惘渾渾的。從那眼裏出來的不是溫的
光，而是飄的舞的冷的光。就這時，有人在他的耳朵上爬
着說了話。有人把一個電池喇叭遞在他的手裏了。那爬着
說話的，好像是把我爹當做仇家奶死爹死娘又今夜死了的
楊光柱。好像是。又好像不是呢。他們說完遞完就退到李
闖後邊了。就那麼拿着喇叭穿着袍裝朝那台前站了站。朝
着台下一片的人群一片半暗的目光燈光看了看。咳一下。
台下啞着了。又咳一下那啞就從近處朝着遠處飛快漫過

去。待十字街前的人群全都啞然無聲時，他把喇叭放在一邊桌子上。——我宣佈我們起事了。——我們太平天國了。——我們開始太平天國啦——我們已經回到闖王時代的太平天國啦。頓了頓，把壓着的嗓門提高些——現在大順的義軍已經組成啦。鎮政府已經被我們全部佔領啦。這天亮前的最後一戰，將決定我們天國的最後建國和立都。決定我們能不能從今天回到明朝明代的大明末——我知道——他的嗓門又高點，沒有喇叭和對着喇叭樣。——外村人吳三桂樣已經在鎮外集結要搶奪我們皋田鎮——要佔領我們天國未來都府的房子街道和所有的財產及家畜。可他們——副主任提提他戰袍的下擺笑了笑。冷笑笑——可他們鳥人土槍幾十上百個，我們幾百上千數千人，只要衝出去滅了他們殺了他們剁了他們的手腳掛在鎮上的樹上線杆上，等天一亮日頭出來讓他們一看他們就徹底退了敗了臣服我們我們就從大明進了大順了。到那時，我們大順將論功行賞，李闖王我說到做到打死一個外鄉人的是天國大順的七品官。打死兩個的是六品官。打死三個四個的是五品和四品。打死十個八個的，就是大順當朝的武狀元。對於那些沒有打死人只打斷敵人一條腿一隻胳膊的，只割了敵人一個耳朵一個鼻子的，大順將依着耳朵鼻子和斷腿斷胳膊的數量發放黃金綢緞和元寶，獎勵你們房子土地和織帛。斷了敵人一條腿是一畝二分地。斷了他們一條胳膊一

畝三分地。割下敵人鼻子耳朵的。一刀肉一個器官是十匹織帛或五個銀元寶。十刀肉十個器官是一百頭牛或者八十匹大馬再或十根金條或者五塊小金磚。說到這兒闖王嗓門縮得更緊壓得更低聲音卻是更為有力了，如扒着門縫喚着一樣了。——是回到大順還是留在現在就此一戰也就此一舉了。——是英雄是草莽也就看今夜天亮前的這場鎮戰了。——現在所有人都聽我的我們都把燈給滅下去。都不説話不動彈都藏在這鎮上的各個街道各條胡同牆角廁所冥店飯店理髮館中藥鋪和所有鄰街的房裏和院裏。讓敵人覺得我們鎮上人全都睡了全都睡着讓他們放心大膽地走進鎮裏店裏家裏偷和搶。然後大家再都藏着看這十字街的大汽燈。——闖王把柱上的汽燈取下在空中舉了舉。——我們以燈為號，大家看到這汽燈又明又亮掛在柱子的頂上了，你們都從藏的黑地衝出來。見那些頭上沒帶着黃綢的外鄉人，格殺勿論紅刀子進白刀子出，殺一個就是大順天國的七品官。殺十個就是大順的開國元勳和功臣。——現在你們都聽我的準備滅燈吧。——都把我的話從前邊傳到後邊去。——都聽我的開始悄悄去找自己要藏身的地方去。看見我這兒高掛的汽燈滅了也都滅掉你們的馬燈油燈電筒和蠟燭。等着外村的敵人進到鎮上街上店裏家裏搶東搶西時，你們藏着千萬不要動。——看見十字街的汽燈突然亮了聽見大街上的喚殺撕打了，你們再從暗處衝出

來。——凡不見頭上黃綢帶的都要殺。——不是鎮上的都要殺。——不想回到大明建立大順的都要殺——我說的你們聽見沒——我說的你們記住沒——我說的從前邊傳到後邊沒。

副主任李闖王壓着嗓子喚着站在台前邊。聲音和風一樣旋在夜裏旋在人群裏。台下一堆一片的人群們，如一片草原被風吹着都把頭扭着將頭朝後擺着說着傳着闖王的話。夜和漆一樣。黎明如一湖黑的泥水樣。嘰喳聲如有千萬隻腿腳在沙地碎步小跑樣。然後燈都滅了人都分散了。如一湖水漫將出來朝着四面八方灘流了。我們一家在離台子幾十步遠的街角上。聽着看着忽然就見人群快速散開快速朝着更黑的牆角胡同裏邊走。都脫了鞋子拿在手裏邊。包着遮着的燈光螢火一樣在街上游着閃動着。——順子啊你想當七品官還是六品官。——即殺了還不殺出個四品州官當當啊。——馬椿啊你想當縣長還是州長啊。——我才不當官。我想有一百畝地一千畝地再有三個五個姨太太。——你哪，王一力。——我不當官也不當地主，我一輩子殺豬殺牛當屠戶，可我從來就不知道殺人是個啥味道。我想趁着回到大明回到大順嘗嘗殺人和割人的耳朵鼻子是個啥味道。低語聲伴着細細碎碎的腳步聲。在手裏試着刀刃鋒利的吹風聲和想把菜刀換成大刀的商議聲。聲音雨一樣。聲音如碎腳飛奔着的步子樣。還有從街中央遞來

的闖王讓你們聲音小些闖王命令你們靜默悄息的傳話聲。聲聲聲聲都是低的壓着嗓子的。又都是歡樂有力百年不遇的。和落在熱街上的陣雨一模樣。和正午田野落下的日雨一模樣。有一股雨後的熱氣在街上捲着小跑着。有一股熱浪捲在田野捲在大地上。爹先還有着鎮定可那熱浪很快讓爹的鎮定成了慌張了。娘先還看着爹的鎮定只是手上臉上掛着汗，可很快爹慌了娘的臉就白了手就哆嗦了。——誰去把李闖主任叫醒吧。去拍拍他肩膀不行就朝他身上打一下再或朝他臉上澆盆冷水嘛。娘說着去看爹的臉。未及爹說啥兒十字路口那就忽然有個人頭不知為啥被楊光柱和張木頭給砍下了。那人還未及把啊——的一聲叫完整，頭就像呆在半空的一個冬瓜一樣落下了。——媽的，想告密就是這下場。——就是這下場。楊光柱和木頭狠狠狠狠這樣說。說了把人頭丟到一邊去，那頭血就水柱一樣朝着天空噴一下。噴一下，身子木椿一樣倒下了。爹和娘壓着嗓子驚叫一聲都把手捂到了嘴上和眼上。接着世界寂下來。滅了的汽燈把一片暗黑罩在半空罩在鎮街上。街上滿布着滾熱的血氣響動和不安。響動裏又突然傳來一聲人被殺了的尖叫聲。——啊呀——娘呀。鎮街和世界就在這尖叫裏瞬時兒又一次變得死寂了。寂死了。所有的燈都滅下了。所有的聲音都被截斷啞住了。在這死寂寂死的黑夜裏，又有了一聲楊光柱清楚的囈語和拖着啥兒的挪動聲——媽的，

看誰還敢去告密。誰還敢說我們起事不是起義是夢遊。誰要說我們是夢遊就給他一刀讓他從夢裏醒過來。然後就都一片死滅歸寂了。徹徹底底歸寂圓寂了。只還有慢慢從圓寂死滅中蕩來的血氣和人在夜裏急急走遠躲去的腳步聲。

我爹滅了燈。

我們一家縮在街角一棵樹下聽着看着楊光柱張木頭和一群人的腳步遠了爹朝有叫聲死人的地方慌慌走過去。又從哪兒急急回來捂着鼻子捂着嘴。不說話也不看周圍。拉着我和娘就從十字街的東北朝着東南跑。朝着死裏生裏逃。後邊沒人也猶如有千人萬人千刀萬剮追着樣。

3 *6:00 ~ 6:00*

　　從鎮中到鎮東那段繁華只有五百米。五百米我和爹和娘就像跑了五百里。用寸長的時間像用了一整天。一整年。像整天整年我們都在跑一樣。都在急腳快步飛着樣。一會我在前。一會爹在前。娘始始終終都在我們後邊緊跟着。瘸瘸拐拐像翻肚在水裏快要死的魚。夜把娘給魘住了。夜把我們一家都給魘住了。我跑到前了又回去扶着娘。爹跑到前了又回去扶着娘。最後我和爹架着娘的胳膊跑。架着爹還恨了娘的那條腿。——你這條瘸腿害我一輩子。害我和念念一輩子。娘也恨着她的腿——它也害我一輩子。不害我我死也不會嫁你李天保。恨着罵着我們一家就從夢裏跑將出去了。

　　跑到新的夢裏了。

　　終於沒人發現沒人追上我們逃出夢的跑。

　　可我們，發現了藏在拐角藏在胡同藏在影裏樹下和那被偷被砸過的商店裏的鎮人們。藏着藏着很快街上就無聲無息似乎只有我們一家了。——誰。——我們呀，我們頭上有着黃綢呢。——快來快來躲這兒，你們再往前是想當

大順的開國元勳天國皇帝死了嘛。——到前邊前邊就到我家了。那兒啥都熟悉殺殺打打便利呢。扶着娘爹和藏在路邊的人們說着話，就有人認出我們一家了。在黑影裏發出刺耳尖叫了。——李天保你個小人兒，你媳婦瘸着你還讓她殺打呀。是不是你們也在夢遊也要回到闖王大順啊。爹答話。爹或不答話。只管扶着娘如拖着一個裝滿糧食的布袋朝前走。呼吸如粗沙石粒要擠着門縫進屋樣。娘走走停停不停地擦汗不停地說着那句話——我不行了走不動了你們先走吧。——爹拖着她訓着她不停歇地說着那句話——再走幾步就到家了再走幾步會真的把你累死嘛。也就終於走了一半的東街終於路邊沒了藏人沒了說話聲。好像我們離開了闖王的大順回到了只有幾步路的這年這天這夜裏。

安靜到來了。

好像沒有追殺了。

藏在路邊的人聲稀了圓寂了。可在我們慢下腳步呼吸勻下時，看見天味麵食鋪的門前死了一個人。外村人。臉是方的頭髮烏黑的。三十幾歲或者四十歲。面朝夜空腸從肚裏流出來。有四五刀血洞豁在他沒穿上衣的胸口上。在他的死屍邊，扔着他拿的一把大砍刀。刀上有血還有一絲泥烏肉。不消說，他是和人對打死了的。如在戰場有過廝殺死了樣。再往前，在一家衣架衣櫃也被人搶了的成衣店，店門口的排水溝裏倒着一個人。頭朝下，栽在水溝

裏。腳向上，舉在半空間。爹用衣襟包着燈光過去用手拉着那死者的手腳朝上提了提。提不動。也沒提出一絲聲息來。——死過了。爹回來說着像說一根樹枝從樹上斷下後的乾枯樣——連一點活的氣兒也沒啦。這兒好像打過仗。好像被洗掃過的殺場樣。不像是偷搶，像是有過鎮戰了。我們開始驚着默着往東走。腳步在圓寂死寂的靜裏有着虛的空的咚咚聲。每走幾步爹都會嘟嚷一句話。自語兩句話。娘不說話娘忽然走得比我們快了些。忽然好像腿不那麼瘸了和常人一樣了。我家新世界的店門出現在了她面前。看到店門娘的腳步便莫名莫名快起來。像她離家多日多年終於到了家一樣。可到了我家門口兒，娘不走了娘立在街上像發現錯了路道錯了門號到了別戶人家樣。我家店門是洞洞大開的。有一扇門板倒在地上一半在門裏，一半伸在門外邊。店門前那一片白色的花圈全都散着落在門口落在街邊上。所有的花圈紙都攤着碎在地上碎在店門口。朦朧白日的黑夜裏，能覺出那些紙花紙葉上有一片一片的血漬如一片片的白葉落在水裏染在污水裏。白花上的血是紅的豔的濃着紫烏的。綠花葉上的血是烏的黑的紫藍的。烈烈的血味腥味都還新在地上新在我家門口上。這兒有過廝打了。有過鎮戰了。那血裏紙裏還有一把菜刀和斧子。有做過戰器的木棒兒，落在血裏像一根長而又長的腿骨般。靜得很。寂得很。好像靜裏夜裏靜寂的夜裏藏着一

種隱隱嘶叫的古怪聲。爹把燈光朝前照過去。索性不再蒙布照過去。看見前邊的光裏有丟下的鋤頭衣服和好幾隻的鞋。手電筒快要沒電了。那光是黃的弱的如一層薄薄霧霧的黃布般。能聽到二百米外鎮東口上有啥兒嗡嗡的響動聲，像從世界那邊傳來的山的移動聲。——天快亮了吧。這是娘在家門口呆怔半響問的一句話。——天不會亮了呢。這是爹望着門口的凌亂污血回的一句話。然後又是靜。靜裏好像還有死屍的呼吸聲。細微冷冷的聲息響在我的腦裏響在人的骨頭縫兒裏。我們一家就立在那一片血前一片紙花前，看着我家大開的店門和門前一片的血漬紙花和誰的一件染血的布衫和新的解放鞋。沒有驚叫只有木的呆的僵在夜裏僵在一家人的臉上和身上。

這半條街都有過鎮戰有過殺打了。

——你們回去吧，我們醒着我不能不去東街口兒看一看。

爹的聲音像和這景況沒有多大關係樣，把手裏的手電筒朝娘遞過去。看着娘像看着他想丟掉又總是丟不掉的啥東西。——回去呀。聽見沒有回去呀。不想活了你不回去嗎。回去死都別出來。把門安上頂上門外有天大的聲音你也別出來。娘沒有去接那手電筒。就像沒接一樣不值得去接的東西樣。

——要去呀。死了你也要去你就到那看看立馬就回來。

很大聲的一句話。娘大聲憤憤又像和爹平常分手下田鋤作樣。沒人想起我。都沒說我該幹啥兒。失落蕩在夜裏蕩在我的心裏了，像我在這夜裏多餘在這家裏多餘樣。看着爹朝鎮東口上走。看着娘躲着紙花躲着路邊的血污朝着家裏走。可娘到門口倒的門板邊，又回頭說了一句很親很責怪的話。

——念念，你不跟着爹去你愣在那兒幹啥呀。

我追上爹時爹也說了一句很親很責怪的話。

——念念，你不在家照看你娘你跟着幹啥呀。

可爹還是拉了我的手。跟着他我像跟着一個會抬腳飛起的鷹一樣。一路上都是殺打過的狼藉和丟棄物。鐮刀斧頭錘子鐵鍁和扁擔。還有扔在路邊的紅旗鍘刀和到處都是跑掉的布鞋球鞋皮鞋和不值錢的塑料拖鞋們。世界如被清洗過了樣。鎮子如被颳過捲過樣。寂靜裏的聲音從無到有又慢慢大起來。原來鎮東口上只有幾處燈光可我們來了燈光忽然多起來。一片一世界的燈光都忽地猛地亮起來。鎮東好像猛然白日了。白日似的各種燈裏人頭攢動所有人的胳膊上又都繫了一條白毛巾。新白的毛巾都繫在左的胳膊上。鎮口停有一輛大卡車。車上插了捆了一圈又一圈的紅綢和紅旗。每面旗的杆上都掛着汽油燈。而車頭的兩側上，又插着豎着兩面大到如床單樣的紅緞旗。旗上寫着字。我和爹看不清旗上寫着啥兒字。只見車上有兩個青年

不僅左胳膊上繫了白毛巾，頭上也還繫着染了血的白繃帶。他們一個戴了近視鏡。一個長髮穿短袖。輪流在車廂邊上舉着喇叭高聲喚——父老鄉親們——兄弟姐妹們，黎明前的總攻開始啦——跨過黑夜打進明天奪下皁田鎮——從此我們就不是了鄉下人。從此我們就不是落伍落後的農民了。我們將成為未來的主人市裏的現代人。我們將開始過那繁華富裕要啥有啥各取所需的共產主義好日子。開始趕集購物各取所需再也不用起早貪黑到這鎮上街上來。而讓這鎮上人滾到鄉下滾到山裏過我們耕種養畜的苦日子讓他們趕集購物都必須起早貪黑到我們鎮上來。——到我們城裏來——鄉親們——同志們——為了明天為了未來都衝啊。——鄉親們——叔伯兄弟姐妹們——為了明天和未來衝啊快殺啊。——誰奪下飯店那飯店就是你家的。——奪下商店那商店就是你家的。——凡是反抗阻止我們打富濟貧均田分地的——凡是左胳膊上沒有繫下白色毛巾的——你們今夜給他一刀子，明天到了就獎你們鎮上的一間房。給他一錘子，等鎮子在未來成了都城就獎你十字街口一座樓房一個營業廳。凡打出血水打出人命的，你們不是違法而是英雄等明天一到這鎮是我們的鎮，街是我們的街，天下是我們的未來和天下了，這街上天下天下街上所有的房屋店鋪車站郵局銀行商場統統都是我們的。——那時候，我們論功行賞各取所需立功的想要繁華了有繁華，想要熱

鬧有熱鬧。——為明天而戰啊——為共產主義而戰啊——
鄉親們——兄弟們——衝啊——衝啊——為了明天為了未
來為了子孫拿下皋田殺了皋田快衝啊——

那兩個青年就從車上跳將下來了。舉着汽燈紅旗衝
在最前了。人流就都舉着紅旗刀叉燈光棍棒跟着他倆朝
鎮上奔襲湧來了。也許幾百人。也許上千人。或者萬人
呢。人和人在街上湧着捲動着。棍棒農具在空中碰着舞動
着。——我家要專賣百貨的那家店。——我家要那路邊
的五金器材店。——我家早就看上了賣牛肉的店鋪啦，
早幾年就想要那牛肉店鋪啦。喚着搶着都往鎮裏跑。都
往路兩邊的店裏衝。不知道他們是睡着醒着還是夢着夢遊
着。燈光裏胳膊上的毛巾如開在黑夜白色的花。一片白花
在半空湧着摩擦着。奔跑的腳步如無數的戰錘擂在無數的
牛皮戰鼓上。聲音如冰雹陣雨甩在砸在鼓面上。——這兒
有人胳膊上沒有白毛巾。——這兒有人胳膊上沒有白毛
巾。喚叫的就像發現了銀行的金庫樣。就像從進不了門的
門前撿了鑰匙樣。爹一下就把我的手給攥緊了。一下就把
我拖進了路邊牆角的一個廁所裏。我不知道那是男廁所還
是女廁所。廁所露天裏邊有半間房子大。我從來沒有進過
這廁所。廁所是年年種菜的賢德老漢在這街上砌的壘的公
用的。往日他每天黃昏都來這廁所挑走趕集人的糞。現在
這廁所成了堡壘救了我們啦。廁所牆是土坯夾着石頭壘砌

的。牆像鎮子的額門鼻青臉腫凸凸凹凹着。爹拉着我靠在
牆上躲進牆角裏。一把從他頭上從我頭上扯下繫的黃綢扔
進廁池裏。——念念，你別怕。有人來了就説我們都是
外村人。千萬別説我們是這鎮上的。看我渾身哆嗦爹把我
攔在杯裏像把一隻兔子抱在杯裏樣。我的雙手抓住爹的胳
膊指頭摳進爹的肉裏去。抓着摳着又靜着朝外聽了聽。從
廁所外跑過去的腳步和馬隊軍隊一模樣。和千軍萬馬一模
樣。一群群一片片踏起的塵土比廁所的味道還要大。塵土
的味道把廁所的味道蓋着了。也把天色大亮時的黑暗晨味
蓋着了。——現在有毛巾綁在胳膊上就好了。就安全就沒
大事了。爹在自語也像在想着啥兒事。還本能地用手在身
上口袋摸了摸。這一摸，把廁所以西鎮街中心那邊的燈光
摸亮了。轟地一亮像街西半空也有了白日樣。街西那邊就
轟隆一下有了嘶嘶啞啞的反攻大喚聲——為了大順都殺
啊。——為了大順都衝啊快殺啊。而廁所東的喚，是為了
明天為了未來為了兒孫快殺啊。——為了明天皋田是我們
的皋田快殺啊。東西兩邊沒人説現在。沒人要眼下。這是
一場不要現在只要過去和未來的時間大戰呢。是未來和過
去——是書上説的未來和歷史的鎮戰仇殺呢。是為了過去
和未來在眼下的大戰廝殺呢。這年這月這日夜的現在間，
就這麼都給忘了都給夢魘了。沒有現在了。現在消失了。
如閻連科的書上説的到來的是未來和過去的時間與歷史。

現在眼下在夢魘裏面死掉了。天上的燈光閃着晃着像劍在天空舞着樣。街上的腳步跑着堆着積到頭上堆到半空聲音成了山。成了海。成了山脈大海和世界。有人罵媽的奶奶日你祖奶奶。有人哭着喚着尖叫着——娘啊——娘啊——我的頭上流血了——我的頭上流血了。好像鎮上人和鄉下人都堆在積在廁所外面打。堆在我們頭頂大拼殺。有一把刀從空中飛來落在了我們腳邊上。有一隻鞋也從空中飛來落下砸在我頭上。爹像抱着一隻羊樣把我抱在懷裏邊。我緊緊抓住爹把雙手指頭摳進他的腰間皮肉裏。就那麼，人在外邊打。人在外邊叫。我們在廁所躲着屏着呼吸哆嗦着。廁所的牆好像要塌一樣晃動了。地上街上要下陷一樣裂着晃動了。手電筒裏的電池也盡了最後力氣滅去了。黑下去的廁所成了一池墨。被照亮的廁所堆着一池光。亮到能看見茅廁的池子和蹲坑。還能看見農曆六月這一夜的炎熱養在糞裏千千萬萬蠕蠕動動的蛆蟲們。白蛆沿着池壁爬將上來了。爬到皋田了。爬上大地了。可殺打的震動又把它們搖落下去了。甩落進了池子裏。就這樣。就這樣好像殺打的聲音西移了。好像外村人衝了進去陷進鎮上人的埋伏了。雙方的燈光集中到了十字街。砰啪殺打的聲音全都西移響在那兒了。十字街上空的燈光如亂風吹在半空的荒草般。只一會那燈光就又後退東移了。叫聲和腳步又後退東移着。像鎮外人被衝出來的鎮上人殺着趕着撤着了。可

是又過一會兒，很小一會兒，鎮外人又衝進鎮裏殺到了十字街。鎮裏人和鎮外人，拉鋸樣在廁所外邊你進我退我進你退着。尖叫聲嘶喚聲冰雹一樣落在鎮上砸進廁所裏。我在爹的懷裏呼吸急促掙着身子動了動。覺得地上有黏的東西黏着我的腳沾着我的鞋像我踩在一團膠上了。借着閃過半空的光亮看了看，我啊的一下又鑽進爹的懷裏抓住爹的胳膊了。有血從廁所外沿着廁所地基石縫流進來。像雨水從街上流進廁所裏。幾股兒。一大片。半領席似的一片血。一扇門似的一片血。黑紅紫紫流進廁所就漂浮起了廁所地上的土和草。血味蓋着廁所裏的味道了。黑血污血濃稠黏黏推着滾着朝廁所的池子流過去。

這時爹也看見了廁所裏的血。看見一攤血從他的腳前拐着朝着廁所池裏流，爹就那麼怔着僵在血地一會兒，抱着我一下把我從那血裏拔將出來放在廁所中間的空地上。

——幾點了，日頭真的不會出來白天真的死了嗎。

我想起了我的那個收音機。慌忙把吊在屁股後的收音機轉到前邊來。旋開開關把收音機捂在我的耳朵上。又從耳朵上拿下拍兩下。收音機裏又有聲響了。播音員的聲音還是那樣略帶急促而又不慌不忙地說着播音着，和反覆放的錄音樣。——現在需要注意並要千萬謹慎的問題是——爹抓過收音機，把音量關到最小關到只有我和他在廁所才能聽得到——

因地勢氣流和來至大西北地區的輕寒流所致，今天白天一整天，我市許多地區將處於無日無雨無風的長陰雲燥熱天氣。所謂長陰雲燥熱天氣，就是天空密佈濃雲但又無雨可下無風可吹而形成長時間的燥熱陰暗，使得白天如同黃昏般。部分特殊山區，還將出現日蝕狀的晝暗現象，使得白天完全如同黑夜般。

聽到這兒爹把收音機給關上了。

關上他想想說了兩句廢話兒。說了兩句夢話兒。

——去哪弄個日頭讓人醒醒呢。

——日頭一出來，夜就過去了人就醒了哩。

然後呢。然後間。然後他就挺着胸，很焦急很木然地立着聽着外邊你來我往的殺打聲。很焦急很木然地從我身邊走過去。賊賊偷偷站到廁所門口上，像站在夢的門口樣。跨一步就能跨進夢裏邊。再跨一步就能從夢裏跨進醒裏樣。爹就那麼在廁所門口把脖子拉得和繩子一樣長。賊賊地看着外邊夜裏的殺打來往和嘶叫。待有安靜到來了，回身拉着我就朝着廁所外邊跑。沿街向東溜着街邊牆跟朝着鎮外跑。

像朝着夢遊的裏邊跑一樣。

像朝着夢遊的外邊醒的方向跑一樣。

【卷十一】

升騰：最後一隻大鳥飛走了

1 *6:00 ~ 6:00*

再次從鎮裏逃將出來了。

鎮裏街上有許多傷的流血的。燈裏影裏都在喚着救救我——救救我——好歹咱們都是鄉下人啊你快救救我。傷的流血的，都是醒的滿臉懊悔的。——我好像在夢遊好像在夢遊，明明睡了聽有人在我耳邊說去鎮上搶吧說今夜好多人都到鎮上搶瘋啦不知咋的也就跟着人家來搶來殺打啦。說話的是一個瘦的中年人，滿臉是血雙手捂在血臉上。——我看見好多人都搶了電視被子縫紉機，可我啥兒也沒搶到臉上就挨了一刀子。捂住臉上的血口兒，他自己解了胳膊上的毛巾遞給爹——用這包我頭。用這包我頭。爹接過毛巾又撕了他的布衫把他的頭給包住了。可包着爹的嘴裏卻是喃喃的——我這麼瞌睡你還讓我給你包頭啊——我也像在夢遊你還讓我給你包頭啊。爹用布衫替他包了頭。把他的毛巾留下來，我和爹扶着他就像從鎮戰中護送出來一個傷員樣。

鄉下人凡流血負傷的，都出來集中到一個大卡車的下邊相互包着相互說着話。又都醒着說着朝着四面八方他的

鄉下家裏去。——太厲害的夢遊了。太厲害的夢遊了。不流血死人都不會醒了呢。醒了的回着家，可夢着的還再一股一股從鄉下朝着鎮上湧。借了夢的醒着的，也混在夢遊的人裏朝着鎮上湧。像有的趕完集了回家去，更多沒趕集的正朝集上去。朝集上去着的，都理直氣壯走在路中央。醒了偷着回家的，都賊樣走在路邊上。彼此見着了，不說話或說幾句很誘人的話。

——哎，鎮上咋樣兒。

——快去吧，慢一步就啥兒店鋪也沒啦。啥兒獎賞也沒啦。

空手醒着回走的，又慫恿那夢的走着跑着急往鎮上趕。馬路上挑着空擔趕着空車或開着機動空車的，都掛着紅旗亮着各種燈光朝着鎮上去。人像馬隊軍隊樣。燈光一串一串亮在馬路上。鎮子要完了。鎮上人咋樣也殺打不過這一隊一隊的鄉下人。我和爹都在胳膊上繫了白毛巾。在鎮東丟下那個頭上流血的瘦個中年就往鎮外走。沿着公路的邊兒朝着南邊跑。逆着朝鎮上湧的人流車流和腳步。一路上爹都扯着我的手。一路上我都聽着爹的小聲自語和嘟囔。

——念念，爹好像夢遊啦。爹要做成一椿大事啦。

——念念，爹夢遊啦你別把爹給弄醒爹要做成大事啦。

我覺出爹是真的睡了夢遊了。覺出爹是累了睡了被鎮上天下的癔病夢遊傳染了。因為傻，我知道爹睡了夢了可我沒有把爹從夢裏弄出來。只是快步地跟着爹隨着爹的夢遊朝着鎮外走。從鎮東向鎮南半里路的路口走。我和爹在那路口站住了。朝鎮上去的鄉下人，一群一股從我們面前走過去。從鎮子那兒傳來的殺打聲和人被打了的尖叫聲，乾乾裂裂響在頭頂上。空氣中漫的血味兒，如被火燒着煮過般。還有身後那棵老槐樹的木味兒，是被戰煙熏過的火燒味兒了。往日這兒是賣冰糕冰棍的一個點。現在這兒立着我和爹，渾身都是汗味都是驚慌味。鎮子上空還是光亮還是殺打聲。從那光裏閃過的各種聲音從我們頭頂滑過又從頭頂墜下來。光和暗黑接壤的邊上像兌了水的墨色在浸着擴散着。因為水把墨黑稀着了，能看見樹上的葉兒一疊一疊厚成墨團兒。能看見天像一塊巨大巨大撐在頭頂上的黑帆布。

　　夜早過去了。

　　夜涼也早就過去了。

　　依着燥熱可知這是白天日升幾杆數杆那時候。日升數杆的炎熱準備鋪開那時候。是這年夏天前晌的八點九點間。正是人們吃早飯的時候哩。可時間死在六點了。死在天亮前的死黑裏邊了。天氣果然如廣播裏説的是個濃熱天氣的長陰雲。是它説的日蝕狀的晝暗天。大白天只能看見

眼前一小片的物影和東西。超過三米五米就啥兒也看不清楚一片模糊一片暗黑了。在這暗黑在這殺打在這死了白天的一片混沌裏，聽着看着爹坐在地上背靠着槐樹歇了一會兒。就是歇這一會兒，我借着從頭頂晃過去的一束光，又看見爹眼裏的兩片眼白了。髒白布似的眼白了。左眼的眼白和右眼一樣多。右眼也和左眼一樣多。黑黃的眼珠像落在髒白布上的兩珠污滴兒。爹像睡着了。爹他一定累得睡着了。可爹睡着嘴裏卻不停地説着人醒一樣的夢話兒——我們得把日頭弄出來。弄出個日頭我們就救了村子鎮子和這四鄰八村的人。——弄出個日頭我們就救了這村子鎮子和四鄰八村的人。耳朵裏總是有寂嘰寂嘰的聲音在裏邊。世界上總是藏着寂嘰寂嘰的聲音在哪兒。爹夢着扭頭朝鎮的上空看了看。——半空還是那麼燈光晃晃説明還在打着呢。對我説了又扭頭回來望着哪。——得設法兒去把日頭弄出來。——去把日頭弄出來。我總覺得日頭就藏在我身上的哪兒一時想不起來放在哪兒了，就像要説誰一張口忘了人的名字樣。説着爹又慢慢從樹下站起來。我很驚奇爹在夢裏站了起來了。像人是醒着樣。驚奇着又慢慢不再驚奇他在夢裏站了起來想要説啥做啥了。夢遊夜，人都夢遊你不夢遊也是一椿奇怪的事。爹站着用目光在地上搜尋着。還拿手在身上口袋哪兒摸了摸。繞着那棵槐樹轉了半圈兒。轉了半圈爹又立下來。拿手在槐樹身上拍兩下。又

狠狠在他的頭上拍着捶砸着。像日頭就藏在爹的頭裏腦子裏。這一拍，日頭會從爹的腦裏擠流出來樣。

　　砰的一聲擠了出來樣，看着他蹦着跳着對着夜裏喊。

　　——我知道咋樣把日頭弄將出來啦。

　　——我知道咋樣把黑夜弄成白天啦。

2　*6:00 ~ 6:00*

　　事情就這樣。

　　事情真的就這樣。我要不傻就好了。要不傻我會把爹從他的夢裏弄出來。要不傻我會把爹從夢的瘋裏拖出來。可我傻。真的有些傻。爹叫我跟着他走我就跟着他走了。爹不讓我把他從夢裏叫醒我就讓爹在夢裏呆着做着了。走着爹對我連說了幾聲我知道咋樣讓日頭出來啦。咋樣讓日頭出來啦。然後我們就快步朝南走。朝有火葬場的大壩方向走。待走了幾步看我沒有跟上來，爹還在白天的黑夜朝黑夜大聲喚——念念，跟着我。

　　——你不想讓這鎮子有救嘛。你不想讓這天下有救嘛。

　　我跟着爹的腳步走。跟着他好像不是為了救鎮子。而是為了看爹咋樣救鎮子。——把那寒洞裏的屍油全都滾出來。全都運到滾到大壩東的山頂上。往日日頭都是從那出來的。把屍油全都滾到東山點上火。遠看那山頂就一片火光了。和日頭出來和白天日出一樣了。山下的人一看東山日出天就亮了呢。天一亮人就從夢裏醒了呢。爹在黃

昏般天剛入黑的夜裏自語着。我聽着爹的自語和爹急步朝着大壩的那兒走。很想再爬在爹的臉上看看他睡在夢裏到底有多深，可夜黑把爹的臉給遮住了。死死遮住罩住了。我幾次快走勾頭看爹都像抬頭去看藏在半空樹裏的一蓬鳥窩兒。看不清那樹上的枝丫和鳥窩。只見一團影兒凝在半空朝前走着移動着。有汗從爹的臉上掉在我的臉上了。他的汗味苦鹹還有一股酸臭在裏邊。是那汗不讓我再扭頭看他的。是他拉我的手時從他手裏傳來的力氣讓我信他一定能做成那椿大事了。我沒有懷疑爹。沒有不讓爹那樣去做着。他是我爹我咋能不讓他那樣去做呢。他是我爹我咋能疑懷他弄不出個日頭弄不出個黑夜裏的白天呢。腳步快得和追風趕路的雨滴樣。他每走兩步我要走三步。他快步走着我要小跑才能趕得上。就那麼小跑跟着他。已經白天的黑夜如一湖墨的水。我們走在公路上踢着暗黑如蹚着黑的河水般。

這是我這一夜第三次從這路上走。走到去舅家的山水小區路口時，爹在那兒停下了。

奇異在那兒悄着悄着發生了。

就是那一刻，我徹底信着爹能把日頭弄將出來了。信着白天可以在爹的安頓裏邊到來了。從三岔路口那兒來了一個人，拉着板車車杆上掛了一盞油馬燈。他到爹的面前時，爹喂——了一下他就站住了。——是去鎮上搶的吧。

那人扭過頭來眼睛混沌半眯看着爹。——鎮上的東西早被人給搶光啦。你和我一塊到壩上，從壩西朝壩東運些油。每運一桶油我給你十塊錢。

那人怔着瘛着站在那。

——五十哪。

那人瘛着怔着站在哪。

——每運一桶一百塊。不運了你現在就去鎮上哄搶吧。小心頭戴黃巾的鎮上人一棒打死你。

那人竟掉頭跟在我們後邊了。——一百塊誰不給了誰是孫子啊。又見了幾個夢遊的，有的是隨便出門遊蕩的，有的是想借着夢遊發財的。爹都說了那樣的話。爹都說了更為驚人喜人的話——你從壩西推一桶油到壩東，我把我家房子給你小半間。——推兩桶給你大半間。推三桶就是一間大街上的門面房。推十桶就是一個新世界的店鋪子。人就竟都跟在後邊了。就都跟在後邊了。原來夢遊的人是和沒有家的遊人樣。沒有頭羊的羊群樣。只要有了頭羊有了能吃能住能發財的地方他們都會跟着走。轉眼後邊就跟了五六個。又有五六個。空手的。拉車的。都跟在爹的身後跟在我後邊。一大片。一個隊。散散亂亂一隊一片着。如雨都跟在雲後邊。日出也跟在雲後邊。日出光明都跟在雨雲後邊樣。一群一群的雞鴨豬狗都跟在他們主人後邊樣。事情就這樣。世界就是這樣兒。我爹是個夢遊的人。

可他夢着卻是夢的主人了。是夢的皇上了。喝碗水的功夫就都集合起了幾十個的夢遊人。見人走來爹都那樣喚。爹都許願給那夢遊的。——要錢了給錢要房子了給你房。要女人了運完油告訴你哪兒有女人都在夢裏都在門口等着男人哪。有人不理爹，徑直又往鎮上又往別處走去了。有人被爹一喚就跟着爹跟着我們朝壩上朝那儲油的寒洞走去了。

　　隊伍着。一群着。領着人快步到壩腰。走至將到寒洞的路口上，爹夢着卻和醒着一樣讓我跑步到壩上再多多招募來運油的人。他領着那些夢的遊的朝着寒洞那兒去。——知道咋樣讓人來這運油吧。人越多越好越快越好早一點把日頭弄出來鎮子就有救了人就有救啦。我是在這喚聲中朝着壩上走去的。壩上零零碎碎總是有人來往着。路上總是有人在走着。——要錢嗎，從壩西運一桶油到壩東天亮給你一百塊。——你是醒的還是睡着的，想讓日頭立馬出來你就來幫着運油吧。想讓天一直黑着你就啥也不管只管在黑裏遊蕩吧。我立在大壩西頭的路邊上。壩上的水泥馬路像一匹灰布鋪在腳下邊。壩下的村莊樹木鎮子都在黑裏模糊着。只有鎮子上空的燈光在閃着晃着像鎮子那兒燃着一片片的火。砰砰啪啪的聲音從鎮子上空飄來蕩來如從天外飄來蕩來的馬隊樣。人的叫聲從夜裏穿來如箭從遠處射來樣。壩子上游的湖水是清的靜的蕩着墨綠色的光。再遠處那光那水就和夜色連着溶在一起了。夜是豪壯

的。天是豪壯的。天地豪壯人如天地間裏的一棵樹。人如天地的一片草。啥兒都被這豪壯吞着淹着了。可天也被這樹和草給撐了起來了。遠處近外星星點點的亮光兒，像夜的幽靈鬼靈樣。只要看見有光走過來，我就立在壩頭對着那光喚——是醒的還是夢着的。——醒着的你想有房有地並讓日頭出來嗎。——是夢着你想掙錢還是想到鎮上偷東搶西被人打死啊。——我們是從那鎮上逃了出來的。那兒湧進去的人沒搶着東西都被鎮上人打得鼻青臉腫斷胳膊斷腿大街上流的血和河一樣。——鎮外邊的傷人殘人一堆一堆沒有不後悔的沒有不醒了哭的喚的流着血又回家裏的。

有人就來了。

有人就走了。

路過的醒人看看我會問那娃兒你是夢遊吧。我説我是醒着我才這樣喚着哪。——笑話呀。醒着你會説你能把日頭弄出來，能把白天弄將出來嘛。笑話着，他就走遠了。揚長而去了。我不和他爭話兒。我只朝那醒着的後影大喚到——你等一會看看吧——你等一會看看嘛。那在夢裏的，多都站在我的身邊了。十個十幾個。十幾幾十個。站成一片兒。豪壯一片兒。他們要跟着我到山腰運油了。要把日頭弄將出來把白天從夜裏弄將出來了。

就這麼，幾個的。十幾個。又有幾十個。被我招着引着把他們送到壩腰的儲油洞口那兒了。

3 *6:00 ~ 6:00*

就在這一批批的招夢招人時，鄰居走來了。作家閻伯走來了。他是被我的喚聲招來的。被壩上大聲的哇啦從他的屋裏招來的。那麼了不得的一個人，在夢裏也和找不到圈的羊一樣。和找不到家的雞貓豬狗家禽樣。一米七的個，在死黑的夜裏如庫裏受了傷的一條胖草魚。皮拖鞋。大褲衩。一個死團死皺的短袖衫。睡扁的臉像誰在那臉上砸了一錘子。坐了一屁股。於是臉就扁着了。人就扁着了。心也跟着扁着了。

他從壩西那邊的小路走過來。手電筒的燈光如死魚的眼在看着世界樣。——你們叫啥呀——大半夜你們叫啥呀。走過來把燈光照在我臉上。照在我身上。照在我的話上像照在一片他不敢信的珍珠上。我盯着他的燈。盯着他的臉。——閻伯你是夢遊你是醒着啊。你是想讓日頭出來還是今兒一天都是死黑模糊啊。鎮上都亂了。人都瘋了呢。家家店店都被搶了你在這兒還不知道吧。大街上一街兩岸都是血水都是哭喚都是被打掉在地上的斷指頭和血皮肉你還沒有看見吧。

然後他就過來了。立下了。朝着鎮子望。朝着開始燥熱的黑天遠處深處望。

　　——現在幾點了，夜咋長得和日頭死了樣。

　　——鎮子真的亂了嘛。

　　——真的能弄出一個日頭讓黑夜回到白天嘛。

　　看着天。看着地。又看看壩子下的那個皋田鎮。我不知道爹夢着在那洞裏是咋樣組織夢人運油的。咋樣把豎着的油桶放倒下，讓那幾十個夢裏的人們都從洞裏推出一桶桶的油。第一拔運屍油的已經從山腰滾着油桶出來了。一個一個隊伍着。跟着爹提的一盞油馬燈。隆咚滾滾的聲音軋在夜裏碾在黑暗上，把夏天白日那漫天滿地的暗黑推得滾得翻捲了。如風把夜色吹得熱熱冷冷了。上坡時那些夢遊着的人，他們滾着油桶所有的呼吸都是粗的重的和麻繩一樣兒。到了壩上的平路滾得不那麼費力了。夢和呼吸勻稱了。鐵桶軋在水泥路上硬碰硬的聲音也變得細碎叮噹了。裝在桶裏的油，黏稠的，泥污的，滾久了變稀了也在桶裏晃着響動着。桶外的聲音隆隆的。桶裏的油聲嘩嘩的。一長隊。幾十桶的油。幾十個的夢遊人。——跟着我——跟着我。爹在前面夢着喚着就和一個睜着眼的人在夜裏開着車頭樣。和一個將軍帶着隊伍夜行樣。所有的人和所有人滾的油桶都如車頭後邊跟的車輪了。轟隆着。齊整着。豪豪壯壯着。從坡下滾上來，拐過彎兒就到

我們面前了。——只要把這油滾到壩西山頂我就給大夥發錢啊。——只要滾到山頂把日頭滾將出來我就給大家發錢啊。——把這年這月這一天的白天滾將出來了，我們所有滾過油的人，就都不是凡人都是我們這一帶的英雄啦。——天一亮天下人就該感激我們啦。就該敬着我們啦。——快一點——快一點——早一點把日頭滾出來，皋田就少一會殺打少死一個人少流很多血。——那一個——你快點——你一慢就擋着後邊了。——你一慢說不定就有人的腦袋被砍落在皋田街上了。——就又有人的腦袋又多出一個血洞了。

　　爹在前邊對着後邊喊。對着天空喚。夢人們就都從我們身邊滾着油桶隆隆轟轟走過去。誰也不看跟着爹從壩西朝着壩東滾着一桶桶的人屍油。像一列運油的火車轟隆轟隆開將過去樣。轟轟隆隆開將過去樣。白天的夜是黑暗的。水是明清模糊的。空氣裏有着燥熱也有吹的風。滾過去的油味裏，夾有膩的腥味和夏的炎熱味，像油泥剛剛放在火上化開那一刻。沒人說話兒。沒人直腰歇會兒。只有那都彎腰滾過去的油桶和一雙雙睜着半睜的睡眼兒。然後滾油的人就從我倆前邊全都夢着過去了。從我們面前轟轟隆隆夢着過去了。身影晃晃人人都如木牛流馬一樣過去了。聲音由大到小如時間由夏到冬由春到秋過去了。

　　——是啥油。閻伯他問我。

——不是啥兒油。我看着閻伯他的睡眼説。

——到底是啥油。

——是這大壩上常年備的機油汽油還有咱們這兒吃的食用油。

——啊——啊——啊。

這是閻伯最後和我啊的話。啊着他看見那夢遊的滾油隊伍裏，有個六十幾歲的老人滾着一桶油像滾着一架山。他把手電筒往口袋一裝幫着那個老人滾油了。加入了這弄將日出弄將白天的夢遊隊伍了。彷彿他要伸手去摸摸夢的軟硬夢的熱冷親自看看一個故事的真假虛實樣。

天是黑的模糊的。

世界是寂的又藏着聲音的。

大壩和丘嶺和丘嶺間的村落樹木都是那模糊裏凸出來的黑塊和墨團兒。從壩下鎮上晃來的燈光還是那樣亂着閃灼着。人在殺打中的尖叫聲，也還如先前一樣錐着飛着鑽在天空間和人的耳眼裏。而從壩西滾到壩東山上的屍油桶，人走遠了聲音小了如着人在夢裏的磨牙聲音噪音了。

4 *6:00 ~ 6:00*

就這麼，一趟一趟把壩西的屍油都滾到壩東去。籠共來回是滾了七次還是八次我記不清楚了。是八次九次我也說不清楚了。反正他們把屍油桶滾到壩西偏北的一個山梁上。將油桶豎在那兒朝着山下皋田那兒看一看。聽一聽。他們都看見那明的滅的燈光了。好像也都看見那鎮戰廝殺了。看見斷胳膊斷腿和人的血肉在街上半空飛着濺着了。聽見那衝啊殺的嘶鳴尖叫了。也好像聽到人在死着流血的陣陣哭喚呻吟了。臉都白了呢。臉都如了冥店新世界的白紙白花了。眼也越發睡着睜着露出一臉不安了。一臉都是在夢中筋肉抽動的不安痙攣了。汗也出在了那些夢臉上。驚恐也出現在了夢臉夢眼上。瞪着眼。眼裏顯出濁渾的惘然和不知所措渾渾濁濁的光。就都學着我爹跟着我爹個個都嘟囔着問説天快亮了吧。天快亮了吧。

——快把日頭弄將出來吧。

——快把日頭弄將出來吧。

就都又慌慌跟着我爹去那壩西急手急腳地滾着屍油推着屍油了。要把日頭白天弄將出來弄將到來了。一趟一

趟的。一撥一批的。一趟一撥兒。一撥一趟兒。到末了就
不用我爹喚着領着他們了。他們自己都飛着奔着去壩西朝
着壩東運油滾油了。機器樣。車隊樣。像群群伍伍的雁陣
兒，前邊的飛着撞到日光下的山上後，後邊的也定會跟着
一個一個撞上去。如那一群一群在山上跑着追着有着靈性
的牲靈們，前邊有一隻跑着跳到崖下後邊的也一定會跟着
跳到崖下摔死樣。

　　壩東偏北的那個山頂是個土梁子。黃土厚到能埋千
秋萬代的村人們。原來這山頂梁上有個水塘坑。一畝大的
黃土坑。後來時間把那坑給填淺了。把它交給荒草野樹和
野貓野狗了。交給野兔野鳥了。人都不往那兒了。只有誰
家死了病豬嬰兒才會朝着那兒去。才會把那小屍病畜丟到
那兒去。可現在，很少病豬了。沒有死嬰了。那坑就廢了
沒有前程了。爹是知道哪兒有坑的。不知道爹咋會知道那
兒有那一個天坑兒。往年往月從皋田看日出好像日頭都是
從那坑裏升將起來的。天亮都是從那坑裏坑邊漫將開始
的。只是冬天看日出時偏了坑這邊。夏天日出偏到坑的那
邊了。把那一桶桶的屍油滾來豎在天坑一邊上。繞着天坑
這兒擺着那兒倒着堆放一片片。人都又去推那屍油滾那屍
油鐵桶時，爹就把屍油桶的頂蓋旋兒用大鐵鉗子旋開來，
讓那人屍的黑油急急咕咕淌着流進天坑裏。一桶油。兩桶
油。百桶百多桶。或許三百桶也許五百桶。一桶一桶全都

倒進那坑裏。先倒進去的是黑的污的像泥塘裏的泥污水。倒多了那黑的污的油上就有了一層褐的光。在燈的下邊像一湖水的碧藍青光了。推來的油桶都圍着那坑往那坑裏倒出咕嘟咕嘟的潤滑的聲音如上百數百的泉水朝那坑裏噴着樣。倒完的油桶被滾到一邊扔到一邊如無數無數一模一樣兒的枯樹椿。如巨大巨大橫生豎長在夜裏山野的蘑菇群兒樣。原來夢是可以成就大事的。原來人在夢裏是能做成千事萬物的。

　　所有的油都從壪東滾到壪西了。

　　所有的油都倒進了那半人深的油池天坑了。

　　從壪西通往這山頂的幾十米的荒坡路，草都被油桶一片一片軋倒着。草都染成油污如長長的油氈扯連鋪展着。燈光下那草那氈一律都是朝着上坡的北方倒着扯連着。像人的頭髮都是朝後梳着倒着樣。滿地都是折斷的草味和人油腥膩的污髒味。滿世界都是人的油味汗味和白天死黑的燥亂味。天它又終於悶熱起來了。煩燥煩亂的晝暗把人都又煮回到了熱水裏。十幾盞掛在坑邊樹上的馬燈罩上都是被烤乾的燎黑和水痕。燈光也越發暗着像白天的黑夜越發深起來。天池油坑邊是幾棵槐樹和楝樹。還有兩棵碗粗的構木樹。樹上的葉子都被燈光熏黑烤軟了。耷拉下來了。葉子上吊的蟲兒鑽出包屋探頭探腦看着人們看着燈光們。

燈把樹的影子投到很遠很遠的地方去。

把人的影子投到很遠也很近的地方去。

大麥場似的天坑裏，油有大腿深。也許能埋過大腿到了腰那兒。平整黏稠的油面發出黑光發出一片刺鼻的味。彎腰看時能從那油面上看見一片一片魚鱗似的光。大片大片魚鱗似的光。推油滾油用了兩個多小時。也許三個小時着。滾完了人都倒在坑邊上。人都睡在坑邊上。有人把最後一桶油推來就倒在桶邊那兒睡着了。有人推到半路就和油桶一塊倒下睡着了。呼嚕聲和油桶滾在路上的聲音樣。還有的，滾完了說着啥兒抓着地上的黃土野草搓着手上的油，搓着卻是醒的半睡的。沒有忘了他滾油是為了錢的事——一桶一百塊錢在哪啊。——說給房子房子在哪啊。去哪領錢要房的問話掛在嘴上像樹上掛的葉子地上長得野草般。可問着問着他也從夢遊裏後退一步倒下睡着了。聲音小了歇了沒有聲音了。睡將進去了。如睡死過去了。爹在那油坑邊上忙來忙去沒有忘了答着人家的問。——馬上給你錢。——天一亮我就給你錢。答着答着就沒人再問要錢要房的事情了。人都一個一個倒下睡着了。從夢遊回到日常夢裏了。爹還夢遊着。爹還深睡着。爹睡着夢遊卻在這人群裏跑來跑去把倒空的油桶朝着遠處滾。不用再管那些推完油桶的人也不用再提每推一桶一百塊錢的事情了。

不再去説推三桶油給一間房推十桶給一個街面店的事情了。他只是推着空桶不停地跑着自言自語着，深黑的興奮有些瘋瘋歌舞那樣子。

——可以點火啦日頭就要出來啦

——可以點火啦日頭就要出來啦。

到這兒，我知道爹已經睡死落進夢的深處夢的黑洞裏邊了。他一夜多都醒着跑着喚着吆喝着，一定睏睡得只要有啥兒支着腦袋他就可以睡着了。可他的腦袋是舉着不是躺着的。他睡着人是來回跑着走着沒有停下的。我想他只要把坑池裏的屍油點上火，所有的事情就完了他一定會隨身一倒就睡在這坑池邊。睡在火池邊。就是火把他燒着燒死怕也不會醒過來。

為了爹不被燒死我一直跟在爹後邊。

我生怕爹點了油火又突然睡着倒在火裏邊。

然就這時候，有新的事情發生了。讓夢和夢遊驚天動地了。死無來回了。就在爹把最後一個倒完油的空桶從坑邊挪開從地上撸起一把乾草搓着雙手對着所有的人們大喚着日頭就要出來啦。——日頭就要出來啦。——準備從樹上摘下一個馬燈點火燃那一坑屍油時，闔他從人群的哪兒出來站在了爹面前，渾身油污一臉都是屍油污。我不知道他是在夢遊推油弄污的，還是和爹一道往天坑油池倒油弄污的。他如一根油污的木柱一樣立在爹面前。像日出前的

一塊濃雲走來擋在日出前。離爹一步遠。站在那兒說了幾句很普通的夢話兒。地覆天翻的夢話兒。

——現在這火點着只是一片兒。

——要想這火像個日頭就得讓這一片油火變成一個大火球。

——我想了半天只要在油池坑的中間豎上一根柱子堆起一堆油草讓油火順着油草柱子燒到半空遠看就是圓的就像一個火球就像一個日頭了。

爹站在油坑邊。那些睡的半睡的，都蹲着倒着在油坑外的草地上。一片人像一片油桶一片草捆一樣倒着和扔着。燈光下是黑的模糊的。樹影也是黑的模糊的。世界也是黑的模糊的。我站在闇伯身邊的一個高處看見爹的臉色了。把目光從闇的肩上翻過去，看見闇的肩骨像一扇枯黃枯黃的腐肋骨。看見爹的臉和燈光油光一樣飄着綢滑閃着紅亮像那臉上本來就藏着一個日頭樣。看着闇。盯着闇。想着闇的話。爹的眼珠滾了滾，動了動，像兩粒火球在那臉上燒着轉了轉。就這麼，爹開始在油坑邊上找着啥兒了。爹開始在睡着的人群邊上找着啥兒了。他從樹下坑邊亂亂地擼了一捆蒿草和幾根枯樹枝。然後回來很無奈的站在闇面前，又忽然看着那些睡了夢了的人們脫在身邊一件一件的油衣服，臉上又有了回家找到了鑰匙那種奇怪輕鬆的笑。像一個娃兒見了別人丟的東西樣。像我在集日見了

趕集人掉在路邊的錢包樣。不知道該不該去把那錢包撿起來。敢不敢去撿起來。可最後，我去把那錢包撿了起來了。藏了起來了。爹默了默了一陣子。默了很久一陣子。默了一輩子。最後他把目光從闇的身上挪開投到天池油坑上。油坑是平的靜的油面如一塊巨大巨大的黑緞面。有光亮閃出來。樹影投到那光上。人影投在那光上。樹影人影投到天上投到天底下。光亮閃到別處閃到天底下。油膩的腥味嗆鼻子。嗆久了就不覺得嗆了像那屍油沒了味道樣。沒人知道那是人的油。是火葬這十幾年的人屍油。只有我知道。我和爹知道。可那時我是睡着和爹一樣夢遊還是醒着我都記不清楚了。真的記不清楚了。現在我想我是醒着的。可我醒着我咋會讓我爹去幹那樣一樁蠢事呢。那是一樁連雞貓豬狗和家禽鳥雀都知道不該幹不能幹的事情啊。說到底，我是一個傻娃兒。真的是個傻娃兒。我醒着還是讓爹在夢裏去做了那樁事。去做了他最該做也最不該做的那樁兒事。山下皋田那兒的燈光還在亂着閃着模糊着。從那兒傳來的聲音也在急着亂着模糊着。一邊是水庫。一邊是山脈下的一個村。身後是有燈光卻沒有一絲聲響的舅家的山水小區了。舅家那兒的景況怎樣呢。管他怎樣誰還能顧上他家怎樣呢。山水小區景況怎樣誰也管不了它會怎樣呢。

　　注滿油的天池油坑就要點火了。

日頭就要從這坑裏出來了。

白天就要趕走晝暗到來了。

我盯着爹的臉。盯着閭他枯肋骨般的一個肩。他原來是穿着一件布衫的。可現在他的布衫不知去哪了。光着背，一身油污看不出他是作家和誰的哪兒不一樣。

他也是一個夢遊者。

說到底也是一個墜在落在夢裏的人。

他夢遊和誰都沒有二致沒有不一樣。白頭髮。半睜眼。不用鼻子呼吸張嘴吸氣和吐氣。——幾點了。——我的收音機不知放到哪兒了。要往日該是來日前晌的日將平南吧。可現在世界是一片模糊如着夜裏看不見的海水般。時間死了呢。日頭死了呢。現在日頭就要活過來。時間就要活過來。爹就和閭立在哪。爹和閭彼此望着像誰都見了誰。像誰也沒有看見誰。他們都在夢裏邊。都在夢遊都在夢裏想着自己的事。像水在想着水的事。山在想着山的事。楊樹槐樹想着各個樹的事。地上睡的夢的都在睡着夢着想着自家的事。到處都是睡着了的鼻息聲。打鼾聲。身前身後都是夢的呼嚕和囈語聲。除了這些聲音外，世界靜得很。天下靜得很。油坑那邊幾十米外的荒草裏有了一聲冷驚響動兒。好像有條蛇從哪草地跑走了。也許是一隻野兔從那跑走了。落進黑暗像一枝乾草飄進油坑樣。一粒石子沉進油坑海裏樣。呼嚕聲和人的夢話聲，溜着地面

滑進夜裏滑進一畝多大的天油坑。油坑那兒靜得很。油坑四周的山梁草坡田野和村子，靜得和時間死了日頭死了一模樣。在這死靜死靜的坑邊上，連草在夜裏的生長草被踩倒掙着身子直腰的聲音都可聽得到。在這死靜死靜的坑邊上，爹鼻子的翕動如蜻蜓在半空扇着翅膀樣。閻是張嘴呼吸嘴像沒有蓋的醬油瓶口兒。像城裏馬路上被掀開的井蓋兒。他們就那麼望着靜着靜着望着默了一會默了一天一夜一季一年又像就那麼靜了片刻丁丁點點的功夫間。這時候，這當兒，爹的臉色變硬了。變紅了。紅硬紅黃裏有一股血脈在滾動。

　　——連科哥，今夜的事兒你會寫進一本書裏吧。

　　閻他望着爹，好像要說啥兒又沒說出來。

　　——我知道你會寫進書裏呢。這是百年千年你都遇不到的一個故事呢。

　　看着閻，爹笑笑沒再說啥兒。爹去樹下把那幾個馬燈挨個朝上舉了舉，像試試每一個的馬燈重量樣。他選了一個重的馬燈摘下來。孩娃樣把雙腳輪流一踢他的鞋就一前一後飛進油坑了。沒有石頭落進水裏的撲通聲和飛濺起來的白水花。黏稠的黑油接到那兩隻落鞋像有彈性的帆布動動就把鞋給吞沒了。然後爹就把擼來的蒿草抱起來。把許多樹枝捆着拉在手裏邊。還又把睡着的幾個夢人的衣服抱在懷裏邊。就那麼，他如搬家樣抱着拉着提着馬燈朝油坑裏邊走去了。

就那麼，他提着抱着拖着朝着油坑裏邊走去了。

我到底是因為傻癡還是那時我也睡着了，看着爹像看着夢境站在夢裏看着夢遊樣。夢把我給魘着了。夢遊把我魘得要死了。像我夢魘還知道我是睡在床上拳頭放在胸口樣。我想把拳頭從胸口拿下來，可用盡了力氣我也不能把拳頭拿下來。我想喊着我爹不要朝那油坑裏邊走。可我用盡了力氣也沒有張開嘴巴沒能喊出聲音來。爹要成就大事情。夢能成全大事情。夢遊能成全成就天下不可能的大事情。爹就那麼提着抱着下到坑裏趟着污油朝坑的中間走。一步一步有時那屍油沒過他的膝，有時深到他的大腿上。蒿草樹枝劃過油面那腥味膩味被趟劃出來漫在梁上漫在山上漫在天底下。我不知道爹要幹啥兒。闍也呆在夢裏傻在夢裏不知爹要幹啥兒。油坑邊上的，睡的醒的夢的全都不知爹要幹啥兒。天是灰的黑的模糊的。大地是黑的死的模糊的。人也都是黑的灰的死的模糊的。

——爹，你要幹啥呀。

我的喚像我跑了一天回家不見爹娘就在門口喚着樣。

爹回頭看看我說了一句在天在地都聽不懂的話。

——念念，這一下咱們李家是真的把所有的賬都還了連你長大也不用替爹欠誰了。聲音是啞的喜的像一張墳地的白紙在夜裏風裏歡歡快快地飛着飄舞着。

闍他盯着越走越遠的爹。

——你幹啥呀你得拿些東西能行嗎。

沒有回話兒。

世界靜着和世上原本沒有世界樣。爹就趟着齊腿深的油污走到天池油坑中間了。在坑油中間站一會,他把抱的拖的柴草樹枝衣物都朝油坑浸泡着,最後又洗澡一樣彎腰撩着坑油朝着自己身上澆。朝着身上抹。到一個能沒過大腿的地方爹還蹲下讓油沒過他的脖子重又站起來。把自己變成一柱油人在那一片油裏走動着。找尋着。像用腳在油裏要抓着啥兒樣。也就找到抓到啥兒了。竟也找到抓到啥兒了。用腳找到抓住了淹在油裏的一塊石頭或是一個土堆了。爹慢慢爬着站在那油裏的一塊石上或者土堆上,使那坑油只埋過他的腳脖兒。把油枝油草擺着放到自己周圍四邊上,然後直起朝着我們這邊看了看。

看了一會兒。看了一輩子。最後他把馬燈的燈罩打開了。把馬燈灌油口的蓋兒擰掉了。

——連科哥——千萬記住寫書了把我寫成一個好人啊。

這是爹的喚。和醒着說的話一樣。喚完說完他把馬燈裏的煤油倒在了他面前的油枝油草上邊了。把打開罩的馬燈按着放在那些油枝油草上邊了。沒有聽見煤油砰砰砰的燃燒聲。可那稠油上邊的煤油先是一點後是一片猛地燃着了。一小片兒的火像一小片兒的紅綢在爹的面前飛起來。

我不知道爹要幹啥兒。可閻他知道了。閻他——啊——了
一聲，身子一縮一躍像從夢裏醒了出來樣。

——天保兄弟你瘋啦——你是在夢遊還是醒着啊。

閻他飛着跳進了那坑油池裏。

可他只在油池裏跳着走了幾步看見油坑中間火光衝天
了，就又站在那兒呆在那兒了。他看見我爹和他身下的柴
草樹枝衣物像一個火球一樣在油坑的中間扭着晃動着。朝
油坑外邊急急挪移着，像要掙着身子從火球裏邊逃出來。
隨着那掙的逃的火團兒，傳來的是爹那撕疼死痛轉着身子
的嘶喊着。

——我醒啦——我醒啦。

可喊着，那火團只往外邊挪了一兩步，就又立住定下
了。定下來。定了片刻定了一輩子。火團在定了一刻後，
又朝油坑的高處挪過去。使那火團重又成為火球最高最圓
的一個火心兒。爹他不動了。不喊不叫了。再也不喊不叫
就那麼定在那兒死在那兒讓那油火沿着柴草樹枝衣物和他
一起燒在油面上。讓油火爬上柴草樹枝最後爬到他身上。
油坑的中間就這樣燃起了一個火團一個大火球。油面先是
一鋪席的大，後是一片房子那麼大。轉眼火就漫過柴草爬
上爹的火柱子。就這麼繞着爹的四周朝那火柱上邊攀爬
着。朝着天空攀爬着。朝坑的四邊快捷鋪展着。藍火苗。
紅火苗。當大火踏着油面沿着柴草火柱爬到半空成為金的

黃的金黃一片金黃一圓時。我看見爹在那火裏豎着像一柱火塔一個火球的尖頂樣。那尖頂扭着搖晃着，撐着扭着終卻沒倒下去。

——日頭出來啦，把我寫成好人啊。

我記得這是爹從那火裏傳出來的最後一聲喚。聽不出那喚是夢話還是醒着的。我猜那是夢話呢。我又想爹一定是在火裏醒着呢。那喚像刀子一樣在夜裏飛着砍着當把我從傻裏砍醒待我要朝油坑跳下時，油火已經把闖從坑裏趕將出來了。

闖從油坑出來推着我一下又把我從油坑邊上推到了坑岸上。這時他完全醒了完全呆住像完全不知到底發生了啥兒事情樣。用手去自己的頭上抓。雙手去自己的臉上抓。抓了醒了又就着油坑對着人群胡亂大喊着——天啊——天啊。然後他就看着從油坑撲過來的火，把臉風樣旋來對着人群和我爹一樣撕疼死痛扯着嗓子叫。

——都往大壩那邊跑。

——都朝大壩那兒跑。

坑岸上睡的夢的這時都醒了。都從地上一個骨碌爬起來，僵在那兒盯着撲漫過來的火。大半個油塘成了火球了。整個油塘成了火球了。熱浪從油塘那兒推來滾來像了浪子沖了過來樣。

——都朝大壩那兒跑——朝着大壩那邊跑。

於是人都隨着闆他跑起來。腳步在那叫聲裏，亂成兩滴落在草上落在山坡上。黃的刺鼻的糊味在腳下和半空飛着落着像沙粒飛來打在臉上打在人的鼻頭上。冷油燃燒的炸裂聲，人從夢裏醒來的尖叫聲，響在山上響在腳下邊。能看見半空裏被火光照亮的紅顏色。能看見水庫裏的水面上映着的火光像日出的倒影一模樣。被火燒了的油灰雀毛一樣鳳凰毛樣追着大家飛在天空又落在臉上落在頭髮上。就這麼，人都逃着都從山上朝着山腰壩上跑。腳步快得和逃着法場逃着死一樣。直到後背都沒了原來的熾烤到了壩上都開始立下朝着身後看。就都看見身後不是大火而是日頭在那壩東山上燃着將要升騰起來着。日頭的火焰騰有一樹那麼高。樓房那麼高。幾層樓屋那麼高。呈着球狀半圓晃在那個山頭上。似乎要從山上呼地跳到半空裏，卻又被那山頭被那天池抓着總是不讓它騰起不讓它離開那山脈。

　如冬天日剛東起那一刻。

　夏天日剛露頭那一刻。

　山脈紅亮了。

　世界紅亮了。

　世界大地熾紅亮亮了。

　紅亮下的樹木河流村落和離日光近着的房舍和牲畜們，全都被照得通明透亮如瑪瑙造的山川造的世界樣。我是被闆拉着從山上跑到山下跑到壩頭的。忽然渴得很。身

上焦裂極想從壩上跳到二百米高的壩下喝水淹死去。我盯着火光裏壩子裏的水，想我爹一定會從那水裏魚樣一躍跳出來。一定會從那光裏水裏鑽出來。別人全都盯着那火那日頭。我一直盯着這邊漫天漫地的水庫水。不知道他們都在想啥兒。可我渴得很。渾身上下裏裏外外都焦得裂着想要跳到水裏淹死去。嘴唇乾裂喉嚨乾裂心裏乾裂想要跳到水裏喝死淹死去。

這時候，哪兒有着喚聲了。

有着刺耳驚天的喚聲了。

——日頭出來啦。

——日頭出來啦。

——天亮啦日頭從東山那兒出來啦。

聲音是從壩西那兒傳來的。都扭頭朝着壩西看。火光日頭將壩西照得和白日一樣明亮着。天就亮了呢。天下就都亮了着。村莊河流山脈還有公路邊的樹木和四野的莊稼與花草。收割過的小麥和還沒有收割的麥地和豆棵，都清清楚楚分分朗朗着。壩西的西壩村有很多人站在村頭朝着壩東油火塘的山上望。——天亮啦——日頭出來啦。——天亮啦——日頭出來啦。他們大喚着，蹦跳着，拍着手又蹦又跳和滿村滿世界都是孩娃過年一模樣。壩下的程村毛莊馬家營，各個村莊的人都從屋裏村裏走出來。跑出來。

站在白日光亮的村頭路邊敲着鑼。打着鼓。對着東山的油火日光大喚着。——天亮啦——日頭出來啦。——天亮啦——日頭出來啦。喚叫聲和這季節一浪滾着一浪的麥浪樣。和盛夏酷熱大旱祈禱來的雨聲樣。到處都是日出東山的紅顏色。到處都是被東山日火照亮的透明和光色。

從哪個村莊傳出了一聲幾聲天亮才有的雞啼聲。接着就村村莊莊都是雞叫了。

從哪兒傳來了一聲睡過頭的牛哞聲。接着村村莊莊都是了牛醒後對着天空粗粗哞哞的叫聲了。

到這時，日頭又活了。時間又活了。雞叫和牛哞的聲音生生靈靈傳到皋田鎮上了。四周的村莊都在敲鑼打鼓大喚着——天亮啦——日頭來啦。——天亮啦——日頭出來啦。這喊聲叫聲傳到皋田了。忽然的，鎮上那兒沒有了它的殺打和燈光。東山的日光說來就來說至就至到鎮上把皋田那夜裏的啥兒啥兒都照得通明透亮使所有的聲音都成了靜默都和死了樣。都又活了樣。皋田那兒有很長一陣和死了一模一樣，如黎明前所有白天該來的聲音在到來之前的那種靜。不一樣的靜。如黃昏來前所有白天該去的聲音走前留下來的那種靜。不一樣的靜。這靜是夜間和白天交接替換那一刻的空白和死默。在這死默空白的奇靜後，另外的聲音轟轟到來了。世界活了時間也活了。不知道最先破了

皋田這一奇靜的聲音是啥兒，只聽到在那靜後有很粗很重的嗡啦聲。隨後皋田和周圍的村莊一模樣，很多人都從鎮裏湧到鎮外對着東天東山狂呼大喚着。

——快看呀，東山和着了火一樣。

——快看呀，東山的日頭和大火一模樣。

有人從家裏出來了。有人豎在鎮街鎮外了。站在壪上能看見鎮街的哪兒都是人。鎮外開闊的地方哪兒都是人。有了敲鑼聲。有了鞭炮聲。有了群群股股的掌聲和狂呼高喚聲。好像在鎮街東口的人群裏，我娘也在那兒喚着蹦跳着。她蹦跳的身影比別人慢一點。蹦起落下時，身子總要歪一下，像要倒下樣。可又總是不會倒下去。身子一歪又蹦了起來了。又喚了起來了。

——天亮啦——日頭活着出來啦。

——天亮啦——日頭活着出來啦。

外村人開始從鎮裏朝着鎮外走。朝着鎮外跑。從鎮上朝着他們四面八方的村莊家裏走着和跑着。開着車。趕着車。一群一隊像兵敗潰散一模樣。車上是空的。身上是空的。如果車上有人有物那一定是在夢裏被打傷的人。被打死的人。他們拉着空車拉着傷人看着東邊的日出走在白晝裏。我們很遠就能看見他們的狼狽和沮喪。還能看見皋田人從鎮上追出來用石頭砸他們。用扁擔揮着打他們。他們不還手，和他們應該被砸被打樣。都把手和胳膊護在頭上

臉上撤出來。退出來。逃出來。撤着退着往各個村莊各個家裏慌慌回走着。

回到各自村莊各自家裏了。

回到又一天的日光時間裏邊了。

後邊：還說啥兒呢

1

還說啥兒呢，事情就這樣。

那年那月那日的事情就這樣。

菩薩啊——老天啊——上帝和主呀——還有中國的禪宗——廟宇——境界——靈悟——老子——莊子——孔子和各路神仙們。我不知道那一夜天下夢遊死了多少了。世上死了多少人。我只知道皋田鎮裏那一夜一共死了 539 個人。那被統計的死人名單我見了。約莫約莫多少我能記下來——

1. 沈全德，男，36 歲。夢遊到麥場打麥觸電而亡

2. 王二狗，男，41 歲。夢遊參與鎮戰而死亡。

3. 胡丙全，男，80 歲。夢遊跳河尋死而亡。

4. 余容娟，女，67 歲。夢遊跳河而亡。

5. 張木頭，男，37 歲。夢遊中成為大順殺將而身亡。

6. 胡德全，男，68歲。因夢遊口渴去喝水栽入自家水缸而溺亡。

7. 馬鬍子，男，27歲。夢遊中參加鎮戰而亡。

8. 楊光柱，男，35歲。夢遊中成為大順殺將而身亡。

9. 牛大岡，男，30歲。夢遊中偷竊被打死。

10. 牛秀秀，女，26歲。夢遊中偷竊被打死。

11. 寧小神，女，65歲。睡在夢中不知為何上吊而亡。

12. 馬明明，男，18歲。睡夢中因強姦婦女被打死。

13. 張才，男，41歲。夢遊中和妻子因故爭吵上吊而亡。

14. 古玲玲，女，23歲。夢遊中主動與人通姦夢遊後無臉見人投井而亡。

15. 甯國氏，男，38歲。夢遊中參加鎮戰而亡。

16. 楊大山，男，26歲。夢遊中參加鎮戰而亡。

17. 楊小娟，楊大山之妹，16歲。被夢遊男人強姦不遂而致死。

18. 劉大堂，男，35歲。夢遊中參加鎮戰而亡。

19. 李天保，我的爹，40歲。夢遊中為黑夜日出而自焚。

37. 馬蘋，女。30歲。因男人夢遊死亡而投井。

47. 錢粉，女，30歲。因三歲兒子夢遊落入水溝淹死而投河亡。

77. 李大花，36歲，女。平日善良勤快，但因夢遊偷竊而被人打死。

78. 孫老漢，91歲。為喚醒夢遊被夢遊人推倒在地而猝死。

79. 周王政，49歲。男。教師，在睡夢中不知為何哭泣過度而猝死。

99. 田政勤，52歲，男。鎮長。在夢遊中因李闖起事兵變被謀亡。

100. 郭大剛，48歲，副鎮長。在夢遊中因李闖起事兵變被殺亡。

101. 李小花，4歲，女。因父母夢遊抱着她參加鎮戰摔倒後被人活活踩死。

202. 司馬凌霄，副鎮長，48歲，在夢遊中因李闖起事被殺亡。

303. 李闖，31歲，男。原武裝部副主任。李自成後裔。在夢遊中起事兵變建立順治天亮後上吊而亡。

404. 郝軍，27歲，日雜百貨商店店主，因阻止夢遊人偷搶被打死。

505. 郝軍文，67歲，見兒子死去而自殺。

506. 高樟子，男，47歲，農具店店主，在夢遊中不知何因而死亡。

507. 小妞兒。年僅三個月，無名。因母親夢遊抱着她去割麥時放在田頭上，麥割完後不知為何她就死在田頭了。

508. 馬小跳，12歲，因夢遊被鎮戰隊伍所踩死。

538. 鄭秀菊，80歲，被夢遊惡作驚嚇而亡。

539. 鄭軍軍，因全家人死亡而自殺。

如來啊——菩薩啊——神們主們和玉皇大帝們，這就是那一夜夢遊我們鎮上死的 539 個人。天下一共死了多少我不知道。鄰村鄰街死了多少我也不知道。我只知道我們皋田鎮上死人的名單被政府統計了整整九十五頁紙。像是一本書。像閻連科的一本書。好像家家都有人死着。戶戶都有人傷着。死屍扔在街面上，如秋葉鋪在路邊上。如落穗掉在田邊上。幾天後鎮外田野上的墳地和雨後的蘑菇樣。一模一模樣。又幾天鎮上成立的新政府，為了預防腐屍帶來的傳染病，拉去的消毒用水整整二十車四百二十桶。和那一夜我爹燒的屍油差不多。還有我舅家的那個山水小區裏，那一夜死了 99 個人。我舅我妗都死了。他們死得不奇不怪着。理當活該着。是在夢遊中給人端菜被人打死的。他們死後家裏的東西被人偷得連一把椅子都沒了。門窗和灶房的碗筷都被偷走了。窗簾燈泡都被人摘下拿走

了。小區裏好的樹苗和花盆，都被人挖走搬走了。還有鎮鄉的上莊下溝左營和右營。每個村莊夢遊的都有幾十上百人。有人說，那一夜縣城的夢遊更可怕，晝夜長達 36 小時，起事亂暴死人最少有一千。可在第三天，真的天亮日出將百年不遇的晝暗結束時，縣裏市裏省裏所有的廣播和電台，都在那一時段播了一模一樣的新聞稿。說豫地深山僅有少數地區因有人夢遊而引起了幾起事故和災難。第三天市裏報紙第二版的右下角，在本地奇聞趣事的欄目裏，也有那一模一樣的新聞稿。新聞稿加上標題共有 220 多個字──

我市山區出現小範圍夢遊現象

本報訊：近日，因今夏酷熱和麥收繁忙，加之天氣與地理造成的季節性晝暗現象，使我市部分山區，如西部川北縣水黃鎮一帶的村莊和街道，有人出現疲勞後的活躍性跳動思維的轉移式夢遊。夢遊中有人去割麥打麥，有人為了喚醒夢遊者連夜守候不眠，充分體現了良好的社會秩序和與人與人間的關係之溫暖。但在召南縣皋田鎮一帶，卻也出現了許多有關夢遊的大面積死人和發生社會混亂的不實之謠傳。為了制止謠言的散播，創造良好穩定的社會秩序，政府已派出大量的國家機關幹部和公安人員去進行調查和制止，並幫助人民群眾，儘快恢復生產和良好的社會生活秩序。

2

　　菩薩啊──上帝啊──我還有一椿事情得向你們訴說哩。鎮上死了539個人，重傷490多戶上千人。財產房屋損失不知有多少。幾乎家家不有人死就有人傷着。無一戶不遭偷搶和打砸。無一戶沒有夢遊和不在夢遊夜裏起災和鬧事。但在災劫後，卻沒有幾戶悲傷的。沒有幾戶人家哭喚的。這讓我弄不清楚為啥兒。原來鎮上死個人和塌了天一樣兒，家人鄰人半個鎮子都在哭。還有親人死了自己也跟着哭死的。大哭時一口氣沒有過來就噎將過去了。如果有一天，鎮上同時死了兩個人或者五天死了三個人，這個鎮就永無安寧日了。哭聲會半月不止一月不止把鎮子淹進去。可在三個月前的這一天，在這一天被拉長的黑夜裏，鎮上死了539個人。家家都有傷災都有劫難着。也就家家的傷災悲怯抵着了。家家都有也如家家都沒有。也就都不那麼哭天哭地塌天塌地的悲切了。待隔天的來日日頭真的從西邊露將出來時，把往日的明亮重新還給鎮子時，活着的各戶人家都出來忙在門口收屍時，竟是一片死靜沒有一點哭聲呢。

沒有點滴哭聲呢。

那時從西邊天上先是露出一塊如前晌壩東山上一樣的屍火雲。跟着日色就在西天的雲裏擠將出來把雲和暗黑趕走了。晝夜就這麼結束和風就這麼吹來樣。留下那滿街滿鎮到處都是被砸的門窗被丟的衣服鞋子扇子和車輪子。還有那污黑的血漬和打落在哪兒的頭髮斷肢及當了兵器的鋤頭鐮刀和斧子，被各戶人家掃落收拾後，街上依然是除了死靜還是死靜着。

就這時，晝暗結束了。

日頭真的從西邊出來了。

可當晝暗真的過去劫難真的結束白天真的到來時，鎮上真的沒有一點歡呼沒有丁點兒為白晝重又到來的高興事。鎮政府派人把辦公桌擺在鎮子東西南北的四個熱鬧處。有幹部立刻統計各戶人家的死傷和財產損傷數。各戶人家也都猶猶豫豫去了那兒報告和登記。那被問的回答最多的，也都淡得和水樣。和水一模樣。

——家裏死人遭災政府賠償嗎。

——不一定。

——不一定那登記還有啥兒意思呢。

——總得有個數兒嘛。

也就不再問啥兒。不再答啥兒。報了死傷財損的，在落日中慢慢往家走。那登記傷損的，想到啥兒起身追着

喚——天太熱要抓緊埋人啊，政府不再管是火葬還是土葬啦，你們抓緊埋人啊。

走了的並不回頭去答那追着的。也有又回頭答對的——不埋掉還能讓死人在家躺着嘛。

其實不是不管土葬還是火葬了。是火葬場在那一夜被人砸了扒了弄成一堆廢墟了。一片墟廢了。不知是夢遊的人去砸了扒了火葬場，還是沒有夢遊的借了夢遊裝了夢遊睜着醒眼去砸了和扒了。煉屍爐被推倒滾到梁下滾到了水庫裏。煉屍房被炸藥炸了推了碎磚亂瓦堆滿院子堆成一座小山兒。值錢的東西被人拿走了。不值錢的也被拿走了。只還有兩邊的空房和院裏沒有長成房材的樹和草。草和花。花和野鳥野雀野兔野獾黃鼠狼。一片廢墟了。一片墟廢荒野了。娟子不知去了哪。也許她又回到她的村裏家裏吧。煉屍的爐工不知去了哪。也許他們也都又回了他們的村裏家裏吧。

火葬場那兒安靜了。

壩上梁上山脈那兒安靜了。

世界安靜了。我們皋田鎮上也安安靜靜了。

半月後。也就半月後。鎮子就在安靜裏恢復了它的往日街景了。很快恢復它的街景了。該買的買，該賣的賣。和不曾發生過啥兒事情樣。日頭該是啥兒時候出了出，該是啥時落了落。該從哪兒出了出，該從哪兒落了落。鎮外

的田野上，小麥收割後落了一場連陰雨。雨後天晴綠草旺成黑顏色。所有萬千的新墳黃土上，都被新生的野草覆蓋着。除了草的顏色淺些嫩些稀薄些，看不出它和老墳有更多的區別在哪兒。打麥場上原來軋平的地面明明是沒有一粒麥子的。可那時，麥場上的麥苗旺得和人們特意種的樣。

事情就這樣。

世界就這樣。

賣衣服的店裏他把門窗收拾收拾就又進貨賣貨了。

賣電器的店裏損失慘重他又借錢貸款重又開張營業了，且生意比先前還要好。好得不得了。挑買電器的鎮上人鄉下人總是絡繹不絕呢。

賣牛肉羊肉的。賣食品雜貨的。在路邊賣青菜水果的。還有從鄉下逢五就來鎮上趕集的，一切都如往日一樣熱鬧着。如往日一樣熙熙攘攘着。只是我家鄰居的農具店，店主在那一夜死了後，他的女人不知去哪了。也許是回了她的娘家吧。反正人家原本也就不是這個鎮上的人。她走了，那農具店的大門就日日夜夜關着了。寫着旺茂農具店的牌子上，很快就結了蛛網了。

農忙一過去，本來農具店也該歇着了。蜘蛛們活色生香也就每天都在門上爬着走動着。閒着生養着。

那一夜，我娘聽了爹的是把門從裏死死頂着躲過鎮戰的。可在夢遊大難後，鎮上和周邊村莊雖然死了很多人，

多得和蟲災後的落果樣。和風災後倒伏在地上的莊稼樣。可冥店新世界的生意並未好起來。一點都未好起來。因為我娘不做壽衣了。不剪花圈的紙花和紙的冥物冥貨了。不知為何就決然不做不剪了。那幾天各戶人家埋人時，我們家去壋東山上那個焦土坑裏掬下一把黑焦土，就把那土當做李天保，當做我參埋掉了。去那焦土坑裏掬土時，見了一樁奇怪的事。那燃了屍油升起過日頭的大油坑，那時像一個巨大翻仰過來磚窯般。窯裏所有的土地都是焦的黑鏽的。燒焦煉成一塊一塊的。滿坑滿世都是焦土味。都是油燃後的硫磺磚土味。然就在那焦土裂縫間，不知是誰在那栽了很多野花草。紅的黃的和綠的。野茶花和野菊棵。紫串串和節節紅。還有雞冠花和小蘭花。種花的為了把花草種到焦土下的暄土上，都把焦土塊兒鍋蓋一樣揭開來，再在那焦土下面挖花坑。這樣那花草就只露出一個頭兒脖兒在外了。在焦土上邊了。在大地上邊了。花草好像剛剛栽上三幾天。都還沒有真正活過來。都還在焦土檐上歪着脖兒耷着頭。我們就在那坑的中間花間挖了幾把焦土當做爹的骨灰帶走了。把爹的焦土骨灰安放在了我家店屋裏。以為從此鎮上人家見了爹的骨灰見了我們都會感恩戴德呢。都會笑着迎着呢，可也不儘然。不是那樣兒。災難後的前幾日，鎮上人見了我和娘，多都說句感恩的話。後來也就不說了。很快不說了。更多的是見了我娘把她攔在路邊

上——那夜你們家人都沒瞇睡呀 ——那一夜你男人他也夢遊吧。不夢遊咋會想出那個法兒把日頭弄將出來呢。不夢遊咋會捨得讓自己跳進油坑引火呢。

又過半月後，連這樣的話兒也沒了。

接下來，發生了一件小事情。應該說說的小事情。那一天，娘正在屋子裏收拾桌上的擺設灰塵和雜亂，這時進來一個人。白頭髮。中等個。拖着一個箱子還提了大包和小包。他進來，把箱子放在門口上。看看我，將另一個手裏提的雞蛋牛奶點心放在娘邊上。我們這兒的人，去看人都提這東西。他把這些東西禮品放下後，看看我爹的遺像沒說話。半天沒說話。一月沒說話。一年一輩子都沒說話樣。到末了，他從他的箱裏取出很多書。一堆書。一大堆的書。是《活受之流年與如水》，《風雅與日光》，《夢丁莊》和《死書》啥兒的。還有《日月年》和《我的皋田與父輩》。把這些書放到爹的像面前。點了火。燒了這些書。沒有跪。也沒有在我爹面前燒上幾柱香。只是那麼看着火，看着我爹那團圓臉的黑白像。等火的光亮在屋裏滅了暗淡了，最後瞟瞟娘，拿手在我臉上頭上摸了摸。

——我要寫不出你爹讓我寫的那本書，寫不出冬天裏邊有火爐，夏天裏邊有個電風扇的書，以後我就不再回這鎮上了。

說話的聲音是小的。是寒的涼的沒有氣力的。就走了。拉着那帶輪子的箱子從我家裏走去了。我和娘把他送到門口路邊上。我們以為他去車站是回了北京他家裏。可許多日子後，北京他家還以為他依舊在皋田他的老家住着寫書呢。就這麼，這麼着，不知他去哪兒了。就從這個世界消失了。杳無音訊如那書在我爹的面前點火燒了樣。再也沒有蹤跡了。沒有他的一點音訊了。但他沒有音訊前，最後給我說了一句話——去那焦土坑裏找找娟子吧，她每天都在那兒等着你。

　　我沒去。

　　我不信娟子每天會在那兒等着我。她等我幹啥呢。我有什麼好等呢。可是後來忍不住我還是去了呢。想去看看她到底在不在那焦油土坑裏。她到底在那幹啥呢。是在一個集日間。集日間日光和冬火一樣兒。日光亮得和日光一樣兒。空氣中沒有一點雜染和灰塵。大街上人山人海着。日光充裕着。秋陽讓街上的房子牆壁發着光。樹木發着光。所有店鋪的門窗貨物全都發着光。路邊上賣菜的賣衣的賣掃帚犁耙的，啥兒啥兒全都發着光。來回走着趕集的人們頭和肩膀都透明發亮和玉石瑪瑙樣。一下能讓人看進衣服看進皮肉看到人的血脈和心裏。我百無聊賴走在大街上。百無聊賴想起了閻伯走時最後說的話。百無聊賴想起

娟子家好像就在那油坑附近村莊裏。小娟子猛地熱熱暖暖針樣扎在我的身上了。扎在我的心上了。我決定去那焦土坑裏找找小娟子。我走着跑着逃似的離開鎮子到壩上。老遠看見火葬場那兒有人蓋房子。聽說是小老人要在那兒蓋個廟。不是廟。也許是座寺。是寺才可以讓先前燒的後來死的全都住那兒。是廟那就住不下了呢。可惜那時我不關心是寺是廟那樁事。我一心只想着小娟子。小娟子才是我的廟。才是我的寺。我朝壩西朝娟子朝着我的神廟那兒跑過去。到那兒我就驚着呆着了。沿着夢遊夜爹們滾油的壩西朝着北山坡上走，那路上的草有膝蓋深。小黃花一輪一輪舉在半空裏。秋蜂在那花上忙得嘰嘰哦哦笑笑呵呵呢。千股百絲的花香味，絲綢樣在我面前閃着黃亮閃着潤紅色。趁着花草香味到那坑前時，我沒有找到小娟子。可那焦土的黑坑像娟子突然撲進我的懷裏一樣把我驚着了。那種在焦土縫裏的花草全都活了呢。原來稀稀落落的花棵現在密密麻麻一棵挨一棵。坑裏的焦土黑土被蓋得一星半點都沒了。紅亮黃亮的菊花葉葉瓣瓣大朵小朵開在坑上空。香味稠得風都吹不動。秋蜂秋蝶在那花上忙着舞着春天樣。落在花上的蝶影蜂影和雀子鳥們的淡影兒，如船在水上浮着般。陽光透得很。能看見花鳥呼吸時吐在光下的氣兒團團纏纏着，聲音小得如光和針尖在半空打架一模樣。可又清晰得和夜空閃爍的星星般。這景況，好像閻連科小

說《日月年》裏的哪兒哦。也許就是那個尾末吧。也許不是呢。在是與不是的猶豫裏，娟子從坑的那邊小路挑着澆花的水擔走來了。她的辮子和扁擔，在光裏閃着竟如蜻蜓蝴蝶的翅膀扇着樣。

哦。哦哦。

我的寺，我的廟。我的娟子寺廟哦。

2014 年 10 月 – 2015 年 7 月 於北京初稿

2015 年 11 月修改

2016 年 3 月終稿於香港科技大學